Maeve Binchy

Irische Hoffnung

Erzählungen von der Grünen Insel

Aus dem Englischen
von Gabriela Schönberger

KNAUR

Die englische Originalausgabe erschien 2015 unter dem Titel
»A Few of the Girls« bei Orion Books, London.

Besuchen Sie uns im Internet:
www.knaur.de

Aus Verantwortung für die Umwelt hat sich die Verlagsgruppe
Droemer Knaur zu einer nachhaltigen Buchproduktion verpflichtet.
Der bewusste Umgang mit unseren Ressourcen, der Schutz unseres Klimas
und der Natur gehören zu unseren obersten Unternehmenszielen.
Gemeinsam mit unseren Partnern und Lieferanten setzen wir uns für eine
klimaneutrale Buchproduktion ein, die den Erwerb von Klimazertifikaten zur
Kompensation des CO_2-Ausstoßes einschließt.
Weitere Informationen finden Sie unter: www.klimaneutralerverlag.de

Deutsche Erstausgabe April 2020
Knaur Verlag
© 2015 Gordon Snell
© 2020 der deutschsprachigen Ausgabe Knaur Verlag
Ein Imprint der Verlagsgruppe Droemer Knaur GmbH & Co. KG, München
Redaktion: Ilse Wagner
Covergestaltung: ZERO Werbeagentur, München
Coverabbildung: PixxWerk, München, unter Verwendung
von Motiven von shutterstock.com
Satz: Adobe InDesign im Verlag
Druck und Bindung: GGP Media GmbH, Pößneck
Printed in Germany
ISBN 978-3-426-22666-7

2 4 5 3 1

Inhalt

Die Schlechtwetterfreundin

Wenn ich beim Heimkommen sehe, dass der Anrufbeantworter blinkt, muss ich immer an meine Freundin denken. Das Gerät habe ich mir damals wegen einer Freundin angeschafft. Eine gute Freundin, aber eben eine Schlechtwetterfreundin.

An dem Tag, als ich sie das erste Mal getroffen habe, stand sie an der Bushaltestelle, so dünn und zerbrechlich, dass ich befürchtete, ein starker Windstoß, der um die Ecke fegte, könnte sie erfassen und gegen das Bushäuschen schleudern. Ihr Kopf kam mir riesig vor, mit einer Unmenge an braunem, gekraustem Haar, kein Afrolook, eher sah es so aus, als hätte jemand mit der Schere hineingeschnitten so wie wir damals in der Schule bei den Quasten aus Wolle. Ich betrachtete lange ihr Haar, ohne zu bemerken, dass ich sie anstarrte.

Wahrscheinlich stehen viele Leute an dieser Bushaltestelle und bekommen nicht mit, dass sie jemanden anstarren. Die Haltestelle liegt direkt gegenüber der Klinik. Und auch ich wollte an alles denken, nur nicht an das Gesicht meiner Freundin Maria, die mich nicht sehen würde in dem Zimmer, in dem sie dort drinnen saß – Zelle nannten sie so etwas nicht – und immer wieder diese Karten mischte. Keine normalen Spielkarten, sondern Tarotkarten mit Schwertern und Kelchen und Sternen. Stunde um Stunde sitzt sie so da, legt die Karten in Kreuzform aus und murmelt dabei vor sich hin.

John wusste nicht, dass ich bei ihr gewesen war. Er hatte mich angefleht, nicht hinzugehen. »Wir haben sie schließlich zu dem gemacht«, hatte er oft gesagt. »Das ist unsere Strafe.« Ich hatte versucht, diese Bemerkung ins Lächerliche zu ziehen. Ich bin die irische Katholikin, erklärte ich ihm; falls es einen Sinn für Sünde gibt, dann sollte ich den haben.

Er war in einem Haus aufgewachsen, in dem keiner im Plauderton über die Hölle redete so wie wir. Und doch war er derjenige mit dem Berg aus Schuldgefühlen, der unsere Liebe letztendlich unter sich begrub. Wir hatten Maria betrogen, er als ihr Ehemann, ich als ihre beste Freundin.

Ich stand da und starrte auf den großen, lockigen Kopf dieser blassen Frau, die mit beiden Armen ihre dünne Taille umfasste, als versuchte sie, ungeschickt die obere Hälfte ihres Rumpfs an den restlichen Körper zu pressen.

Sie lächelte nicht, als sie mich ansprach.

»Ich heiße Fenella«, sagte sie.

»Diesen Namen kenne ich bisher nur aus Schulgeschichten.« Es stimmte; in diesen Büchern war Fenella immer die Mutige, der Wildfang. Zu Hause kannte ich niemanden, der Fenella hieß.

»Sie sind sehr aufgewühlt, nicht wahr?«, fragte sie.

In ihrer Stimme lag so viel Mitgefühl, dass ich fast die Hand ausgestreckt, sie berührt und ihr geholfen hätte, diesen dünnen Körper zusammenzuhalten, aus Angst, er könnte auseinanderbrechen und eine Hälfte weggeweht werden. Sie hatte nicht die für Haltestellen übliche Bemerkung gemacht, von wegen, dass der Bus nie kam, wenn man ihn brauchte. Sie hatte auch nicht gesagt, dass man nach einem Krankenhausbesuch dankbar sein müsse für die eigene Gesundheit. Sie schaute mich nur an und sah meinen Schmerz und mein Unglück so deutlich, dass sie diesen Umstand einfach angesprochen hatte.

Ich dachte zwar, es sei der scharfe, kalte Wind, der mir in die Augen stach, als er um die hohen Mauern der Klinik pfiff, aber es war ihr Mitgefühl, das mir die Tränen in die Augen trieb. Nie zuvor hatte ein fremder Mensch so zu mir gesprochen. Nicht einmal bei mir zu Hause, wo sie oft zu direkt waren und sich zu weit in dein Leben drängten. Aber ausgerechnet in England, in den gepflegten grünen Seitenstraßen im Umland von London, hatte eine komplett fremde Frau vor den spitzenbewehrten Mauern einer privaten Nervenklinik zu mir gesagt, sie könne sehen, wie erschüttert ich sei. Ich kam mir vor wie eine Närrin, während die Tränen über mein Gesicht liefen. Die Frau streckte den Arm aus, ich dachte, sie würde mich umarmen, und wich ein wenig zurück. Aber nein, es kam nur der Bus.

»Das ist eine Bedarfshaltestelle«, sagte sie sanft. »Sie müssen artig darum bitten, dass er hält, sonst fährt er weiter.«

Ich glaube, sie versuchte, mir ein Lächeln zu entlocken, damit ich nicht ganz so aussah wie jemand, der aus diesen hohen Mauern geflohen war.

Sie löste meine Busfahrkarte und trat in mein Leben.

Sie kannte ein kleines Café in der Stadt, wo es selbst gemachte Suppen und wunderbare Vollkornbrötchen gab. Essen für die Seele. Und die Tische standen weit genug auseinander, so hörte niemand außer Fenella meine Geschichte von John und Maria. Dass sie an allem schuld gewesen war, dass sie ein vollkommen glückliches Leben geführt hatte, bis sie es sich in den Kopf setzte, Carlos zu erobern, dass sie das völlig aus dem Gleichgewicht gebracht hatte. Ich erzählte Fenella von den einsamen Tagen und Nächten, in denen John und ich uns gegenseitig getröstet hatten, wie nur gute Freunde es konnten, durch Liebe und Zuwendung. Von meiner Hoffnung, dass Maria ihr Glück bei Carlos und ihrer aberwitzigen Suche finden würde. Doch John wollte, dass alles seine Ordnung hatte; er mochte es nicht, wenn Fragen offenblieben. Und jetzt hatte alles seine Ordnung. John kannte nur noch seine Arbeit, Maria hatte den Verstand verloren und befand sich an einem Ort, den sie nie mehr verlassen würde, und was mich betraf … Es ist seltsam, aber ich kann mich nicht erinnern, jemals einem Menschen so viel erzählt zu haben wie Fenella, nicht nur an diesem Nachmittag in der warmen Suppenküche mit dem prasselnden Kaminfeuer, den knusprigen Brötchen und den wärmenden, belebenden, dampfenden Schüsseln voller Köstlichkeiten.

Später, als es Abend wurde, kam sie mit in meine Wohnung, nachdem sie mir im Zug zurück nach London erklärt hatte, dass es ihr nicht klug erschiene, mich allein zu lassen. Sie setzte sich auf einen Stuhl, und das Haar stand wie ein Strahlenkranz um ihren Kopf. Für mich war sie in der Tat eine Heilige, die bereit war, mir ohne ein Wort des Vorwurfs zuzuhören.

9

Und das Schönste daran war, dass sie nicht ein einziges Mal versuchte, mich aufzuheitern. Nicht ein Mal sagte sie, ich würde über ihn hinwegkommen und einen anderen finden. Nicht ein Mal warnte sie mich, dass jeder Mann auf seine Art ein Dreckskerl sei und dass man sich die Zeit sparen könne, sich ihretwegen die Augen auszuweinen. Sie machte mir keinerlei Hoffnung, dass Maria sterben und dass John je zur Vernunft kommen und mich anflehen würde, an seine Seite zurückzukehren. Sie akzeptierte die Tatsache, dass alles ganz entsetzlich war, und teilte die Last mit mir.

Bald verspürte ich eine unendliche Müdigkeit und hieß sie willkommen, wie man den Regen willkommen heißt nach einem drückenden Tag. Es war so lange her, dass meine Schultern und Augen sich müde anfühlten. Normalerweise verbrachte ich den größten Teil der Nacht hellwach und angespannt, eine Zigarette in der Hand. Im Lehrerzimmer in der Schule war den anderen bestimmt schon aufgefallen, wie launisch und reizbar ich geworden war. Unmut stieg in mir hoch. Das waren meine Kollegen und Freunde seit fast einem Jahrzehnt. Wie kam es, dass keiner von *ihnen* meinen Kummer bemerkt hatte und in der Lage gewesen war, mir zuzuhören, Verständnis zu zeigen, ein Freund zu sein? Schläfrig lächelte ich Fenella zu. Sie müsse nun gehen, sagte sie und lehnte mein Angebot ab, im Gästezimmer zu übernachten. Sie würde mich morgen anrufen. Es war Samstag, ein bekanntermaßen schwieriger Tag für unglückliche Menschen.

Während ich in den ersten richtigen Schlaf seit Monaten hinüberglitt, fiel mir ein, dass sie keine Telefonnummer von mir hatte. Vielleicht könnte ich ja ihre herausfinden, dachte ich. So häufig kam der Name Fenella bestimmt nicht vor. Ich konnte mich nicht erinnern, wie sie mit Familiennamen hieß, was sie arbeitete oder wo sie wohnte. Sie hatte es mir sicher gesagt. Oder? Wir konnten doch nicht die ganze Zeit nur über *mich* geredet haben. Doch der Schlaf war stärker als die Verwirrung. Ich knipste nicht einmal das Licht aus.

Ich war gerade bei meiner zweiten Tasse Kaffee angelangt, als sie anrief. Sie hätte sich die Nummer notiert, sagte sie. Ich war zu unglücklich, um mir wegen irgendwelcher Nebensächlichkeiten Gedanken zu machen. Ob wir in den Park wollten? Es sei so ein schöner Tag, wir könnten spazieren gehen und dabei reden, ohne dass uns jemand störte. Ich verspürte einen Anflug von Scham, da ich bereits genug geredet hatte, aber ihre Anteilnahme schien so groß, dass es mir wie eine Zurückweisung ihrer Freundschaft vorgekommen wäre, wenn ich abgelehnt hätte.

Und so durchwanderten Fenella und ich an diesem sonnigen Tag der Länge und der Breite nach einen der großen Londoner Parks, während ringsum Liebende Händchen hielten, Mütter sich mit anderen Müttern austauschten und zwischendurch ihre Kleinkinder zurechtwiesen, alte Männer in der Zeitung blätterten und einander von Ereignissen erzählten, die Jahre zurücklagen.

Hin und wieder setzten wir uns auf eine Bank. Fenella hatte kleine Sandwiches und eine Thermoskanne mit Kaffee mitgebracht, sodass wir die Grünanlage nicht verlassen mussten, bis meine Beine müde wurden und meine Augen schmerzten von den vielen Tränen, die sie geweint hatten. Ich erzählte ihr von meiner ersten Nacht mit John, davon, dass er mich schon immer geliebt hatte, schon bevor Maria zu der Wahrsagerin gegangen war, die ihr den Floh ins Ohr gesetzt hatte, sich auf die Suche nach unpassender Liebe und unerfüllbaren Träumen zu machen. Ich erzählte ihr auch Banales wie die Tatsache, dass John und ich im Bett immer Animal Snap spielten, uns kleine, rote Hüte aufsetzten und Tommy Cooper und seine Zaubertricks imitierten.

Fenella merkte sich alles. Jedes einzelne Wort.

»Es muss hart für euch beide gewesen sein, als Maria selbst mit dieser Wahrsagerei anfing«, sagte sie.

Ich hatte ganz vergessen, dass ich ihr von Maria und den Tarotkarten erzählt hatte. Am Sonntag fühlte ich mich stark genug, John gegenüberzutreten, ohne ihm eine Szene zu machen; immerhin hatte ich zwei Nächte durchgeschlafen. Ich hatte mir meinen ganzen Kummer von der Seele geredet. Es würde keine Emotionen, kein Drama, keine schlimmen Vorwürfe geben.

Auf dem Weg zurück von Johns Haus fragte ich mich, welchem

Grad an Selbstversunkenheit ich es zu verdanken hatte, dass ich Fenella erneut gehen ließ, ohne sie nach ihrer Adresse oder Telefonnummer gefragt zu haben. Aber als ich zu meiner Wohnung kam, saß sie dort im Hof und wartete auf einer der rustikalen Bänke unter dem alten Kirschbaum auf mich. Es war ein warmer Abend.

»Ich dachte, du brauchst mich vielleicht«, sagte sie.

»Du musst mich ja für sehr schwach halten«, erwiderte ich schluchzend. Ich hockte auf meinem Bett und schlürfte die Mischung aus Honig, Zitrone und heißem Wasser, die sie mir zur Beruhigung zubereitet hatte. Fenella hatte sich im Sessel niedergelassen.

»Hast du dir hier in dem Bett einen Fez aufgesetzt und Animal Snap gespielt?«, fragte sie, und vor lauter Rührung, dass sie sich das gemerkt hatte, brach ich gleich wieder in Tränen aus.

Sie war so gut zu mir, Fenella; sie nahm sich alle Zeit der Welt für mich. Natürlich notierte ich mir schließlich ihre Adresse und Telefonnummer und erfuhr nebenbei, dass sie in einer Agentur arbeitete, die mit Buchrechten handelte. Das klang spannend, aber Fenella erzählte nicht viel – sie wolle mich nicht mit Formalitäten ihres Jobs langweilen, meinte sie. Ihre Agentur fungierte als Zwischenhändler für Literaturagenten im Königreich und auf dem Kontinent. Sie schlugen Bücher für Übersetzungen ins Griechische oder Italienische oder sonstige Sprachen vor und bekamen dafür eine Provision. Ob sie viele interessante Menschen kennenlerne?, fragte ich sie. Nicht viele, sie verhandelten nicht direkt mit den Autoren, erwiderte sie zurückhaltend. Ich hatte verstanden und stellte keine weiteren Fragen zu Fenellas Job. Außerdem redete ich viel über meinen eigenen Beruf.

Ich erzählte ihr, was für Trauerklöße sie bei mir an der Schule seien; keiner versuche je, den Kindern etwas Neues zu bieten. Wie gern hätte ich Autoren eingeladen, damit sie den Schülern erklärten, was es mit dem Schreiben *wirklich* auf sich hatte. Damit sie einmal lebende Schriftsteller kennenlernten, statt zu glauben, jeder, der schrieb, sei bereits lange tot und begraben. Ich hatte mir Hoffnungen auf die Autorin von *Open Windows* gemacht. Nicht unbedingt ein Kinderbuch, aber es war schon überraschend, wie viele aus der sechsten Klasse es gelesen und sich mit dem Zorn gegen die Mütter identifiziert hatten, der daraus sprach. Aber ich hatte leider nicht herausfinden können, wo die Autorin lebte, und war sicher, dass der Verlag einen Brief an sie niemals weiterleiten würde, vor allem dann nicht, wenn es sich dabei um eine Anfrage für einen Vortrag handelte.

»Ich kann dir ihre Adresse geben«, sagte Fenella zu meiner Überraschung. Es stellte sich heraus, dass ihre Agentur die Übersetzungsrechte und den Vertrieb für Europa ausgehandelt hatte.

»Ist sie nett?« Ich konnte es nicht glauben, dass tatsächlich jemand diese Autorin kannte.

»Früher standen wir uns einmal sehr nahe, als ihre Mutter eine schlimme Verletzung an der Hüfte hatte. Damals haben wir viel miteinander geredet. Aber jetzt hat sie dafür keine Zeit mehr.« Fenellas Stimme klang kalt.

Doch um an die Schule zu kommen, dafür hatte sie Zeit. Und die Schüler waren hingerissen von ihr. Sie behandelte sie nicht von oben herab, sondern erzählte ziemlich offen, dass sie selbst eine schreckliche Mutter habe. Aber das hätten die meisten Leute, einschließlich ihrer eigenen Kinder. Das gefiel den Schülern; das brachte sie zum Nachdenken. Mich übrigens auch. Ich fing an, über meine eigene, längst verstorbene Mutter zu Hause in Irland nachzudenken. Ich hatte nie ihr Grab besucht. Machte mich das zu einer schrecklichen Tochter? Sie war in vielerlei Hinsicht eine schreckliche Mutter gewesen und hatte von mir verlangt, dass ich zu Hause bleibe, auf dem Land leben und einen Pubbesitzer heiraten solle. Herumzureisen, wie ich das tat, sei für eine Frau viel zu *frivol*, sagte sie, kein Mann würde mich mehr haben wollen. Vielleicht hatte sie recht gehabt. Stundenlang diskutierte ich das mit Fenella.

Die Schüler wünschten sich auch Louise Mitchell, die Autorin dieser sogenannten Historienromane. Zum ersten Mal waren der Schulleiter und ich einer Meinung, dass es sich dabei im Grunde um Pornografie handelte. Ich fragte mich, ob ich allmählich konservativ wurde oder ob der Direktor sich stärker den Realitäten dieser

Welt öffnete. Danach hatten wir Maxwell Lawrie an der Schule, den Schöpfer von Vladimir Klein. Er konnte wunderbar mit Kindern umgehen und erklärte ihnen, wie man Spionagebücher und Thriller schrieb, indem man mit der letzten Seite anfing und von dort aus die Handlung entwickelte. Die Ausarbeitung ähnele einer mathematischen Aufgabe, sagte er. Diejenigen, die es nicht getan haben konnten, mussten eliminiert werden, und dann musste man ein unwahrscheinliches Motiv für denjenigen finden, der der Täter sein könnte, und alles von vorn aufrollen.

Lawrie kam noch mit auf einen Kaffee ins Lehrerzimmer, und mir schien, dass er mir tatsächlich schöne Augen machte. Mindestens zehn Kinder hätte er gern, sagte er zu mir. Ich nicht auch? Ich sagte, ja, ich sei völlig seiner Ansicht, auch mir sei eine ganze Fußballmannschaft am liebsten: Es wäre wesentlich lustiger, und die Geschwister könnten einander Gesellschaft leisten. Doch wenn wir wirklich vorhätten, das in die Tat umzusetzen, sollten wir uns besser beeilen. Woraufhin er noch denselben Abend vorschlug. Ich denke, zu neunzig Prozent war das nicht ernst gemeint. Fenella sagte, der Mann sei krank, und es wäre wahnsinnig von mir, mich auf so etwas einzulassen, bevor meine Wunden verheilt waren. Seltsam, in dem Moment wurde mir klar, *dass* meine Wunden verheilt waren. Ich dachte kaum mehr an John, und dieser Maxwell Lawrie – das war nicht sein richtiger Name, eigentlich hieß er Cyril Biggs – kam mir doch recht interessant vor. Ich fand seinen Annäherungsversuch nicht krank, eher witzig. So etwas sagt man schon mal. Ich meine, ich bin achtundzwanzig Jahre alt, und er ist um einiges älter. In unserem Alter heißt es nicht mehr: »Würden Sie vielleicht mit mir ausgehen?« Oder? Man macht Witze darüber, dass man bald anfangen muss, wenn man plant, zehn Kinder oder mehr in die Welt zu setzen. Fenella spitzte die Lippen. Ich beließ es dabei. Ich wollte sie nicht aufregen.

Cyril hatte mir geraten, Mavis Ormitage für einen Vortrag an die Schule zu holen. Sie sei eine beeindruckende Frau, sagte er, groß und wuchtig, immer in Weiß gekleidet, um sich noch größer zu machen. Die Leute nannten sie Moby Dick. Sie verfasste Kurzgeschichten, die aus dem Leben gegriffen schienen, Hunderte von realistischen Storys; Cyril kannte sie, weil sie sich jeden Sommer in einem Kurs für Kreatives Schreiben trafen. Sie besaß das große Talent, über das Leben zu schreiben und es dabei leicht und unkompliziert erscheinen zu lassen. Und das alles mit einem humorvollen Unterton. Ich hatte Bedenken, dass der Schulleiter nicht einverstanden wäre mit der Königin des Realismus, wie sie genannt wurde. Cyril sagte, er würde mit ihm reden; es sei leicht, eine oberflächliche Entscheidung zu treffen, ohne die betreffende Person zu kennen. Mavis täte diesen Kindern gut, die kurz davor standen, ins Leben aufzubrechen – ihr war nichts Menschliches fremd, und sie moralisierte nicht. Das war der Grund für ihren großen Erfolg. Mit einem Land Rover fuhr sie im ganzen Land umher, immer mit einem weißen Regenmantel und einem weißen Südwester auf dem Kopf, wenn es regnete. Ihre Bücher lagen in Plastiktüten verpackt auf dem Sitz neben ihr, denn sie liebte Cabriolets und das Gefühl von Regen auf ihrem Gesicht. So etwas konnte für Kinder doch nur nützlich sein, sagte Cyril.

Fenella kannte Mavis Ormitage. Ich konnte es nicht glauben. In einer Stadt mit zwölf Millionen Einwohnern hatte sie zwei Menschen getroffen, die mir ebenfalls über den Weg gelaufen waren. Und dabei war Mavis nicht einmal eine Klientin von ihr. Ihre Art zu schreiben sei *unübersetzbar,* sagte Fenella. Es sei das reinste Wunder, dass sie sich hier im Land überhaupt verkaufe.

Nein, wie sollte es anders sein, Fenella hatte Mavis Ormitage im richtigen Leben kennengelernt, vor ungefähr fünf Jahren. Mavis hatte eine Tochter, die behindert war, und sie hatte ihr Leben diesem Mädchen geopfert. Inzwischen war sie natürlich kein Mädchen mehr, sondern eine Frau. Die Tochter musste so um die vierzig gewesen sein, als Mavis sich gezwungen sah, sie in eine Klinik zu bringen. Fenella hatte damals eine Freundin, Ruth, die dort arbeitete.

Von Ruth hatte ich bisher noch nichts gehört.

»Wo ist sie jetzt? Diese Ruth, meine ich.«

Fenella hatte keine Ahnung. Ruth war damals schrecklich deprimiert gewesen, was an ihrer echt schrecklichen Mutter lag. So ähnlich wie diejenige in *Open Windows!* Die ihre kleidete sich wie ein

Teenager und gab sich der Lächerlichkeit preis, indem sie durch die Straßen lief und fremde Männer anmachte. Die arme Ruth war vollkommen am Boden zerstört gewesen, aber um wieder auf die Beine zu kommen, hatte sie angefangen, ehrenamtlich in besagter Klinik auszuhelfen. Und zufälligerweise hatte sie davor an einem Schreibkurs teilgenommen, den Mavis Ormitage geleitet hatte. Vermutlich sogar derselbe wie der von Cyril.

Ich hatte das Gefühl, dass Fenella nicht viel von Cyril hielt. Und von Mavis auch nicht. Und in gewisser Weise auch nicht von ihrer Freundin Ruth. Nun, viele Worte verlor sie nicht darüber. Fenella ging nie sehr ins Detail, was sie selbst betraf. Aber Mavis erkannte Ruth wieder, die im Krankenhaus Wägelchen mit Büchern und Zeitschriften durch die Korridore schob. Sie kamen ins Gespräch und unterhielten sich oft auf dem Gang, in der Kantine und in dem hübschen, großen Klinikgarten. Ich sah alles deutlich vor mir. Sah, wie Fenella sie zu den von überhängenden Ästen beschatteten Parkbänken dirigierte. Hörte, wie Mavis über ihre sterbende Tochter und Ruth über ihre verrückte, mannstolle Mutter sprach. Spürte, wie beide Frauen beeindruckt waren von Fenellas Interesse und ihrem phänomenalen Gedächtnis für die Einzelheiten ihrer Geschichten.

»Gute Zeiten waren das damals«, sagte Fenella. »Mit guten Gesprächen unter einem Baum im Krankenhauspark.« Sie wirkte abwesend, während sie an die guten Zeiten dachte, damals, als sie von den Geschmacklosigkeiten einer verrückten alten Frau und dem langsamen Sterben einer aufgedunsenen, behinderten jungen Frau erfuhr. Mich überkam ein Schauer, und ich wünschte mir, ich wäre an diesem Abend mit Cyril Biggs ausgegangen.

Es ging mir nicht darum, zehn oder überhaupt irgendwelche Kinder in die Welt zu setzen. Cyril war ein witziger, selbstironischer Mann, der sich oder andere nicht allzu wichtig nahm. Hätte ich ihm von John und Maria erzählt, was höchst unwahrscheinlich war, wäre er nur kurz darauf eingegangen. Er hätte nicht wissen wollen, was Maria sagte, als sie das von John erfuhr, und wie wir sie betrogen hatten.

16

Mavis Ormitage war zweifellos diejenige Besucherin an unserer Schule, die am meisten für Gesprächsstoff sorgte. Die Schüler liebten sie vom ersten Moment an, als sie mit ihrem offenen Land Rover die Auffahrt hinaufbrauste und, umhüllt von wallender, weißer Seide, die Aula betrat. Hinterher stellte sie noch zahllose Fragen und konnte erst zum Aufbruch bewegt werden, als die Sicherheitsleute darauf hinwiesen, dass es an der Zeit sei, das Tor zu schließen. Mavis Ormitage hatte einen kleinen Flachmann mit Brandy mitgebracht und kippte im Lehrerzimmer jedem von uns einen Schuss in den Kaffee. Sogar der Direktor schien erfreut zu sein über die spontane Party. Und so etwas war noch nie vorgekommen. Ich zwang mich, irgendwann die Sprache auf Fenella zu bringen, auch wenn mir das nicht leichtfiel. Aus zwei Gründen nicht. Zum einen war es schwierig, Mavis allein zu fassen zu bekommen, und außerdem hatte ich Angst, illoyal zu erscheinen. Es war, als würde man an einem wehen Zahn herumdoktern: Mit einer Frage nach Fenella handle ich mir bestimmt schlechte Nachrichten ein, dachte ich. Warum will ich etwas Schlechtes über eine Frau hören, die so freundlich zu mir war? Suche ich nach einer Ausrede, sie nicht mehr sehen zu müssen?

Mavis musterte mich aus kleinen Knopfaugen inmitten all der Falten in ihrem fröhlichen Gesicht.

»Fenella? Eine der gütigsten Personen, denen ich je begegnet bin«, erwiderte Mavis. »Zu der Zeit zumindest. Es gibt eine Zeit für Menschen wie Fenella, wie es schon in den alten Psalmen heißt. Eine Zeit, geboren zu werden, eine Zeit, zu sterben, und eben eine Zeit für die Fenellas dieser Welt.«

»Und wenn diese Zeit vorbei ist?«, fragte ich.

»Dann werden *Sie* es wissen, aber Fenella wird nie dazu in der Lage sein. Sie gleicht einem Geisterschiff, ständig auf Kollisionskurs mit anderen, dem Untergang geweihten Schiffen, denen sie hilft, um später von ihnen verlassen zu werden.«

Ein wenig blumig war ihre Sprache schon, und sie weckte Schuldgefühle in mir.

Mir ging es inzwischen nämlich viel besser. Ich *wollte* nicht mehr über John und Maria reden, über schlaflose Nächte oder gefühllose Kollegen oder über das Versäumnis, das Grab meiner Mutter nicht besucht zu haben. Ich richtete meinen Blick nach vorn. Nur Fenella richtete den ihren nach hinten.

»Was wurde aus Ruth?«, wollte ich wissen.

»Das ist eine unglaubliche Geschichte«, erwiderte Mavis und bebte vor Vergnügen. »Ihre Mutter lernte drei attraktive junge jüdische Lebensmittelhändler kennen. Keiner weiß, wer von denen – oder ob einer überhaupt – ihr Liebhaber ist. Sie hat sich total beruhigt und zu einer hervorragenden Geschäftsfrau entwickelt. Ruth hat dann diesen wunderbaren Mann kennengelernt, der im Museum arbeitet. Momentan läuft dort diese große Dinosaurier-Ausstellung, für die überall Reklame gemacht wird. Sie wissen doch, oder?«

»Aber die beiden werden heiraten! Ich habe es in der Zeitung gelesen«, rief ich aufgeregt. »Die Trauung wird in der prähistorischen Abteilung stattfinden.«

»Sie hat Fenella eingeladen, aber Ruth weiß, dass sie keine Antwort bekommen wird.«

Es folgte ein kurzes Schweigen. Ich musste rasch weitersprechen, sonst hätte mir noch jemand die wunderbare Mavis Ormitage entführt.

»War es in dem Moment, in dem Sie sich wieder besser und nicht mehr wie ein zum Untergang verdammtes Schiff fühlten, als Ihnen das alles ein bisschen zu viel …«

»Sie war wunderbar in ihrer Zeit«, wiederholte Mavis.

»Soll ich ihr Grüße von Ihnen ausrichten und sagen, dass Sie sich nach ihr erkundigt haben?« Ich wusste, das war mehr als halbherzig.

»Nein, nein, besser nicht. Aber wie gesagt, der Ozean ist voller zum Scheitern verdammter Schiffe, Sie werden schon noch dahinterkommen … Ich meine, vor mir gab es da diese tolle Frau, die *Open Windows* verfasste und eine ebenfalls schreckliche Mutter hatte, und dann waren da eben Ruth und ich und zwischen mir und Ihnen noch ganz viele andere.«

Ein paar Wochen später klingelte das Telefon, und ich hoffte, dass es Cyril war. Doch mir wurde schwer ums Herz, als ich Fenellas Stimme hörte.

»Muss heute ein schlimmer Tag für dich sein, hat dich wahrscheinlich ganz schön runtergezogen«, sprach sie auf Band. Ich löschte umgehend die Aufnahme.

Mir fiel nämlich wieder ein, was Mavis zu dem Direktor in Bezug auf ihren Anrufbeantworter gesagt hatte. »Keine Bandaufnahme kann je eine so verheerende Wirkung haben wie eine lebende Stimme. Eine Stimme, deren Zeit vorüber ist.«

Verwirrt hatte der Schulleiter genickt; er war den Schuss Brandy in seinem Kaffee nicht gewohnt. Aber ich wusste jetzt, was Mavis gemeint hatte. Und außerdem war Cyril ein Mensch, der gern Nachrichten auf dem Anrufbeantworter hinterließ. Das gab ihm das Gefühl, einfallsreich, kreativ und sogar – wenn die Stimmung danach war – liebevoll zu sein.

Audrey

Als die alte Miss Harris starb, wusste Audrey, ihre schwarz-weiße Katze, nicht, wohin.

Audrey war klar, dass nicht wenige wohlmeinende Menschen der Ansicht waren, es wäre am besten, sie einzuschläfern, aber Audrey war noch nicht bereit für den Katzenhimmel, und so ahnte sie, dass sie rasch handeln musste. Sie musste sich ein neues Zuhause suchen und sich als Teil des Haushalts unentbehrlich machen. Das Problem war nur, dass sie niemanden aus der Nachbarschaft besonders gut kannte. Das Leben bei Miss Harris war einfach und angenehm gewesen: Audrey hatte nie die Notwendigkeit verspürt, sich anderweitig umzusehen. Doch jetzt musste sie eine Entscheidung treffen.

Bei den Wilsons nebenan wollte sie auf keinen Fall wohnen. Die Frau hatte eine sehr scharfe Stimme, und der Ehemann war bekannt dafür, dass er Audrey gern mal einen Tritt verpasste, wenn niemand hinsah. Außerdem hatten sich die Wilsons als schlechte Nachbarn erwiesen, als die arme Miss Harris älter und schwächer wurde. Es hätte sie nicht umgebracht, wenn sie ihr morgens eine Tasse Tee vorbeigebracht hätten. Audrey hätte den Tee ja gern selbst gemacht, aber Katzen waren dazu leider nicht in der Lage, und so musste sie schweren Herzens mitansehen, wie Miss Harris ihre schmerzenden Gliedmaßen aus dem Bett quälte, bis sie langsam und mühselig in die Gänge kam.

Audrey überlegte kurz, zu Eric zu ziehen, ein angenehmer Zeitgenosse, der Audrey einmal ein ganzes Filetsteak überlassen hatte. Aber nur weil er betrunken war, wie sich herausstellte, und aus Versehen; er hatte das Steak für sich selbst zubereitet, und dann war es irgendwie auf dem Boden gelandet. Selbstverständlich hatte Audrey es verzehrt – voller Dankbarkeit, versteht sich –, konnte jedoch nicht begreifen, weshalb er es danach wie eine Stecknadel im ganzen Haus suchte.

Aber auch wenn Eric ein Herz aus Gold besaß und sich Miss Harris gegenüber freundlich benommen hatte, letztendlich könnte er sich als schlechte Wahl erweisen, weil er oft betrunken und folglich unzuverlässig war. Er könnte Audrey leicht ins Haus sperren und anschließend für sechs Monate verschwinden, und wenn er wiederkam, wäre sie nur noch ein Katzenskelett.

Da Audrey die meisten der anderen Haushalte nicht kannte, begab sie sich auf eine Besichtigungstour.

Keinesfalls infrage kam die Familie, die sie bereits wegscheuchte, bevor sie ihre vier Pfoten über die Schwelle gesetzt hatte. Ebenso wenig das pensionierte Paar, das einander zuraunte, Audrey könne schließlich F-L-Ö-H-E haben. Man stelle sich vor! Abgesehen davon, dass Audrey *nie* Flöhe hatte, wie kamen diese Leute auf die Idee, sie könnte, falls sie das Wort überhaupt verstand, auch noch wissen, wie man es buchstabierte?

Und auch nicht die drei Mädchen, die sie unter keinen Umständen ermutigen wollten, weil sie eine Katze im Unterhalt für zu teuer hielten. Auch nicht der Drummer, der aus heiterem Himmel die beunruhigendsten Geräusche mit seinen Trommeln erzeugte und sogar eine ausgeglichene Katze wie Audrey verunsichern würde. Und generell nicht Familien mit Kleinkindern, die dazu neigten, Audrey am Hals zu packen und ihr die Luft abzuschnüren.

Audrey wünschte sich, Miss Harris wäre noch am Leben und hätte sie nicht allein gelassen. Sie war so eine nette Dame gewesen, hatte oft in ihrem Garten gebuddelt und dabei mit sich selbst gesprochen. Zu Audrey sagte sie immer: »Du bist die Einzige, die mich wirklich vermissen wird, wenn ich einmal nicht mehr lebe. Aber *dir* kann ich meinen Schatz leider nicht hinterlassen, sonst würde mich Henry noch für geisteskrank erklären.«

Miss Harris hasste ihren Neffen Henry aus tiefstem Herzen. Er besuchte sie ein Mal im Jahr und zeigte sich, wie es schien, wenig erfreut darüber, dass sie noch immer am Leben war. Neugierig sah er sich in Miss Harris' Haus um und klimperte mit dem Wechselgeld in seinen Taschen, als plante er bereits einschneidende Veränderungen für die Zeit nach ihr. Nach Henrys letztem Besuch war Miss Harris sehr aufgebracht gewesen und mit einer Schaufel hinaus in den Garten gegangen.

Audrey war ihr gefolgt, um ihr Gesellschaft zu leisten. Es war ausgesprochen schade, aber Miss Harris wusste nicht, dass Audrey jede ihrer Äußerungen verstehen konnte und versuchte, ihr jedes Mal eine Antwort zu geben. Doch alles, was Miss Harris und alle anderen verstanden, war nur ein Wort: *Miau.*

Das war äußerst ärgerlich.

Miss Harris hatte an dem Tag gegraben und gegraben. Niemand würde das je finden, hatte sie dabei vor sich hin gemurmelt, nicht einmal Henry und eine Horde von Detektiven. Audrey sah interessiert zu, wie die guten silbernen Kerzenhalter und dicke Plastikumschläge mit Bargeld neben dem Rittersporn in der Erde verschwanden. Danach kehrte Miss Harris ins Haus zurück und ruhte sich erst mal aus.

In der nächsten Zeit ruhte sie sich immer öfter aus, mit Audrey auf ihrem Schoss, bis zu dem Tag, an dem sie ganz zu atmen aufhörte.

Audrey streifte noch lange genug durch Haus und Garten, um genau mitzubekommen, dass Henry vor Wut schäumte.

»Meine Tante *muss* mehr an Vermögen besessen haben als das, was sie in ihrer Handtasche herumtrug«, ereiferte er sich. In ihrem Testament hatte Miss Harris verfügt, dass das Haus verkauft und der Erlös an einen Tierschutzverein gehen sollte. Den Rest der Erbmasse sollte ihr Neffe Henry aus Dankbarkeit für seinen jährlichen Besuch erhalten.

Der Rest der Erbmasse stellte sich jedoch als äußerst unbedeutend heraus. Kaum der Rede wert. Doch alles war juristisch in Ordnung. Miss Harris hatte ihr Testament bei klarem Verstand verfasst und regelmäßig Bargeld von ihrem Sparkonto abgehoben. Das war ihr gutes Recht. Und von diesem Bargeld war nichts gefunden worden.

Audrey trug schwer an ihrem Geheimnis, während sie die Landstraße entlangtrottete und sich große Sorgen um ihre Zukunft machte. Als sie in ihre Straße einbog, sah sie vor Hausnummer achtundzwanzig einen Umzugswagen seine Fracht abladen. Der wenige Hausrat von Miss Harris war bereits verkauft und das Haus geräumt worden. Von ihrem Posten unter der Hecke aus sah Audrey gebannt zu, wie die Möbel ausgeladen wurden. Keine Hundehütte – das war gut, die Neuen hatten offenbar keinen großen, kläffenden Köter. Kein Vogelkäfig, auch gut; Leute, die Kanarienvögel oder Wellensittiche in Käfigen hielten, hatten Angst vor Katzen. Und Kleinkinder, die Audrey zu ungestüm umarmen könnten, hatten sie offenbar auch nicht.

Die Neuankömmlinge waren allem Anschein nach ein junges Paar, das sein erstes gemeinsames Heim bezog. Sie waren erschöpft von den Strapazen des Umzugs, gespannt, was die Zukunft bringen würde, und in Sorge, ob sie die monatlichen Raten aufbringen konnten. Angenommen, einer von ihnen wurde krank? Angenommen, es gab eine Wirtschaftskrise und keine zusätzliche Arbeit?

Doch sie sprachen einander Mut zu, wanderten mit dicken Teetassen in der Hand durch Miss Harris' Haus, streichelten die Wände und versuchten, die Energie aufzubringen, die Kartons auszupacken. Die beiden hießen Ken und Lilly, und je länger Audrey sie durch das Fenster beobachtete, desto mehr mochte sie sie.

Aber sie durfte nicht vorschnell handeln. Die zwei waren müde und verängstigt. Die Vorstellung von zusätzlichen vier Pfoten im Haus, einem weiteren Maul zum Füttern wäre ihnen bestimmt zu viel. Sie würde sich langsam an sie herantasten. Bis dahin konnte sie im Gartenschuppen von Miss Harris unterschlüpfen.

Am nächsten Tag fing Audrey einen kleinen Spatz zum Mittagessen und tags darauf eine Feldmaus, aber sie sehnte sich nach den leckeren Mahlzeiten, die Miss Harris ihr immer hingestellt hatte: Schalen voller Katzenfutter zum Aufbau der Knochen und für ein seidiges Fell.

Am dritten Tag hielt sie die Zeit für gekommen, sich dem jungen Paar zu präsentieren. Sorgfältig bereitete sie sich auf den Besuch vor und putzte sich von Kopf bis Schwanz. Sie wusste, dass sie die beiden nicht erschrecken durfte. Reden durfte sie auch nicht, denn sie würden sie ohnehin nicht verstehen und in ihr nur eine jämmerlich miauende Katze sehen, die entweder hungrig war oder sich verlaufen hatte, obwohl sie ihnen doch nur Fragen stellte, um herauszufinden, ob sie bei ihnen gut aufgehoben wäre.

Gäbe es doch nur eine Möglichkeit, miteinander zu kommunizieren, um dieser Lilly und diesem Ken mitzuteilen, dass sie ihnen keinen Ärger bereiten würde. Im Gegenteil. Schließlich hatte sie bereits drei Jahre in diesem Haus gelebt und könnte sie mit der Nachbarschaft vertraut machen. Aber diese Sprache existierte nicht. Das Paar würde sie für eine hilflose Streunerin halten, anstatt in ihr ein neues, nützliches Mitglied ihres Haushalts zu sehen.

Plötzlich fiel Audrey das Halsband ein, das Miss Harris ihr einst gegeben hatte. Auf dem stand »Audrey« und eine Adresse und Telefonnummer.

Als Miss Harris gestorben war, hatte Audrey zwei vorbeikommende Katzen gebeten, ihr zu helfen, dieses Halsband loszuwerden. Es hätte wenig Sinn, wenn freundliche Passanten sie immer wieder zu einem leeren Haus zurückbrächten, wenn sie gerade dabei war, sich ein neues Heim zu suchen. Doch jetzt sah es so aus, als könnte ihr altes auch wieder ihr neues Zuhause werden, wenn sie ihre Karten geschickt ausspielte. Audrey entdeckte das Halsband ganz hinten im Schuppen und nahm es mit, als sie zu Lillys und Kens Haus aufbrach.

Die beiden staunten nicht schlecht, als sie eine schwarz-weiße Katze sahen, die geduldig vor ihrer Tür wartete, ein durchgebissenes Katzenhalsband im Maul. Noch mehr erstaunte sie die Adresse. »Audrey?«, fragten sie unsicher, und Audrey schmiegte sich an ihre Beine, schnurrte wie ein Motor und streckte ihnen die Pfote hin, wie die Menschen es gern mochten.

»Wir sollten herausfinden, wo sie zu Hause ist«, sagte Ken.

»Na, laut diesem Halsband hier«, meinte Lilly. Lilly war die gutmütigere von beiden, das begriff Audrey sofort.

Ken war abweisender. »Wir werden Katzenfutter für sie besorgen müssen, und dabei haben wir kaum Geld, um uns selbst was zu essen zu kaufen.« Ken war derjenige, den Audrey überzeugen musste. Sie versuchte, sich ganz klein zu machen, ein Häufchen Fell, das kaum etwas zu fressen brauchte. Dafür schnurrte sie umso lauter. Ken war nervös und gestresst, aber das Geräusch schien ihn zu beruhigen.

»Na gut, probieren wir es eine Woche lang mit ihr aus«, stimmte er schließlich zu. Audrey war in Sicherheit. Kein Mensch gibt nach einer Woche ein Katze weg.

Die beiden waren ein nettes, wenn auch sehr ängstliches junges Paar, ständig in Panik wegen der monatlichen Ratenzahlungen. Jeden Abend gingen sie durch Miss Harris' Haus, streichelten die Wände und bestätigten einander, wie schön es hier war und dass sie sich vom ersten Moment an zu Hause gefühlt hatten. Dann fielen die Überstunden weg, die Ken in seiner Firma bisher immer gemacht hatte, und Lilly bot an, Bügelarbeiten zu übernehmen. Sie hatte bereits Handzettel entworfen, scheute sich aber davor, sie bei den Nachbarn zu verteilen. So nahm Audrey, der ewigen Sorgen leid, die Sache selbst in die Hand und deponierte die Zettel vor den Türen der Nachbarn oder neben den Pflanzentöpfen, und bald nahm das Bügelgeschäft Fahrt auf.

Lilly wunderte sich, dass so viele Leute von ihr gehört hatten – unglaublich, diese Mundpropaganda. Nur Audrey wusste, dass es das Werk geschickter Katzenpfoten war, doch es schien sinnlos, dies irgendjemandem klarmachen zu wollen. Und nach einer Woche war nicht mehr die Rede davon gewesen, dass Audrey wieder gehen sollte. Die beiden hatten sie in ihr Herz geschlossen, und wie zu Miss Harris' Zeiten schlief sie auf ihrem Bett und tröstete sie des Nachts mit ihrem Schnurren.

Und dann erzählte Lilly Ken, dass sie ein Junges erwarte. Ein Menschenjunges natürlich. Und Ken regte sich fürchterlich auf, schrie, dass sie sich das nicht leisten könnten, und lief Türen knallend aus dem Haus. Lilly weinte bitterlich, wandte sich in ihrer Not an Audrey und klagte, dass sie nie ein Junges haben würden. Sie würden nie über genügend Geld verfügen. Es sei dumm von ihnen gewesen, dieses wunderhübsche Haus zu kaufen.

Audrey verstand das nicht; entweder bekam man ein Junges oder nicht. Audrey selbst konnte keine Kätzchen mehr bekommen, weil jemand etwas mit ihr gemacht hatte: Sie hätte so gern ein oder zwei Würfe gehabt, aber sie dachte, entweder bekam man seine Jungen oder nicht, ihr war nicht bekannt, dass man auf halbem Weg wieder umkehren konnte. Doch dieser Zustand machte Ken und Lilly sehr traurig, und Audrey wusste, dass sie ziemlich bald etwas dagegen unternehmen musste.

Und so lockte sie die beiden unter lautem Maunzen und aufgeregtem Miauen hinaus in den Garten und fing an, dort zu scharren, wo sie Miss Harris ihren Schatz hatte vergraben sehen. Immer wieder drückte sie ihre kleinen Pfoten in die Erde.

»Sie kommt mir vor wie ein Hund, der nach einem Knochen sucht«, sagte Lilly.

»Gott weiß, was wir da ausgraben werden«, erwiderte Ken. »Vielleicht den verrotteten Kadaver eines mausetoten Vogels.«

»Nein, ich bin sicher, es ist etwas Wichtiges«, widersprach Lilly, und so grub Ken tiefer und stieß schließlich auf die Schatulle und die Bündel mit Geld. Ein Vermögen war das, mit dem sie auf Nummer achtundzwanzig wohnen bleiben könnten.

Sogar ein eigenes Junges könnten sie sich leisten. Und richtiges Katzenfutter für Audrey. Flehend schaute sie sie an, doch bitte das Richtige zu tun.

Zusammen kehrten sie in die Küche zurück und bestaunten das Geld. Das musste der alten Dame gehört haben, sagten sie. Die Arme – sie war wohl nicht mehr ganz richtig im Kopf, als sie das Geld da draußen vergrub. Doch dann fiel ihnen Henry, der schreckliche Neffe der alten Dame, wieder ein.

Unter diesen Umständen würden sie das Geld selbstverständlich behalten. Das konnte man ihm doch auf keinen Fall überlassen.

Audrey entspannte sich ein wenig.

Doch sofort bekamen sie ein schlechtes Gewissen. Das Geld gehörte ihnen nicht, sie mussten es den Behörden übergeben. Audrey sträubte sich das Fell. Erregt wollte sie von Ken und Lilly wissen, was die Behörden je für sie getan hatten, aber natürlich verstanden sie sie nicht.

Und dann sah sie, dass die beiden sich küssten, was ein gutes Zeichen war, und sie war sicher, dass sie die richtige Entscheidung getroffen hatten.

Ken kehrte zurück in den Garten und füllte das Loch mit Erde, sodass Audrey endgültig sicher sein konnte.

Von den silbernen Kerzenleuchtern erzählte sie ihnen allerdings nichts, weil sie dann vielleicht tatsächlich Schuldgefühle bekommen hätten. Damit würde sie warten, bis ihr Junges alt genug war, größere Ansprüche hätte und sie zusätzliches Geld benötigten.

Audrey machte es sich gemütlich und genoss eine Schüssel voll mit teurem Katzenfutter. Wie gern hätte sie Miss Harris erzählt, dass alles ein gutes Ende gefunden hatte.

Ein sehr gutes Ende.

Keine Tränen im Tivoli

Schwierig zu entscheiden, was sie zum Klassentreffen anziehen sollte. Laura ließ sich viel Zeit mit der Auswahl, obwohl sie keine von den Frauen war, die Schulfreundinnen, die sie zehn Jahre lang nicht mehr gesehen hatte, mit ihrer Eleganz besonders beeindrucken wollte. Laura hatte ein anderes Problem.

Sie hatte einen überaus reichen Mann geheiratet, und ihr Ziel war es, eben *nicht* zu elegant aufzutreten.

Bei der Durchsicht ihrer Garderobe fiel ihr auf, dass das graue Kostüm zwar schlicht aussah, aber sofort als Designerstück erkennbar war; ebenso der marineblaue Blazer, der ein Vermögen gekostet hatte. Trotzdem konnte sie nicht einfach hergehen und in der High Street bei *Marks and Spencer* etwas kaufen, das alle sich leisten konnten. Damit würde sie nur noch mehr Gerede provozieren.

Laura wusste, dass sie bereits jetzt im Mittelpunkt des allgemeinen Interesses stand. Die kleine graue Maus Laura, die den Großindustriellen Don Dixon geheiratet hatte. Laura, die ein Haus in London, eines auf dem Land und ein Ferienhaus in Frankreich besaß. Mittlerweile war sie achtundzwanzig Jahre alt wie alle anderen auch, noch immer blass wie zu Schulzeiten, und doch lebte sie auf einem völlig anderen Stern als ihre ehemaligen Klassenkameradinnen. Sie würde sich nie Sorgen um monatliche Hypothekenraten machen müssen oder darüber, ob sie sich dieses Jahr einen Urlaub im Ausland leisten konnte; und wenn der Wagen nicht anspringen wollte, war das auch kein Problem für sie.

Sie würde ohnehin vorsichtig genug sein müssen bei allem, was sie sagte, und durfte die anderen auf keinen Fall durch die Auswahl ihrer Garderobe verärgern. Hätte sie doch nur eine gute Freundin fragen können – doch das war auch so ein Punkt, den die Ehe mit einem extrem reichen Mann mit sich brachte: Sie hatte keine richtige Freundin mehr. Durch Don hatte sie zwar viele Kontakte zu allen möglichen Menschen, die auch bei ihr zu Hause zu Gast waren, und oft unternahm sie mit den Gattinnen befreundeter Geschäftsleute einen Einkaufsbummel. Alles zweifellos angenehme Frauen, selbstsicher und umgänglich, aber man musste auf der Hut sein, denn sie waren die Augen und Ohren ihrer Ehemänner. Laura konnte nicht über jedes Thema sprechen, da diese Gespräche den Männern zugetragen werden könnten. Dass sie sich einsam und isoliert fühlte, zum Beispiel, dass sie sich sehnlichst eine Familie wünschte und dass es ihr einen schmerzhaften Stich versetzte, wenn sie an einem Baby im Kinderwagen vorbeikam.

Am Tag des Klassentreffens regnete es, und Lauras Problem war gelöst. Sie entschied sich für einen schicken, scharlachroten Regenmantel über einem schlichten, schwarz-weiß gemusterten Kleid. Die anderen würden nicht ahnen, dass der Regenmantel in einer New Yorker Boutique so viel gekostet hatte, wie sie bräuchten, um drei Monate lang ihren Haushalt zu finanzieren. Falls sie jemand bewundernd darauf ansprach, würde sie bloß die Schultern zucken und sagen, das sei doch nur ein ganz normaler Trenchcoat.

Sie beschloss, ein Taxi zu nehmen, so würden sie ihren Wagen nicht sehen.

Don war genervt wegen des Regens. Er hatte für diesen Tag geplant, mit einem wichtigen Geschäftskontakt auf den Golfplatz zu gehen. Alles war bereits seit Monaten arrangiert. Don hasste all das, worauf er keinen Einfluss hatte, zum Beispiel das Wetter. Er machte ein finsteres Gesicht.

Es hatte wenig Sinn, zu versuchen, ihn aufzuheitern, auch der Vorschlag, mit seinem Kollegen auf eine Indoor-Golfanlage zu gehen, brächte nichts. Das und andere Alternativen hatte er bestimmt bereits in Betracht gezogen. Man lernt viel in vier Jahren Ehe mit einem komplizierten, anspruchsvollen Mann, wenn man Augen und Ohren offen hält. Und Laura war eine sehr gute Schülerin gewesen und jetzt eine Meisterin in der Disziplin, mitfühlend zu lächeln und nichts zu sagen. Ihre Unterstützung und unausgesprochene Loyalität schienen ihre Wirkung nicht zu verfehlen.

Bald glätteten sich Dons Gesichtszüge wieder, und er wandte sich seinem Vollkorntoast und dem frischen Obst zu, das sie im Wintergarten servierte, wann immer er Lust darauf hatte.

Seine gute Laune war zurückgekehrt.

»Na, dann genieß heute mal die Zeit mit deinen Damen! Zehn Jahre, seit ihr die Schule verlassen habt. Da wirst du sicher jede Menge Krähenfüße und Schönheitsoperationen zu sehen bekommen.«

Er lachte gutmütig. Don war fünfzehn Jahre älter als sie und machte oft Witze darüber, dass sie nun auch schon auf die dreißig zugehe und sich dem mittleren Lebensalter nähere.

Laura wunderte sich noch immer. Sie, die so gar nichts Besonderes war, hatte es geschafft, einen der begehrtesten Männer in ganz Britannien zu heiraten *und* sein Interesse an ihr aufrechtzuerhalten.

Don war sichtlich stolz auf sie und sah es gern, wenn sie sich elegant kleidete und bewundernde Blicke auf sich zog.

Deshalb würde Laura ihm nicht verraten, dass die Mädchen ihrer ehemaligen Schule den scharlachroten Regenmantel nicht entsprechend zu würdigen wüssten, erst hinterher würde sie so tun, als wären ihnen bei seinem Anblick die Augen übergegangen.

Das würde Don Dixon viel besser gefallen als ihre Rücksichtnahme und Umsicht, nicht zeigen zu wollen, um wie viel bessergestellt sie finanziell war als ihre ehemaligen Schulkameradinnen.

In Dons Welt war für solche Befindlichkeiten kein Platz. Falls man überhaupt je auf die Idee käme, hielte man so etwas für unaufrichtig und heuchlerisch.

»Aber betrink dich nicht sinnlos und feiere nicht bis in die Puppen mit deinen Schulfreundinnen, du weißt, wir fliegen morgen ganz früh nach Kopenhagen«, sagte er und strich ihr zärtlich übers Gesicht.

Die bloße Vorstellung, Laura könnte mit einer Gruppe Frauen über die Stränge schlagen, war lächerlich; sie trank generell wenig und war immer schon weit vor ihrem Mann daheim, um für einen reibungslosen Ablauf in ihrem jeweiligen Zuhause zu sorgen.

»Wird es bei dir spät werden?«, fragte sie.

»Wahrscheinlich. Du weißt doch, wenn diese Leute extra hierherfliegen, wollen sie sich auch amüsieren. Es wäre unhöflich, nicht so lange zu bleiben wie sie, also bis die Party zu Ende ist.« Der bloße Gedanke daran schien ihn bereits zu ermüden, aber Laura wusste nur allzu gut, dass es ihm großen Spaß machte, den Gastgeber zu spielen, wenn ausgelassen gefeiert wurde.

»Ja, es wäre dumm, am falschen Platz zu sparen und den Erfolg zu riskieren«, sagte sie.

Sein Gesicht hellte sich auf, wie so oft, wenn sie ein altes Sprichwort oder ein bedeutungsloses Klischee bemühte.

Es war leicht, Don Dixon glücklich zu machen. Das heißt, solange man nach seinen Regeln spielte und keine Fragen stellte oder argwöhnte, es könne noch andere Frauen in seinem Leben geben. Dann war alles sehr einfach.

Beim Mittagessen schien sich das Rad der Zeit wie von selbst zurückzudrehen. Sie lachten und plauderten wie damals mit siebzehn, achtzehn Jahren, erzählten, wie es ihnen im Leben ergangen war, und zogen Bilder ihrer Kinder aus der Tasche – Schnappschüsse von pausbäckigen Säuglingen und ernst dreinblickenden Jungen und Mädchen in Schuluniform.

Shirley, wild und ungestüm wie immer, hatte eine Affäre mit einem bekannten Schauspieler, der noch dazu verheiratet war. Und die schmallippige Celia mit dem vernünftigen Schuhwerk blickte missbilligend wie eh und je in die Runde.

Sie alle hatten in Zeitschriften über Lauras diverse Domizile gelesen.

»Das nächste Mal sollten wir uns vielleicht auf einem deiner Anwesen treffen, meinst du nicht?«, schlug Celia schnippisch vor.

»Gern, wenn ihr wollt, aber ist es nicht lustiger, sich hier zu treffen, wo ein Hotel einem die ganze Arbeit abnimmt?« Laura lächelte breit. Im Lauf der Jahre hatte sie gelernt, nicht auf jede Stimmung einzugehen und den Eindruck zu erwecken, viel von sich preiszugeben, ohne tatsächlich etwas zu sagen.

»Nimmt er dich eigentlich auf seine Geschäftsreisen mit?«, fragte Shirley und zwinkerte zweideutig.

»Ja, wenn ich mitkommen will.«

»Fahr bloß mit, Laura! Glaub mir, du musst überall dabei sein. Ich könnte dir viel darüber erzählen, was sich bei diesen Geschäftstreffen alles abspielt. Ehrlich, ich weiß, wovon ich rede.«

Laura glaubte es ihr aufs Wort. Was diese Seite ihres Lebens mit Don betraf, hatte sie immer alle Augen zugedrückt. Man konnte nicht alles haben, und sie, Laura, hatte schon sehr viel, wie sie fand.

»Morgen früh fliege ich zum Beispiel mit nach Kopenhagen«, verkündete sie fröhlich.

»Sehr schlau von dir«, sagte Shirley. »Das sind sehr schöne Frauen, die Däninnen, klug *und* schön.«

Don war bester Laune, als sie zum Flughafen aufbrachen. Laura hatte wie immer das Kofferpacken übernommen – bei keiner ihrer Reisen gab es Stress oder Hektik in letzter Minute.

Sie hatte ihre Reisegarderobe mit großer Sorgfalt ausgewählt und sich für ein schickes, cremefarbenes Kostüm entschieden, ihren scharlachroten Regenmantel trug sie über dem Arm. Bewundernd blickten ihr die Leute nach, als sie den Flughafen durchquerten.

»Der Termin dürfte nicht zu stressig werden«, meinte Don. »Das ist mir auch ganz recht so. Ich bin müde – ich bin gestern Abend erst um ein Uhr daheim gewesen. Du hast schon fest geschlafen. Ich wollte dich nicht wecken.«

»Das war sehr rücksichtsvoll von dir, mein Schatz.« Laura lächelte dankbar. Sie hatte nicht geschlafen, als er zurückkam. Sie hatte eine sehr lange Zeit mit offenen Augen in der Dunkelheit gelegen. Und es war fast vier Uhr gewesen, als Don endlich ins Bett gekommen war …

Am Flughafen wurden sie von Monika abgeholt. Monika war groß und blond, hatte einen makellosen Teint und sprach so perfekt englisch, dass Laura sie für eine Engländerin hielt. Aber nein, sie stamme von Bornholm, wie sie sagte, einer Insel in der Ostsee. Sie zeigte sie ihnen auf einer Karte und erzählte ihnen lachend von der Fähre, die sie bald nach Hause bringen würde.

Laura entgingen die bewundernden Blicke nicht, die Don dieser attraktiven, lebhaften Frau zuwarf, die mit Begeisterung von der felsigen Küste ihrer Heimat sprach. Eine Woge der bekannten Eifersucht stieg in ihr hoch, doch sie verbarg sie hinter einem einstudierten Lächeln.

Monika schien seltsamerweise genau zu begreifen, was in dem Moment zwischen ihnen vor sich ging, und begann unvermittelt, von ihrem Sohn Erik zu erzählen, der sich wie sie bereits auf die Heimfahrt mit der Fähre und auf seine Großeltern freue, die winkend am Pier auf sie warteten. Eine äußerst subtil verpackte Botschaft an den attraktiven reichen Engländer, dem sie damit zu verstehen geben wollte, dass sie eine Frau mit Familie war und keine attraktive Konferenzorganisatorin, die über alle touristischen und geschäftlichen Belange hinaus unbegrenzt zur Verfügung stand.

Monika brachte sie zu ihrem Hotel, überreichte Don den Zeitplan der Tagung und schlug vor, Laura bis zum mittäglichen Lunch noch einige Sehenswürdigkeiten zu zeigen.

»Erstaunliche Frau, diese Monika«, sagte Don, während Laura rasch ihre Koffer auspackte, damit er einen Blick auf seine Notizen für die Tagung werfen konnte. »Die würde bei jedem Schönheitswettbewerb gewinnen, wenn sie wollte.«

Eine weniger kluge Frau, die ihre Eifersucht nicht so gut unter Kontrolle hatte, hätte darauf hingewiesen, dass die Frau einen kleinen Jungen namens Erik hatte und offenbar ein geregeltes Familienleben führte. Doch nicht so Laura. Laura stimmte ihrem Mann zu.

»Sie ist wirklich entzückend, da hast du vollkommen recht. Ich bin so froh, dass sie Zeit hat, mit mir einen kleinen Stadtrundgang zu machen. Wenn wir uns wiedersehen, werde ich alles über Kopenhagen wissen.«

Es funktionierte, wie so etwas immer funktionierte, wenn es gut überlegt war. Don küsste sie und hielt sie einen Moment lang an sich gedrückt.

»Bin ich nicht ein kluger Mann, dass ich dich gefunden habe?«, sagte er.

»Wie hätte es auch anders sein sollen, Don«, erwiderte sie mit einem kleinen Lachen und eilte hinunter in die Hotelhalle, um sich mit der bemerkenswerten Monika zu treffen. Shirley hatte recht gehabt. Diese dänischen Frauen waren eine tödliche Kombination ... sowohl schön als auch klug.

»Wir fangen mit dem Rathausplatz an – keine sehr originelle Idee, hier starten alle«, erklärte Monika lachend. »Aber ich dachte mir, wir stellen uns einfach dorthin, überlegen, was wir am liebsten unternehmen wollen, und machen uns dann auf den Weg.«

Angeregt plaudernd eilten die beiden Frauen an diesem sonnigen, kühlen Morgen zum Rathausplatz und zogen unterwegs viele bewundernde Blicke auf sich.

Eigentlich hatte Laura vorgehabt, die Königliche Porzellanmanufaktur oder eines der Museen zu besuchen, damit sie beim Lunch darüber reden und mit ihrem Wissen glänzen könnte, sodass Don stolz auf sie sein würde. Doch heute war sie nicht in der Stimmung dafür. Sie hatte keine Lust, ihre Hausaufgaben zu machen, um ihren gut aussehenden, erfolgreichen Ehemann noch besser aussehen zu lassen, indem sie demonstrierte, was für eine kluge Frau er an seiner Seite hatte. Heute wollte sie nur Touristin sein wie andere Leute auch, die hier Urlaub machten.

»Können wir vielleicht in den Tivoli gehen?«, fragte Laura.

»Nichts wäre mir lieber«, erwiderte Monika, und wie zwei Kinder, die die Schule schwänzten, eilten sie den Hans Christian Andersen Boulevard entlang.

Monika erzählte von einem Schulausflug, den sie einmal von Bornholm aus nach Kopenhagen unternommen hatten. Mit einem wunderbaren Lehrer hatten sie Stunden in diesem großen Vergnügungspark mit seinen vielen Blumen, Brunnen, kleinen Shows und dem Feuerwerk verbracht. Keiner von ihnen würde das je vergessen. Damals wie heute war der Tivoli ein magischer Ort.

Sie setzten sich auf eine Parkbank und kamen gleich ins Gespräch wie zwei alte Freundinnen.

»Kommt Ihr kleiner Sohn Erik auch so gern hierher?«, fragte Laura.

»Er liebt es, wie jedes Kind. Der Park ist wie gemacht für ihn.«

»Ich vermute, dass er heute in der Schule ist. Schade, dass er nicht mit uns kommen konnte«, sagte Laura.

»Sehr freundlich von Ihnen, dass Sie ihn mitgenommen hätten. Falls meine Frage nicht zu persönlich ist, aber wollen Sie und Don auch Kinder bekommen?«

»Ich schon, er nicht, glaube ich.« Laura hatte nie zuvor so offen über dieses Thema gesprochen. Dieser Ort schien etwas an sich zu haben, das sie unachtsam werden ließ.

»Glauben Sie nicht, dass er sich freuen würde, wenn plötzlich ein Baby käme?« Monika war verständnisvoll und interessiert, ein Mensch, mit dem man gut reden konnte.

»Ich denke nicht. Don mag keine Überraschungen oder Dinge, die nicht geplant sind. Ein Kind steht bisher noch nicht auf seiner Agenda. Ich bin achtundzwanzig Jahre alt, und er hält das für sehr jung. Ich hätte noch genügend Zeit, sagt er. Nach dieser Fusion, jener Übernahme, diesem Deal …«

»Ich weiß, ich weiß.« Und ihr Gesichtsausdruck signalisierte, dass Monika tatsächlich wusste, wovon sie sprach. Sie schien zu verstehen, dass Don Dixon kein Mann war, den man überrumpeln sollte, nicht einmal mit einem Sohn und Erben, bevor er dazu bereit war.

»Hat Ihr Mann sich gefreut, als Erik kam?« Laura musste das unbedingt wissen.

Monika überlegte eine Weile, ehe sie antwortete.

»Es gibt keinen Ehemann. Sechs Jahre lang hatte ich einen Mann, den ich sehr liebte, aber wir waren nicht verheiratet, wir lebten nicht einmal zusammen. Es ist eine lange und komplizierte Geschichte. Er war Musiker, er wollte frei sein und sich nicht von häuslichen Zwängen einengen lassen. Kein Heim, keine Miete und definitiv kein Kind.«

Monikas Augen wurden feucht, als sie von dem Freigeist erzählte, der sechs Jahre lang der Mittelpunkt ihres Lebens gewesen war.

»Viele meiner Freundinnen waren in derselben Lage, aber sie vergaßen einfach, die Pille zu nehmen, und für sie entwickelte sich alles zum Besten. Und ich dachte mir, genau das tue ich auch.« Es herrschte Schweigen. Die beiden Frauen saßen nebeneinander in der Morgensonne, umringt von Familien, die zum Frühstücken in die im Tivoli-Park verstreuten kleinen Cafés kamen.

»Wollen Sie mir erzählen, was passiert ist?«, fragte Laura leise.

»Sie werden doch auch schon daran gedacht haben, oder?«, fragte Monika. »Nun, ich erzähle die Geschichte zu Ende. Für meine Freundinnen ging alles gut aus, wie ich schon sagte, warum dann also nicht auch für mich? Trotzdem war es nicht dasselbe. Er war sehr wütend, als er von der Schwangerschaft erfuhr. Ich flüchtete mich hierher in den Tivoli. Nicht weit von hier setzte ich mich auf eine Bank und dachte lange nach. Ich hoffte, er würde seine Meinung ändern, sobald er das Baby sah. Doch während ich hier saß und den Kindern beim Spielen zuschaute, wurde mir bewusst, dass ich ein hohes Risiko einging. Mir wurde klar, dass er sich vielleicht nie ändern wird.«

Monika stand auf und warf einem großen, zotteligen Hund, der ihnen einen Besuch abstattete, einen Stock zu. Sie lächelte, aber ihre Augen blickten traurig.

»Für ihn war seine Freiheit wichtiger als ein Sohn. Er wollte jederzeit aufbrechen und bei Festivals auftreten und ganze Nächte bei irgendwelchen Sessions verbringen können. Das war mit einer Familie nicht zu vereinbaren. Wir trennten uns.«

Laura war voller Mitgefühl. »War es sehr schlimm?«, fragte sie.

»Ja, es war sehr einsam. Ich konnte nicht glauben, dass wir so vieles miteinander erlebt hatten und dass er nicht mehr da wäre, um das größte Erlebnis von allen mit mir zu teilen. Aber ich hätte es eigentlich wissen müssen. Ich hätte die Zeichen richtig deuten müssen. Wenn es um andere geht, ist das immer so einfach.«

»Was ist mit meinem Leben? Können Sie die Zeichen in meinem Leben deuten? Würde Don sich ändern beim Anblick eines Babys?«

Laura hatte sich noch nie so offen in die Karten schauen lassen.

»Ich denke«, erwiderte Monika nachdenklich, »dass er seine momentane Art von Freiheit sehr zu schätzen weiß, mit Ihnen an seiner Seite, die ihn bei seiner Karriere unterstützt. Als Mutter stünden Sie ihm nicht mehr uneingeschränkt als glamouröse Ehefrau, Reisebegleiterin und Gastgeberin zur Verfügung.«

»Es ist alles eine Frage der Zeit.« Laura klang aufgebracht. »Wissen Sie, eines Tages wird er sich eine Familie wünschen, jemanden, der sein großes Vermögen erbt.«

»Aber erst dann, wenn es ihm passt und nicht Ihnen.«

»Und ich kann nicht länger warten«, sagte Laura.

»Auch mein Musiker wird sich eines Tages ein Zuhause und eine Familie wünschen, und er wird eine Frau finden und eine Familie gründen, aber nicht mit mir.«

»Aber dafür haben Sie Erik.«

»Dafür habe ich Erik. Meinen Musiker habe ich nicht mehr, aber man kann nicht alles haben«, erwiderte Monika philosophisch.

Friedlich saßen sie nebeneinander, als wären sie alte Freundinnen und nicht zwei Frauen, die sich an diesem Morgen erst kennengelernt hatten.

»Ich kann mir mein Leben ohne Don nicht vorstellen«, sagte Laura, mehr zu sich selbst.

»Sie werden sich vielleicht gar nicht entscheiden müssen.«

»Nein, ich denke, Sie haben recht. Wahrscheinlich ist mir das schon länger klar, nur wollte ich es nie richtig wahrhaben. Ich kann entweder Don oder ein Kind haben. Aber dann würde ich kein Kind von Don haben wollen, das mich ständig an den Mann erinnert, den ich verloren habe.«

»Nein, so dürfen Sie das nicht sehen. Mein Sohn Erik ist eine eigenständige Persönlichkeit, ein eigener Mensch, und bei Ihrem Kind wäre es dasselbe.«

Genau in dem Moment kamen ein Mann und eine Frau vorbei, ein kleines Kind in der Mitte, das sie voller Stolz beobachteten, wie es schwankend seine ersten Schritte machte.

Laura versuchte, einen Blick in die Zukunft zu werfen. In einem Szenario wie diesem würden sie und Don niemals die Rolle der Eltern spielen.

Angenommen, sie würde tatsächlich schwanger werden. Das Kind müsste so unsichtbar wie möglich bleiben, und sie würde dafür sorgen müssen, dass es ihr gemeinsames Leben in keiner Weise einschränkte. Es würde Pflegerinnen, Kindermädchen und andere Unterstützung geben. Zu bestimmten Geschäftsreisen würde sie Don ins Ausland begleiten und ihr Kind zu Hause lassen. Und wie bisher würde sie die Augen verschließen vor seinen kleinen Abenteuern und den wissenden Blicken ihrer Umgebung. Weitere Jahre würden folgen, in denen sie die richtigen Dinge sagte und nie das tat, wonach sie sich fühlte oder woran sie tief in ihrem Herzen glaubte.

Dies war der Preis, den sie für ein Leben als Frau von Don Dixon bezahlen würde. In zehn Jahren könnte er dann auf die Idee kommen, dass sie ihm einen Sohn schenken sollte. In zehn Jahren, wenn sie vielleicht nicht mehr dazu in der Lage wäre, zu erschöpft, um ein kleines Kind großzuziehen. Zu einem Zeitpunkt, an dem sich so vieles verändert haben könnte und er ihr eine jüngere Partnerin vorziehen würde, so wie er immer das neueste Automodell haben musste.

Das klare Morgenlicht schien Teile ihres Verstandes zu erreichen, die nie zuvor richtig ausgeleuchtet worden waren.

»Sie sehen traurig aus«, bemerkte Monika und streckte die Hand nach ihr aus.

Laura ergriff ihre Hand und hielt sie fest.

»Nein, traurig bin ich eigentlich nicht. Auch für mich gilt – keine Tränen im Tivoli, ebenso wenig wie für Sie damals. Nur Entscheidungen.«

Mehr musste nicht gesagt werden.

An einer kleinen Imbissbude tranken sie Kaffee, befreiten einen Luftballon, der sich in einem Baum verfangen hatte, aus den Ästen und ließen ihn in den Himmel aufsteigen.

Monika schlug vor, am nächsten Tag zu der *Kleinen Meerjungfrau* unten am Hafen zu gehen. Die Figur sei übrigens viel kleiner als in der Vorstellung der Touristen, aber wirklich schön.

»Könnten wir vielleicht auch nach Helsingør fahren und uns Hamlets Schloss anschauen?«, fragte Laura.

»Ja, selbstverständlich, aber ich dachte, Don hätte gesagt, er mag alles, was mit Shakespeare zu tun hat, nicht. Das würde ihn zu sehr an seine Schulzeit erinnern?« Monika hatte das Thema bereits auf der Fahrt vom Flughafen angesprochen.

»Das stimmt, und es ist nur ein weiteres Beispiel für seine Kurzsichtigkeit«, erwiderte Laura ruhig. »Aber ich würde es gern sehen, wenn es nicht zu weit weg ist. Ich komme vielleicht nie mehr nach Dänemark, und es gehört zu den Dingen, die ich mir schon immer anschauen wollte.«

»Ich hoffe, dass Sie wiederkommen«, sagte Monika.

»Alles ist möglich«, meinte Laura, als sie den Tivoli-Park verließen und die Straßen entlanggingen, auf denen der größte Märchenerzähler aller Zeiten eine magische Zukunft für Kinder jeden Alters und jeden Landes gewoben hatte.

Ein Unterschied wie
Tag und Nacht

৩৩

Sie hatte leicht vorstehende Zähne, stellte Linda fest. Ziemlich ungewöhnlich für eine Amerikanerin. »Ich dachte immer, ihr tragt alle Zahnspangen, kaum dass ihr zu sprechen anfangt«, sagte Linda zu ihr. Linda konnte alles sagen, bei ihr hörte sich nichts taktlos an, was an ihrer offenen und interessierten Art lag, mit der sie an jedes Thema heranging. Aus ihren Worten sprach nicht ein Hauch von Kritik. Alice Chalker nahm ihr die Bemerkung nicht übel.

»Stimmt, alle anderen Eltern hätten das Geld für eine Zahnspange investiert«, erwiderte sie kläglich. »Traurigerweise gehörten meine Eltern zu der Sorte, die das Geld lieber für das nächste Glas Roggenwhiskey ausgaben. Was man auf der einen Seite verliert, gewinnt man auf der anderen – wenigstens haben sie sich aus meinem Leben rausgehalten.«

Lindas schönes Gesicht wirkte für einen Moment traurig. Dann hellte es sich wieder auf. Sie sah stets den Silberstreifen am Horizont. »Und wenn sie anständige Eltern gewesen wären, hätten sie dich niemals allein auf Weltreise gehen lassen. Doch dann wären wir uns nie begegnet, und du hättest womöglich England verpasst.«

»Und das wäre schrecklich«, meinte Chalkie.

Sie war immer Chalkie gewesen, seit Linda sie auf einer griechischen Insel kennengelernt, ihr von einem kleinen Restaurant in London erzählt und vorgeschlagen hatte, mit ihr nach Hause zurückzukehren und dort für eine Weile zu arbeiten. Das war nun etwas mehr als vier Jahre her.

Chalkie arbeitete lieber hinter den Kulissen, im vorderen Bereich ließ sie sich nur selten blicken. Linda war diejenige mit Charme, gutem Aussehen und Persönlichkeit. Chalkie hielt derweil im Hintergrund alle Fäden in der Hand.

Sie waren beste Freundinnen. Zwei, so unterschiedlich wie Tag und Nacht. *Chalk and Cheese.* Wie Kreide und Käse, wie man in England sagt. Linda mit ihren Sommersprossen, den großen blauen Augen und der langen, blonden, glänzenden Mähne, die sie ständig schüttelte, eine wandelnde Reklame für Haarshampoo. Auf der anderen Seite Chalkie mit ihrem nervösen Lächeln, dem langen Hals und ihren übergroßen, formlosen Strickjacken.

Sie konnten so herzlich miteinander lachen und so viele Stunden zusammensitzen und Kaffee trinken, dass manche Leute vermuteten, Chalkie und Linda wären mehr als nur Freunde, sie wären ein Liebespaar. Doch das glaubten sie nur, bis sie die beiden näher kennenlernten. Natürlich hätte das niemals stimmen können, nicht bei Lindas langer Liste an gebrochenen Herzen und verunsicherten Männern, die sich die Klinke der Restauranttür in die Hand gaben. Lindas Liebesgeschichten waren legendär.

»Ich würde wirklich gern mal sesshaft werden, so wie ihr«, pflegte Linda zu ihren weniger aufregenden Freundinnen zu sagen, Vögel mit weitaus weniger exotischem Gefieder, die sich neben der zauberhaften, stets lachenden Linda mit dem glänzenden Haar, den blitzenden Augen und der springlebendigen Art oft langweilig und plump fühlten. Eine kleine Weile fühlten sie sich gut, wenn Linda das sagte. Einen Moment lang kamen sie sich vor wie Gewinnerinnen. Nicht dass Linda jemals mit Männern wie den ihren und ihrem Lebensstil sesshaft werden würde. Trotzdem war es schön, sich vorzustellen, sie könnte sie tatsächlich beneiden.

Es war nicht einfach, den Überblick über Lindas Liebesgeschichten zu behalten, da keine davon jemals richtig zu Ende ging.

Dan, der als Buchhalter in den Anfangszeiten die Buchführung übernommen hatte, kam noch immer vorbei, um ein Auge auf alles zu haben, und falls er Linda mit sehnsüchtigen Blicken bedachte, während er über Mehrwertsteuer und Umsatz sprach, schien Linda dies nie zu bemerken.

Dann war da Roddy, der als Künstler die Speisekarten gestaltet hatte und von dem einige der Bilder an den Wänden stammten. Auch er schaute oft auf einen Sprung vorbei, immer mit der Entschuldigung, er wolle nachschauen, ob seine Bilder sich verkauften – im Grunde war es ihm völlig egal, ob sie sich verkauften oder nicht. Er wollte nur Linda lachen und ihm einen Kaffee einschenken sehen, ehe sie ihn aus großen blauen Augen anblickte und sich erkundigte, ob er auch glücklich sei.

Der Nächste war Derek, der Mann aus dem Bioladen, der garantiert nicht zweimal die Woche die Speisekarte überprüfen musste, noch Monate, nachdem seine Affäre mit Linda vorüber war. Dennoch verspürte er den Drang, vorbeizukommen und Gespräche über Linsen- und Blumenkohlauflauf zu führen.

Und schließlich Brian vom Tourismusbüro, der nicht zum ersten Mal seine zweiunddreißig Touristen auf ihren Morgenkaffee und einen Karottenkuchen ins Lokal geschleppt hatte, ohne sich im Voraus zu erkundigen, ob das in Ordnung sei. Es war immer in Ordnung, aber er hörte es nun mal so gern aus Lindas Mund, begleitet von ihrem warmen Lächeln, ganz gleich, wie oft sie das schon gesagt hatte.

Keiner von ihnen schien es ihr übel zu nehmen, dass er ersetzt worden war, wunderte sich Chalkie, während sie in Lindas Küche saß, hackte, schnippelte und raspelte, zwischen Arbeitsfläche und Spülbecken hin- und herlief, alle Töpfe spülte und schrubbte und hinter Linda herräumte. Denn Linda war nicht nur das Gesicht des Restaurants, sondern auch Chefin am Herd. Keiner wusste, wie sie das schaffte. Nicht einmal die Männer, die bei Chalkie saßen und Linda über den grünen Klee lobten, wussten es. Und nicht einmal dann kam ihnen eine Idee, wenn sie zusahen, wie Chalkie unentwegt am Spülen und Aufräumen war.

Sie saßen alle da, tranken und redeten über Linda, dieses Juwel von einer Frau. Und Chalkie gab ihnen in allem immer recht. Dan, Roddy, Derek, Brian – sie alle bestätigten ihr, was für eine gute Freundin sie sei, eine Stütze und Säule, jemand, mit dem man gut reden könne. Chalkie freute sich. Es war schön, dass die Leute sie mochten und akzeptierten.

Chalkie segnete den Tag, an dem sie Linda in dieser Taverne getroffen hatte. Nicht nur ein Mal sagte sie das, und Linda revanchierte sich stets mit ihrem breiten, freundlichen Lächeln. Linda hingegen sagte nie, dass auch sie den Tag segnete, an dem sie einen Menschen gefunden hatte, der ihr die ganze Last der Arbeit abnahm, der den Betrieb am Laufen hielt und ihr bei ihren diversen Krisen zur Seite stand. Sie sagte es deshalb nicht, weil es nicht nötig war, so etwas zu Chalkie zu sagen. Sie war über jedes Kompliment erhaben und benötigte keine Streicheleinheiten.

Als Ratgeberin war Chalkie unersetzlich für die vier Männer, die ihre Freundin Linda umschwärmten, doch sie äußerte sich nur, wenn sie gefragt wurde.

So erzählte sie Dan, dem Buchhalter, dass Linda Ballett liebte, und er kaufte zwei Tickets für *Schwanensee*, und der Abend wurde ein großer Erfolg.

Roddy, dem Maler, riet sie, ein Porträt von Linda als Geburtstagsgeschenk anzufertigen, und sie hatte recht. Über Nacht war Roddy wieder in Lindas Gunst gestiegen.

Chalkie schlug Derek vor, weniger über vegetarischen Nussbraten und mehr über Lindas neue Frisur zu reden.

Und Brian verriet sie, dass Linda vielleicht nicht ganz so interessiert an den statistischen Zahlen der Touristenströme war wie er.

Linda wiederum erzählte allen, dass Chalkie die beste Ratgeberin sei, die sie kenne. Erst höre sie lange, lange zu, ehe sie ihre gut durchdachte Meinung zum Besten gebe.

So hatte Chalkie sie warnen können, als Dan so verknallt war oder als Roddy kurz davor stand, das Interesse an ihr zu verlieren. Chalkie sei die beste Freundin, die man sich vorstellen konnte. Und nein, Liebeskummer oder Ähnliches kenne sie nicht. Aber manche Leute waren eben so, oder?

Eines Abends im Oktober kam Andy in das Restaurant. Andy war Lehrer, ein großer, lässiger Typ. Bald wurde es ihm zur Gewohnheit, auf seinem Weg von der Schule bei ihnen vorbeizuschauen. Er brachte die Übungshefte mit und korrigierte am Tisch die Hausaufgaben seiner Schüler. Manchmal sahen sie ihn traurig den Kopf schütteln wegen irgendwelcher Dinge, die die Kinder geschrieben hatten.

»Findest du es nicht seltsam, dass er mich bisher noch nicht gebeten hat, mit ihm auszugehen?«, fragte Linda und warf die blonde Mähne in den Nacken.

»Keine Angst, das wird er bald tun«, beruhigte Chalkie sie.

»Meinst du wirklich?« Linda sah sie fragend an. Durch sein deutliches Desinteresse hatte Andy es geschafft, ihr Interesse an ihm zu wecken.

Zwei Wochen vergingen. »Vielleicht ist er ja verheiratet«, versuchte Chalkie es mit einer Erklärung.

»Davon hat sich noch nie jemand abhalten lassen«, entgegnete Linda. Das stimmte. Auch Roddy, der Maler, hatte irgendwo eine Ehefrau versteckt.

»Hab Geduld«, sagte Chalkie. Linda hatte Geduld. Schließlich hatte sich Chalkie noch nie getäuscht.

Andy unterrichtete Englisch, wie sie bald herausfanden. »Sollte ich mir vielleicht mal wieder ein paar Gedichte anschauen – so was mit Herz und Schmerz?«, überlegte Linda.

»Das ist ein bisschen zu offensichtlich, findest du nicht? Möglich, dass er mal eine kleine Pause davon haben will. Morgens, mittags, abends – er muss sich doch schon die ganze Zeit über damit auseinandersetzen.«

»Du hast recht.« Linda sah Chalkie bewundernd an. Die Frau war wirklich ein Genie. Einen flüchtigen Augenblick lang überlegte sie, weshalb Chalkie ihre klugen Strategien nie für sich selbst angewandt hatte. Warum hatte sie sich nicht die Zähne richten lassen und Männer nach allen Regeln der Kunst umgarnt, statt in einer Strickjacke in der Küche zu sitzen und vor ihren Augen Zwiebeln zu schälen? Genau das tat sie nämlich.

Doch es war nur ein sehr flüchtiger Augenblick, den Linda diesen Gedanken widmete. Es gab so viele andere Dinge zu bedenken, die aktuelle Speisekarte zum Beispiel. Sie musste versuchen, Chalkie zu überreden, sich etwas Neues einfallen zu lassen, etwas völlig anderes, was das *Linda's* noch mehr zu einem absoluten In-Restaurant machen würde, als es dies ohnehin schon war.

Andy saß in der Küche und unterhielt sich mit Chalkie, so wie sie es früher oder später alle taten. »Wie habt ihr drüben in den Staaten eigentlich Gedichte gelernt?«, fragte er. »Durch mechanisches Auswendiglernen? Ich wüsste so gern eine Antwort auf die Frage. Ich will, dass meine Schüler Gedichte lieben, aber wie können sie das, wenn sie sich damit herumquälen müssen, jeden Abend einen neuen Brocken zu lernen ...«

»Aber wenn sie sie nicht auswendig können, wie sollten sie sich später daran erinnern, um sie wertschätzen zu können?«, fragte Chalkie.

Er wirkte nicht überzeugt. »Das mag für später gelten. Ich denke aber an jetzt«, sagte er.

»Aber das ist es ja. Du solltest an später denken. Das soll doch das Ziel jedes Unterrichts sein«, erwiderte sie beherzt. Sie saß seltsam still da, während ihre Hände unablässig in Bewegung waren und Tomaten in winzige Stücke hackten. Sie hatte lange, schmale, weiße Hände, wie ihm auffiel.

Während sie sich unterhielten, kamen ihre Hände nicht ein Mal zur Ruhe, aber sie selbst schien unerschütterlich in sich zu ruhen. Nach dem Tollhaus in der Schule war es eine Erholung, mit ihr zusammen zu sein. Nach einem Tag in Gesellschaft halbwüchsiger Teenager, die sich gegenseitig mit ihrer überschüssigen Energie traktierten, erschien sie ihm reif und friedvoll.

Linda kam in die Küche gewirbelt. Alles an ihr war Bewegung. Sie eilte mal hierhin, mal dorthin, tauchte ihren Finger in dies und in das, griff sich eine Kaffeetasse, stellte sie wieder zurück. Als sie die Küche verließ, kehrten die Dinge wieder zur Normalität zurück.

»Eine tolle Frau, Linda«, sagte Chalkie automatisch.

»Ja ... das ist sie bestimmt.«

Chalkie hob den Blick. Sie war gerade dabei, diesem liebenswerten, freundlichen Mann, der neben ihr saß, einige von Lindas Qualitäten aufzuzählen, aber die vertrauten Wörter wollten ihr nicht über die Lippen kommen. Und so sagte sie nichts.

45

Andy schien es zu bedauern, ihre Freundin nicht richtig gewürdigt zu haben. »Ich bin sicher, dass sie ein wunderbarer Mensch ist, wenn man sie näher kennenlernt«, sagte er rasch. »Nur, auf mich wirkt ihr übertriebenes Lächeln eher abschreckend. So aufgesetzt, als würde sie ständig ›Cheese‹ sagen, um fotografiert zu werden.«

»Deswegen nennen die Leute uns auch *Chalk and Cheese* – Kreide und Käse«, meinte Chalkie traurig.

Andy streckte die Hand aus und legte sie auf ihre lange, schmale, weiße Hand. »In meinem Beruf ist Kreide etwas Wertvolles ... Du wirst nie einen Lehrer ohne antreffen.«

Chalkie hätte Linda den Rat gegeben, Andy erst mal eine Weile zappeln zu lassen, aber für sich selbst verzichtete sie auf solche Regeln. Ein breites, offenes Lächeln trat auf ihr Gesicht. Wenn es um etwas so Wichtiges ging, hatten Spielchen nichts zu suchen.

Valentinstag auf den Kanaren

Annie fühlte sich völlig verloren, als ihre beste Freundin Clare heiratete. Nie hatte sie erwartet, sich dermaßen abgehängt zu fühlen. Sie hatte sich so gefreut für Clare, hatte alles miterlebt, alle Höhen und Tiefen ihrer Romanze, das Drama der Verlobung, die Streitereien wegen der Hochzeit. Und als Clares Brautjungfer hatte sie zum ersten Mal in ihrem Leben einen Hut getragen.

Doch jetzt waren Clare und John in den Westen gezogen. Sie wusste zwar, dass die beiden sich freuen würden, wenn sie sie am Wochenende besuchen käme, aber sie konnte schließlich nicht *jedes* Wochenende zu ihnen fahren. Und dabei hatte sie sich so daran gewöhnt, jedes Wochenende mit Clare zu verbringen, dass sie jetzt keinerlei Vorstellung hatte, wie sie die Zeit ohne sie überstehen sollte.

Annie besuchte Konzerte oder Theater nicht mit derselben Begeisterung wie Clare, allein mochte sie schon gar nicht ausgehen, und einen ganzen Vormittag lang Kleider anzuprobieren, die man doch nicht kaufen würde, machte auch keinen Spaß, wenn man nicht zu zweit war. Annie hatte zwar auch andere Freunde, doch das war nicht dasselbe.

Erst als sie sich im Büro an die Urlaubsplanung machten, fiel Annie auf, dass dies ihr erster Urlaub seit Jahren ohne Clare wäre. Bisher hatten sie immer gemeinsam Kataloge gewälzt und waren sich schnell einig gewesen, dass es nicht nötig war, Stunden damit zuzubringen, die Vorteile des einen gegen die des anderen Ortes abzuwägen, da sie schließlich nichts anderes wollten als eine kleine Taverne oder Pension direkt am Meer. Wo war es in der Hochsaison am billigsten? Das war das Kriterium. Vielleicht noch irgendwo in der Nähe eines Hafens, damit Clare und Annie am Abend draußen sitzen, den Leuten beim Flanieren zuschauen, sich amüsieren und sich auch mal einladen lassen konnten. Oder auch nicht. Doch so oder so war das in Ordnung. Dieses Jahr würde Annie allein fahren müssen.

Sie beschloss, nicht irgendwohin zu reisen, wo sie bereits mit Clare gewesen war; das würde allzu deutlich aufzeigen, dass sie jetzt auf sich allein gestellt war. Nein, sie würde etwas Neues ausprobieren müssen. Die anderen drängten sie, sich für einen Termin zu entscheiden. Schließlich war sie mit ihren sechsundzwanzig Jahren eine der Älteren im Büro und hatte die Auswahl. Weihnachten war ruhig gewesen, der Jahreswechsel einsam, das Wetter war schlecht, und die Urlaubskataloge gewannen nicht an Glanz, wenn sie die Entscheidung noch weiter hinausschob. Annie beschloss, zwei Wochen im Februar freizunehmen. Die anderen waren sehr zufrieden, weil das bedeutete, dass für sie günstigere Zeiten übrig blieben, die sie untereinander aushandeln konnten.

»Dann werden Sie ja am Valentinstag fort sein«, meinte eine albern kichernde Nachwuchskraft, die so unreif wirkte, dass Annie der Ansicht war, sie hätte erst einmal ein Praktikum machen sollen, bevor sie richtig zu arbeiten anfing. »Das könnte sehr romantisch werden.«

Annie warf ihr einen grimmigen Blick zu und bestätigte das Mädchen in ihrer Meinung, dass ihre Kollegin tatsächlich uralt und nicht ganz richtig im Kopf war. Annie seufzte und überlegte, wohin sie fahren könnte. Wenn es an die Urlaubsplanung ging, hatten sie und Clare normalerweise erst einmal gründlich Kassensturz gemacht, doch Annie stellte fest, dass Geld nicht ihr Problem war. Ohne Clare gab sie am Samstag in der Grafton Street nichts aus, sie trank weniger Wein und machte weniger Ausflüge. Es kostete nicht viel, in ihrer Wohnung zu sitzen und fernzusehen oder Bücher aus der Leihbibliothek zu lesen. Clares Hochzeit im September war Annies größter Luxus gewesen. Innerhalb vernünftiger Grenzen konnte sie überallhin reisen. Nicht unbedingt in den Fernen Osten oder nach Amerika, aber sie konnte die Art von Urlaub machen, die sie beide zuvor immer für außerhalb ihrer Reichweite gehalten hatten.

Draußen war es bitterkalt. Annie sah eine Frau mit braun ge-
branntem Gesicht und einem glücklichen Lächeln und erkundigte
sich, wo sie gewesen sei. Auf den Kanaren, antwortete ihr die Frau.
Annie buchte einen Flug für den Sonntag, wie offenbar halb Irland.
Verwundert fragte sie sich, ob denn das ganze Land am Sonntag,
den zehnten Februar, seinen Urlaub antrat, aber der Mann am Flughafen erklärte ihr, dass es jeden Sonntag so zuginge. Kriselte es in
einem Land, fingen seine Bürger an, wie verrückt in die Sonne zu
fliegen. Ein sicheres Zeichen dafür, dass schlimme Zeiten auf sie
zukamen. Annie ärgerte sich über die diskriminierende Behand-
lung Alleinreisender, schon die Zuschläge für ein Einzelzimmer
trieben die Kosten für den Urlaub unfair in die Höhe. Die Welt des
Tourismus schien ausschließlich für diejenigen erfunden worden
zu sein, welche die Arche Noah paarweise betraten.

Ihr fiel auf, dass sie die Einzige an Bord war, die allein reiste. Alle
anderen waren in Gruppen unterwegs, deren Anzahl immer durch
zwei teilbar war. In der Vergangenheit hatte sie das nicht gestört.
Sie hatte nie das Gefühl gehabt, allein zu sein, auch wenn sie es
faktisch gewesen war, weil sie entweder auf Clare wartete oder zu
ihr unterwegs war, nicht jedoch, weil sie tatsächlich *allein* war. Jetzt
war das irgendwie anders.

Sie riss sich zusammen. »Ich werde dort nicht die Einzige sein,
die allein ist«, ermahnte sie sich streng. »Dort gibt es bestimmt
Hunderte von Singles, die wie ich allein aus aller Herren Länder
angereist kommen.«

Nun, falls diese Singles da gewesen sein sollten, lernte Annie sie
nicht kennen. Am Strand fühlte sie sich auf einmal gehemmt und
hatte das Gefühl, die Leute starrten sie an und fragten sich, warum
sie so allein und verlassen dasaß, eine Seltenheit bei der Spezies
sonnenhungriger Individuen. Sie blieb für sich, las in einem Buch,
rieb sich mit Sonnenöl ein, lächelte den spielenden Kindern zu und
bewunderte die Modenschau, die sich ihr präsentierte. Sie *fühlte*
sich nicht einsam; sie glaubte nur, dass sie einsam aussah und auch
ein wenig exzentrisch. Und so tat Annie etwas, das in der Tat etwas
exzentrisch war: Sie nahm zwei Handtücher mit an den Strand und

legte eines neben sich, als wäre ihr Begleiter nur für eine Weile weggegangen. Sie kaufte sogar ein zusätzliches Paar Flip-Flops, damit es realistischer aussah. Ein-, zweimal begann sie, eine Postkarte an Clare zu schreiben, und wollte ihr schon von ihrer idiotischen Schummelei erzählen, doch dann wurde ihr klar, dass sich das ganz erbärmlich anhören könnte, beinahe verrückt. Deshalb zerriss sie die Postkarte und dachte nicht mehr daran.

Im Foyer des Hotels hing ein großes Plakat mit der Ankündigung einer Party für den Valentinstag. Jeder Gast wurde aufgefordert, ein großes Schild in Herzform mit seinem Namen darauf zu tragen, was laut Aussage des Hotels für romantische Begegnungen im Namen des Heiligen sorgen werde.

»Und ich dachte, hier sind alle schon versorgt, was die Romantik angeht! Wozu muss ich dann noch die Namen der anderen wissen?«, fragte Annie den Mann an der Rezeption neugierig.

»Oh, ein Mann ist einem Flirt nie abgeneigt«, entgegnete er und strahlte sie mit einer Unzahl ultraweißer Zähne an. Wahrscheinlich hatte er recht, dachte Annie. Also hieß es am Donnerstag, sich entweder ein rotes Herz mit dem Namen »Annie« darauf anzustecken oder aufs Zimmer zu gehen und sich dort auf den Balkon zu setzen. Eine andere Möglichkeit gab es nicht. Annie nahm ein Herz, steckte es an ihr Kleid und ging hinunter in die große Halle.

Für jeden gab es einen Willkommens-Cocktail, einen sehr gefährlich schmeckenden Drink, der als durchsichtige, leicht lila eingefärbte Flüssigkeit im Glas schwamm. Wahrscheinlich Brennspiritus mit einem Schuss Cassis-Likör. Annie nippte vorsichtig daran. Ein Schwede forderte sie zum Tanzen auf und fügte sofort hinzu, dass er sie später auf seinem Zimmer erwarte. Dort könne man sich bei einem Glas Wein ein wenig näherkommen. Danke, sagte Annie, lieber nicht, und er wollte wissen, ob das ihr letztes Wort sei. Als sie nickte, zuckte er die Schultern, beendete mit dem Charme eines höflichen Märtyrers den Tanz und ließ sie stehen.

Ihr nächster Tanzpartner war ein Engländer. Seine Frau benähme sich wie ein Flittchen, klagte er, woraufhin sie den ganzen Tanz über versuchte, ihn zu überzeugen, dass er sich eventuell täusche. Und dann tanzte sie mit einem Mann, der kein einziges Wort sagte. Auf seinem Herzen stand der Name Sven, und so vermutete sie, es erneut mit einem Skandinavier zu tun zu haben. Er hatte ein nettes Lächeln, und es tat ihr leid, dass er hartnäckig schwieg. Sie wollte gerade etwas sagen, doch genau in dem Moment, als sie an der Band vorbeikamen, stimmte die sehr laut »The Rivers Of Babylon« an, und er lächelte nur und deutete auf seine Ohren. Später gab es eine Kabarettaufführung und ein Menü aus aphrodisierenden Lebensmitteln, das hauptsächlich aus Austern und Erdbeeren bestand, dazu Wein in Hülle und Fülle. Sven füllte ihr Glas, und Annie wünschte sich, er würde etwas sagen. Wäre Clare hier gewesen, hätten sie sich einen Spaß gemacht und ihn Sven, den Sprachlosen, genannt, aber allein ist es schwierig, Witze zu machen und darüber zu lachen.

Die Band, sechs lüstern schmachtende Burschen mit funkelnden Augen, hatte es geschafft, sich mit zwei Gruppen dreier ebenso lüstern schmachtender Mädchen zu verabreden. Es war sicherer, in Rudeln zu jagen, dachte Annie. Wäre sie mit zwei Freundinnen hier, hätte auch sie sich auf irgendwelche Versprechungen einlassen können, doch allein beschwor man damit nur Katastrophen herauf. Sie sah zu, wie die Musiker hastig ihre Instrumente einpackten, bevor sich die Stimmung verflüchtigte oder die Mädchen zum Nachdenken kamen. Eine Gruppe munterer Iren, die eine, wie es schien, Doppelmagnumflasche Baileys Irish Cream bei sich hatten, war zu Höchstform aufgelaufen und bemerkte kaum den Abgang der Band. Einen Moment lang war Annie versucht, sich ihnen anzuschließen; sie sahen verheiratet und gediegen aus. Sie schienen genau die Typen zu sein, die ihr einen Stuhl hinstellen und ein Bierglas voller Baileys in die Hand drücken würden, doch irgendetwas hielt sie zurück. Sie nahm das Herz ab, um im Lift nicht allzu albern auszusehen, und ging auf die Tür zu. Sie sah, wie Sven sein Herz ebenfalls abnahm und es lächelnd betrachtete.

»Ich glaube, das werde ich als Souvenir behalten«, sagte er zu ihr.

Sie musste ziemlich betrunken sein, dachte sich Annie; dieser Däne oder Norweger oder was auch immer sprach mit Dubliner Akzent.

»Wie bitte?«, sagte sie, in der Hoffnung, klarer im Kopf zu werden.

»Die schaffen es nie, Sean richtig zu schreiben, deshalb habe ich es ihnen aufgeschrieben, und dann konnten sie es nicht glauben. Die hielten mich für einen ungebildeten Schweden, der nicht einmal seinen eigenen Namen buchstabieren kann.«

Der falsche Sven hatte ein sehr einnehmendes Lächeln.

»Hast du mit deinem Freund gestritten?«, fragte er sie.

»Mit welchem Freund?«

»Der, der sich nie blicken lässt, um sein Handtuch und seine Schuhe vom Strand mitzunehmen.«

»Es gibt keinen Freund«, sagte sie.

»Das ist gut«, meinte der falsche Sven. »Sollen wir auf ein Bier auf die Terrasse hinausgehen?«

Annie lachte leise. Und während sie draußen im Mondschein saßen, einen Vorrat an kaltem Lager zwischen sich und die beiden Pappendeckelherzen vor sich auf dem Tisch, dachte sie nicht ein einziges Mal, dass es schade wäre, weil Clare nicht hier war, um mit ihnen zu lachen. Sie dachte überhaupt nicht an Clare.

Kontinentales Frühstück inklusive

Sie hatten sie vor Frank gewarnt. Sie konnte nicht sagen, sie hätten sie nicht hundertmal gewarnt. Er wird dich verlassen, sagten sie, aber er wird es so aussehen lassen, als hättest du ihn vor die Tür gesetzt. Aber sie hatte nur gelacht. Kate würde Frank niemals vor die Tür setzen, so viel war sicher. Das war der Grund, weswegen sie sich bisher länger gehalten hatte als jede andere seiner Freundinnen: Sie hatte ihm die Freiheit gelassen, sich auszuleben, hatte ihn an der langen Leine gehalten. Er kam immer zu ihr zurück.

Kate war sich im Klaren darüber, dass dies zwar nicht die ideale Form von Liebe war und dass viele ihrer Freundinnen ihretwegen traurig den Kopf schüttelten. Aber sollten sie doch den Kopf schütteln. Sie hatte Frank, den Mann, den sie alle selbst gern gehabt hätten.

Deshalb war Kate mehr als überrascht, als sie sich eines Tages zu Frank sagen hörte, das mit ihnen würde nicht mehr funktionieren. Die Sache sei ausgereizt. Am Ende der Woche würde sie ihn verlassen.

»Vor unserem Urlaub?« Franks dunkle Augen sahen sie enttäuscht an. Der Urlaub. Den hatte sie völlig vergessen in dem Gefühl von Einsamkeit und Leere, als sie feststellen musste, dass er sie nicht mehr liebte. Vielleicht … nein, das wäre purer Wahnsinn. Das wäre zu hart.

»Nun, das ist deine Entscheidung, Engel«, sagte er. Er nannte sie immer Engel. Er nannte viele Frauen Engel – das war einfacher, als sich ihre Namen zu merken, sicherer, als die Namen zu verwechseln.

Kate musste enttäuscht feststellen, dass ihre Freundinnen recht gehabt hatten. Er hatte es tatsächlich fertiggebracht, die Situation so geschickt zu manipulieren, dass sie es war, die Schluss machte. Nach außen hin erschien er als der Vernünftige, der die Beziehung auf keinen Fall beenden wolle.

»Du fährst auf jeden Fall in Urlaub, Engel«, sagte er.

Da sie die Reise bezahlt hatte, war darin kein Ausdruck von Großzügigkeit zu sehen. Für so etwas hatte Frank kein Geld. Er war viel zu sehr Freigeist, viel zu spontan, um sich mit Sparen und ähnlich unspannenden Themen zu befassen. So etwas wie Miete und Telefonrechnung waren nicht sein Ding, er glänzte eher mit Blumen und Wein.

Kate erkundigte sich im Reisebüro, ob eine Erstattung der Reisekosten möglich wäre. Die Frau hatte freundliche Augen und sah aus, als könnte sie in Kates Seele lesen. Vielleicht hatte sie von Frank erfahren, oder es gab zu viele Franks im Leben ihrer Kundinnen.

»Nein«, sagte sie traurig. Es gab keine Rückzahlung.

»Mein Partner kann nicht mitkommen«, erklärte Kate.

»Vielleicht suchen Sie sich einen anderen Reisebegleiter?«

Innerhalb von drei Wochen? Das wäre nicht einfach. Vor allem, da Kate mit Männern vorläufig nichts mehr am Hut hatte. Keine aufwühlenden Liebesgeschichten mehr, die sie nur verletzten und ihr die Zeit raubten.

»Dann fahre ich eben allein«, beschloss sie.

»Schade um das Geld für das zweite Bett und das kontinentale Frühstück«, bemerkte die Frau aus dem Reisebüro.

Völlig überraschend brach Kate in Tränen aus. Ihr fielen all die Frühstücke wieder ein, die sie mit Frank auf Balkonen in Italien, Spanien und Frankreich genossen hatte. Dieses Mal wäre Griechenland an der Reihe gewesen.

Nun würde sie allein dasitzen und hinaus auf das Mittelmeer schauen, ein Platz mit bester Aussicht, aber ohne ein schönes, dunkles, lachendes Gesicht neben sich. Niemand wäre da, mit dem sie den Tag planen könnte, kein gut gelaunter Mann würde sagen, dass sie wahrhaftig nicht das Geld hätten, einen Wagen zu mieten, um sich dann aber stolz und glücklich ans Steuer zu setzen, wenn Kate ihre Kreditkarte zückte.

Weinend saß sie da und betrauerte diesen Verlust.

Die anderen Kunden, die gekommen waren, um ihren Urlaub zu buchen, sahen betreten zur Seite. Beim Kaufen ihrer Träume wollten sie nicht mit Realität und Trauer konfrontiert werden.

Dankbar nahm Kate die Packung Taschentücher entgegen und schnäuzte sich.

»Es muss ja kein Mann sein, wissen Sie«, meinte die Frau hinter dem Schreibtisch aufmunternd.

Natürlich hatte sie recht, es musste kein Mann sein. In dem Zimmer standen zwei Betten; Kate könnte ihre Mutter einladen. Ihre Mutter? Die gesagt hatte, sie würde sich wegwerfen für diesen Mann und ihre unsterbliche Seele in Gefahr bringen? Oder ihre Schwester Helen, die ihr prophezeite, sie würde noch bitter bereuen, denn Frank würde sie verlassen, wie er eine ganze Reihe anderer Frauen verlassen hatte? Oder ihre beste Freundin Jane, die nichts dazu sagen würde, über deren Lippen kein Wort der Kritik käme, kein Satz wie »Ich habe es dir ja gesagt«? Doch zwischen ihnen allen würde die Erinnerung an Hunderte von Gesprächen, an eine Million Warnungen hängen, von denen Kate keine einzige beherzigt hatte.

In der Arbeit erzählte sie nichts. Aber sie wusste, dass die anderen es wussten. Auf jeden Fall wusste es ihre Sekretärin, da Kate keine Anrufe von Frank mehr bekam und sich veranlasst sah, die Tür zu ihrem Büro mit einem Fußtritt zu schließen. Es kamen auch keine Blumen mehr für sie zu den ungewöhnlichsten Zeiten.

Kein Frank stand mehr da, entspannt, mit offenem Hemd und offenem Lächeln, und wartete auf sie. Ebenso attraktiv und selbstsicher wie jeder dieser zugeknöpften Anzugträger, welche die große Firma bevölkerten, für die Kate arbeitete. Frank fühlte sich ihnen in jeder Hinsicht ebenbürtig, nicht nur im Aussehen. Und das war er auch. Genoss er nicht den gleichen Erfolg, die gleichen Annehmlichkeiten, das gleiche Ansehen wie sie, ohne auch nur einen einzigen Tag dafür arbeiten zu müssen?

Seltsamerweise vermisste Kate die Blumen mehr als alles andere. Die einzelne Rose. Oder den Strauß Freesien. Manchmal einmal in der Woche. Manchmal an drei aufeinanderfolgenden Tagen, wenn die Verliebtheit besonders hohe Wellen schlug.

Nach einer Woche rief Kate beim Blumenhändler an und bestellte ein Dutzend dunkelrote Rosen mit ein wenig Farnkraut. Noch während sie telefonierte, räumte sie einen Platz für die Vase auf ihrem Schreibtisch frei.

»Derselbe Name für Auftraggeber und Empfänger?« Der Blumenhändler wollte wissen, ob er auch alles richtig verstanden hatte.

»Es gibt doch kein Gesetz dagegen, oder?«, herrschte sie ihn an und bereute es schon in dem Moment, in dem sie den Hörer aufllegte. Der Mann tat nur seine Arbeit und vergewisserte sich, dass er nichts falsch verstanden hatte. So viele Menschen gab es wahrscheinlich nicht, die sich selbst Blumen schickten.

Es war ein großer junger Mann mit blassem Gesicht, der die Rosen brachte.

»Da liebt Sie wohl jemand sehr«, sagte er, als er sie überreichte.

»Das bin ich«, erwiderte Kate. »Ich habe mir die Blumen selbst geschickt.«

»Gut so. Würde ich auch tun, wenn ich könnte. Ich würde mir einen dicken, fetten Strauß von diesen Tigerlilien schicken«, sagte er.

»Das ist doch nicht nötig, du arbeitest doch dort.«

»Nein, nicht mehr. Die haben mich heute entlassen. Ihnen die Rosen zu bringen, ist mein letzter Job.«

»Das tut mir aber leid. Was hast du denn angestellt, dass sie dich gefeuert haben?«

»Ich war der Letzte, der eingestellt wurde, also bin ich der Erste, der gehen muss. Es ist ganz übel, heutzutage der Letzte zu sein.«

»Hast du wenigstens deinen Lohn bekommen?«

»Ja. Es war ja nicht viel. Es täte ihnen sehr leid, sagten sie. Vielleicht haben sie es sogar ernst gemeint.«

»Hättest du Lust, mit mir zum Essen zu gehen?«, fragte Kate ihn.

Verwirrt sah er sie an. Kate, eine Frau um die dreißig, dunkelhaarig, attraktiv, Businessjackett und sehr hohe Absätze, mit eigenem Büro und eigener Assistentin. Diese Frau, die sich mit Kreditkarte die teuersten Rosen gekauft hatte, lud ihn zum Essen ein. Absolute Ungläubigkeit spiegelte sich auf seinem breiten, weichen Gesicht wider. Er warf sogar einen kurzen Blick über seine Schulter, ob da vielleicht jemand ins Zimmer gekommen wäre, der es eher wert war als er, zum Lunch eingeladen zu werden.

Doch da war niemand.

»Ich?«, fragte er, wie Kate vorhergesehen hatte.

»Ja, warum nicht? Wenigstens wäre der Tag dann nicht ganz so sinnlos.«

»Sie müssen nicht … ich meine, Sie müssen sich nicht verpflichtet fühlen …«

»Ich fühle mich nicht verpflichtet. Gehen wir?«

»Wir müssen zuerst die Blumen ins Wasser stellen«, sagte er.

»Das macht meine Sekretärin.«

»Nein, die Blumen sind so wunderschön. Sie wollten sie, also müssen Sie auch etwas davon haben.«

Erstaunt sah Kate ihn an, diesen großen, blassen Jungen, der eben seinen Hilfsarbeiterjob als Ausfahrer von Blumen verloren hatte. Und jetzt setzte er die Chance aufs Spiel, mit ihr zum Essen zu gehen, nur um diese verdammten Rosen ins Wasser zu stellen. An ihren Schreibtisch gelehnt, sah sie zu, wie er eine Vase holte, Wasser einfüllte und die Blumen arrangierte.

Er brauchte sieben Minuten dafür. Zufrieden mit seiner Arbeit, trat er einen Schritt zurück.

»Jetzt können wir in die Kantine gehen«, sagte er.

»Ich glaube, ich habe seit mehr als zehn Jahren nicht mehr in der Kantine gegessen«, entgegnete Kate. »Und ich habe nicht die Absicht, wieder damit anzufangen.« Als sie ihm den Namen des Restaurants nannte, wich er zurück.

»Sie machen sich lustig über mich«, stammelte er.

»Tue ich nicht. Ich will dort zu Mittag essen, ich bestelle gleich einen Tisch.« Er sah ihr zu, wie sie sich zum Telefon vorbeugte, das

Restaurant anrief und ihren üblichen Tisch bestellte, mit der Bitte, doch ein Sakko und eine Krawatte bereitzulegen. »Das sind *ihre* albernen Regeln, und deswegen müssen sie schauen, wie sie das hinkriegen«, erklärte sie. Kates Sekretärin blickte ihr erstaunt nach, als sie Arm in Arm mit dem Botenjungen das Büro verließ.

»Es wird später werden. Machen Sie für heute Nachmittag keine Termine mehr für mich aus«, sagte sie. Und als sie in den Aufzug stiegen, hörte bestimmt ein halbes Dutzend Leute, die dort warteten, Kate fragen: »Wie heißt du eigentlich? Das habe ich dich noch gar nicht gefragt, oder? Ich bin Kate, aber das weißt du ja bereits.«

Er hieß Tommy und war sechsundzwanzig Jahre alt. Er wohnte bei seiner verheirateten Schwester, seine Eltern lebten auf dem Land. Einmal im Monat besuchte er sie. Sie wären sicher enttäuscht wegen des Jobs. Fünf Monate hatte er dort gearbeitet, und es hatte ihm gut gefallen. Er arbeitete gern mit Blumen, auch wenn er sie nicht anfassen, nur ausliefern durfte.

Er war ein langsamer Schüler gewesen, nicht dumm, nur langsam. Bei Prüfungen schnitt er schlecht ab, und er hatte nie eine richtige Ausbildung erhalten. Die Atmosphäre musste stimmen, damit er sich irgendwo wohlfühlte. Er versorgte die Kinder seiner Schwester, und hin und wieder jobbte er, um zum Unterhalt bei ihr beitragen zu können. Was er verdiente, das sparte er. Eines Tages würde er auf eine große Reise gehen und etwas von der Welt sehen.

Er zeigte Kate sein Sparbuch von der Bausparkasse. Er glaubte, Tränen in ihren Augen zu sehen. Vielleicht langweilte er sie.

»Soll ich Ihnen so etwas lieber nicht erzählen?«, fragte er. Sie erwiderte nichts, sondern biss sich auf die Lippen.

»Rede ich zu viel für ein Lokal wie das hier?« Bewundernd sah er sich in dem eleganten Restaurant um – der diskrete Service, das dicke, schwere Tischtuch, die schimmernden Kristallgläser.

»Nein, das ist alles sehr interessant.« Ihre Stimme klang sanft.

Tommy sah sie erfreut an. Er wunderte sich ein wenig, dass sie ihm so gern zuzuhören schien, schließlich hatte er, ohne groß nachzudenken, einfach vor sich hin geplappert. Wenn er das zu Hause tat, fielen ihm bald seine Schwester oder seine Mutter ins Wort.

Sogar in dem Blumenladen hatten sie ihn gebeten, nicht immer so ausführlich und umständlich zu erzählen. Doch diese Frau, diese wunderschöne Kate, die ihn zum Essen in ein Restaurant mitgenommen hatte, das er allein niemals zu betreten gewagt hätte, schien das für vollkommen in Ordnung zu halten. Er sah sie an und lächelte.

Da die Speisekarte auf Französisch war, hatte Kate für ihn bestellt. Er esse gern Huhn, erklärte er, damit sie ungefähr eine Vorstellung hatte.

»Besitzt du einen Pass, Tommy?«, fragte sie.

»Äh, noch nicht. Wissen Sie, ich dachte, ich warte erst mal, bis ich sicher weiß, dass ich verreise, bevor ich mir die Mühe mache und das Geld für einen Pass ausgebe.« Es war ihm wichtig, ihr zu zeigen, dass er sich bereits alles genau überlegt hatte.

»Würdest du gern mit mir nach Griechenland kommen?«, fragte Kate bewusst deutlich und langsam.

»Ich glaube nicht, dass es dafür reicht«, antwortete Tommy und schaute auf sein Sparbuch. Zusammen warfen sie einen Blick hinein. Für einen Urlaub in Griechenland reichten seine Ersparnisse in der Tat nicht. »Es kommt darauf an«, erwiderte Tommy, die Augenbrauen gerunzelt. »Ein Urlaub ohne Vollpension wäre vielleicht drin. Was meinen Sie?« Hoffnungsvoll sah er Kate an.

Sie, die Speisekarten auf Französisch lesen und dafür sorgen konnte, dass das Restaurant ein Sakko und eine Krawatte für ihn bereithielt, sie, die mächtig genug war, sich die teuersten dunkelroten Rosen im ganzen Laden schicken zu lassen – sie würde wissen, ob seine Ersparnisse dafür ausreichten.

»Besorg dir einfach einen Pass, mehr brauchst du nicht. Um alles andere kümmere ich mich. Weißt du, mein Freund kann nicht mit in den Urlaub fahren, und jetzt steckt sein Ticket hier in meiner Tasche. Es würde dich nichts kosten.«

Tommy seufzte zufrieden. Alles war so viel besser, als er noch vor ein paar Stunden gedacht hatte.

Was Kate betraf, waren sich alle immer einig gewesen: Sie musste verrückt sein, diesen Frank zu lieben. Aber das wäre noch gar nichts im Vergleich zu dem, was jetzt kommen würde, dachte Kate. Sobald einer von denen erfährt, was ich vorhabe, werden sie mir einen Platz in der Klapsmühle reservieren. Doch das war ihr egal. Genauso, wie es ihr nichts ausgemacht hatte, dass Frank ein Schürzenjäger war. Sie hatte ihn geliebt mit all seinen Fehlern, hatte all seine anderen Frauen ignoriert, seine leicht zu durchschauenden Lügen und seine Art, immer nur zu nehmen und nichts zu geben außer seiner Zärtlichkeit und seinem gewinnenden Lächeln.

Und es würde ihr nichts ausmachen, wenn alle sie für verrückt erklärten, mit Tommy zu verreisen, einem Jungen mit schlichtem Gemüt, den sie gerade erst kennengelernt hatte. Dem Jungen diese Flausen in den Kopf zu setzen und ihn an einen Lebensstil zu gewöhnen, den er wieder aufgeben müsste, sei nicht fair, würden sie sagen.

Vielleicht lehnte er ja ab, vielleicht wäre ihm das alles zu viel. Das wäre womöglich das Beste. Das hieße, weniger Erklärungen, weniger Rechtfertigungen sich selbst und auch allen anderen gegenüber. So wie damals bei Frank würde auch jetzt wieder alles ausführlichst diskutiert und beurteilt werden.

Tommy konnte nicht ahnen, was hinter ihrer Stirn vor sich ging. »Woher bekomme ich denn einen Pass?«, fragte er.

Kate erklärte es ihm. »Was werden sie dazu sagen?«, wollte sie wissen.

»Wer?« Tommy schien überrascht.

»Deine Schwester, deine Eltern, alle, die du kennst?«

»Nichts werden sie sagen. Ich werde es ihnen erst erzählen, wenn ich wieder zurück bin.«

»Aber du musst doch sagen, wohin du fährst ... oder nicht?«

»Natürlich werde ich sagen, dass ich nach Griechenland fahre. Ich bin erwachsen, Kate. Ich bin sechsundzwanzig Jahre alt. Aber ich muss ihnen nicht jeden Schritt erklären, den ich tue. Im Gegenteil, mir wird sogar vorgeworfen, dass ich zu viel erzähle. Dauernd bekomme ich zu hören, dass es die Leute überhaupt nicht interessiert, was ich mache.«

Kate spitzte die Ohren. Nichts, was sie bisher in irgendeinem

Managementkurs erfahren oder in einem Motivationsbuch gelesen hatte, war je so nützlich gewesen. Die ehrgeizige, extrovertierte Kate, tüchtig, immer an vorderster Front, sie hatte es für nötig erachtet, stets alles sowohl über ihr Privatleben als auch über ihre beruflichen Pläne zu erzählen. Das war nun mal ihr Stil.

Doch was wusste sie über die Ehe ihrer Schwester Helen? Nicht das Geringste, nur das, was man ihr erzählte, und das war nicht viel. Jedes Gespräch, das sie mit Helen in den letzten Monaten, wenn nicht Jahren geführt hatte, hatte sich um Frank gedreht. Und die liebe, freundliche Jane erzählte ihr auch nicht viel über ihr Leben mit dem ruhigen Robert. Vielleicht war es zu ruhig; vielleicht war Robert nur selten zu Hause. Kate verspürte einen Anflug von Schuld, dass sie es nicht gewusst oder daran gedacht hatte, zu fragen. Wie immer hatte Frank im Mittelpunkt ihrer Gespräche gestanden. Frank war der schimmernde Fixstern in ihrem Leben. Er strahlte so hell, dass kein Platz mehr blieb für das Leben oder die Liebe anderer.

»Was soll ich mitnehmen?«, fragte Tommy.

Kate überlegte, was Frank mitgenommen hätte. Sechs der Hemden, die sie ihm gekauft hatte, die elegante Hose, die er sich selbst geleistet hatte, wie er sagte, aber Kate wusste, dass sie das Geschenk einer anderen Frau gewesen war, eine Frau, so töricht wie sie selbst, die glaubte, wenn man Frank ein Geschenk machte, erkaufte man sich damit seine Zeit und Aufmerksamkeit.

Frank hätte weder Sonnencreme noch Mückenspray mit nach Griechenland genommen. Mit seinem guten Aussehen hätte er jeden anderen Mann auf der Insel in den Schatten gestellt, und dennoch hätten ihn die einheimischen Griechen gemocht, ihn auf ein Glas eingeladen, ihm vielleicht sogar das Tanzen beigebracht und ihn in ihren Kreis aufgenommen. Während sie angespannt und händeringend danebengesessen und gehofft hätte, dass der auffallende Rotschopf oder die zierliche Blondine nicht Franks Aufmerksamkeit erregen würden.

Kate zwang sich, sich wieder auf das ängstliche, bleiche Gesicht vor ihr zu konzentrieren, und redete stattdessen über Sunblocker mit hohem Lichtschutzfaktor und Insektenspray. Um einen Sonnenbrand zu vermeiden, riet sie Tommy, langärmelige Hemden mitzunehmen.

Sie verabredeten, sich in zwei Wochen am Flughafen zu treffen. Er schien sich zu freuen, aber nicht übermäßig aufgeregt zu sein.

»Woher willst du eigentlich wissen, dass es mir ernst ist?«, fragte sie.

»Weil es Ihnen auch mit dem Lunch ernst war.« Wieder sah er sich um, als wollte er sich jedes Detail des eleganten Restaurants einprägen.

»Und was denkst du, warum ich das mache?«, fuhr sie fort. Sie ließ nicht locker. Sie wollte, dass der Junge etwas Verletzendes, etwas Undankbares sagte, als Vorwand, um die ganze Sache abzublasen.

»Weil Sie ein netter Mensch sind«, erwiderte er schlicht.

Die nächsten beiden Wochen stürzte sie sich in die Arbeit.

Als sich die anderen, wie sie es immer taten, danach erkundigten, wie es Frank gehe und wo er denn stecke, wurde ihr mit einem Mal bewusst, dass sie diese Fragen nach Frank nur stellten, weil es die einzigen waren, die so etwas wie Glanz in ihre Augen zauberten. Doch, doch, Frank sei schon in der Nähe, gab sie jetzt nur zur Antwort. Falls sie mit erhobenem Zeigefinger und Kopfschütteln darauf reagierten, bekam sie das nicht mit. Sie wollte ihnen nicht bewusst etwas verschweigen, wie sie es früher getan hatte.

Zwei Tage vor ihrem Urlaub kam Frank ins Büro. Wie es immer seine Art gewesen war, stand er da mit seinem schiefen Lächeln, an die Bürotür gelehnt, den Kopf zur Seite geneigt. Es konnte einem das Herz zerreißen.

Er klopfte leise an, auch wenn er wusste, dass sie ihn bereits gesehen hatte.

»Ich will dir nur eine gute Reise wünschen«, sagte er. Er hatte ihr eine Rose mitgebracht.

»Das ist reizend von dir.« Sie nahm die Rose und stellte sie zu den dunkelroten Rosen, die sie sich selbst gekauft hatte. Seine Rose sah ein wenig mickrig aus. Zu anderen Zeiten hätte sie eine Vase geholt.

»Dann hast du also einen anderen Verehrer?« Er deutete mit dem Kopf auf die Rosen.

»Nein, die habe ich mir selbst geschickt.« Sie lächelte vage. Es war ihr egal, ob er ihr glaubte oder nicht.

»So weit kommt's noch!« Doch er wirkte verärgert. Sein Angebot, mit ihm zum Mittagessen zu gehen, lehnte sie ab, ebenso das auf einen Abschiedstrunk.

»Hast du einen anderen Reisebegleiter gefunden?« Es schien ihm wichtig zu sein. Und das nach all den Monaten, in denen sie sich danach gesehnt hatte, diesen Klang in seiner Stimme zu hören.

»Den Botenjungen vom Blumenhändler«, sagte sie. Sie lächelte nicht, zuckte nicht unbeholfen die Schultern, entschuldigte sich nicht.

Er wurde nicht schlau aus ihr. Wie in den frühen, berauschenden Tagen zu Beginn ihrer Affäre, als er an ihren Lippen hing und versuchte, zu verstehen, was sie sagte.

»Genieße Griechenland«, sagte er und machte auf dem Absatz kehrt, ohne Kates Sekretärin eines seiner sehr speziellen Lächeln zu schenken.

Tommy wartete bereits am Flughafen. Er hatte eine Nelke für sie mitgebracht, den kurzen Stil mit Silberpapier umwickelt wie bei einer Hochzeit. Sie bedankte sich und steckte die Blume an ihr Revers, auch wenn es lächerlich aussah an ihrem luftigen Reiseanzug aus Leinen.

Tommy hatte noch nie zuvor in einem Flugzeug gesessen und wollte für den Lunch zahlen.

»Der ist gratis«, sagte die Stewardess.

»Ich bin kein sehr erfahrener Reisender«, erklärte er mit einem Lächeln.

Kate und die Stewardess tauschten ebenfalls ein Lächeln. Normalerweise hasste sie diese Frauen, wenn sie Frank zulächelten. Doch dieses Mal war es anders.

Der kleine Bus brachte sie in ihr Hotel, weiß getüncht mit kleinen Balkonen voller Blumen, die auf das tiefblaue Meer hinausblickten.

»Das muss Sie ja sehr viel Geld gekostet haben«, meinte Tommy ängstlich. »Ich hoffe, ich habe genug, um für die Verpflegung zu bezahlen.« Nervös fummelte er an seinem Geldgürtel herum, ein Geschenk seiner Schwester.

Frank hatte kaum je angeboten, selbst etwas zu bezahlen. »Das ist schon in Ordnung, Tommy, das kriegen wir schon hin«, beteuerte sie.

Die Balkone des Hotels waren klein, aber von allen hatte man Meerblick.

»Wir können uns ja zuwinken, wenn wir unser kontinentales Frühstück einnehmen«, sagte er glücklich.

Kate holte tief Luft und versuchte, beiläufig zu klingen. »Wir werden auf demselben Balkon frühstücken«, erklärte sie.

»Wir teilen uns ein Zimmer?« Erschrocken sah er sie an.

»Wir haben zwei getrennte Betten«, beeilte sie sich zu sagen, als wollte sie sich entschuldigen. Aber es war tatsächlich eine Entschuldigung, und zwar dafür, ihn unter falschen Voraussetzungen hierhergelockt zu haben.

»Ich verstehe.« Er wirkte niedergeschlagen und traurig, aber auch verständnisvoll, als täte sie ihm leid.

Zorn stieg in Kate hoch. »Keine Angst. Ich werde dich schon nicht vernaschen.« Sie wusste, dass sie sich böse und sarkastisch anhörte. Natürlich war das eine lächerliche Idee gewesen, lächerlich und gönnerhaft. Aber sie hatte nicht damit gerechnet, dass es ihm so gegen den Strich gehen würde, ein Zimmer mit ihr zu teilen. Tränen traten ihr in die Augen. Sie, Kate, die so viele Männer aus dem Büro versucht hatten, ins Bett zu bekommen, sie wurde von diesem dummen Jungen zurückgewiesen.

Betreten standen sie da und warteten darauf, einchecken zu können. Sie hatte gerade ihren Hotelgutschein vorlegen wollen. Jetzt war alles ruiniert. Aus und vorbei, ehe es überhaupt angefangen hatte.

»Es tut mir leid«, sagte sie zu ihm, und Tränen liefen ihr über das Gesicht.

Linkisch legte er den Arm um ihre Schultern. »Ich wusste nicht, dass es Ihr Geliebter war, der Sie im Stich gelassen hat. Ich dachte, er war nur ein Freund«, sagte er.

Das Mitgefühl und die Sorge in seiner Stimme waren ihr fast zu viel. »Ja, jetzt weißt du es.« Sie wischte sich mit dem Handrücken über die Augen, aber die Tränen wollten sich einfach nicht trocknen lassen.

Da holte er ein großes Taschentuch aus seiner Hosentasche und betupfte ihr Gesicht, ehe er ihr den Hotelgutschein aus der Hand nahm und der lächelnden Griechin reichte, die die Zimmer verteilte. »Ich hoffe, wir haben einen schönen Ausblick«, sagte Tommy. »Wir sind nämlich zum ersten Mal in Griechenland.«

Die Frau lächelte, wie sie es auch bei Frank getan hätte, aber es war ein anderes Lächeln – wärmer, weniger anzüglich.

Wortlos fuhren sie hinauf in das weiß getünchte Zimmer mit den beiden Betten, über die je eine weiße Tagesdecke gebreitet war, und betrachteten die Bilder an den Wänden: Fischereimotive und Hafenszenen. Überall im Raum verteilt standen Schalen und Blumenvasen aus Keramik, und auf dem Boden lag ein bunter Teppich. Kunsthandwerk aus der Region, das sie im Souvenirshop kaufen konnten.

Tommy öffnete die Tür zu ihrem kleinen Badezimmer. »Wahnsinn«, sagte er, »sechs Handtücher.«

Kates Herz war schwer, als sie sich auf eines der aus Holz gezimmerten Betten setzte. Sie sagte noch immer nichts.

»Warum nehmen Sie nicht das Bett, das näher am Fenster steht?«, schlug er vor. »Man hat dort den schöneren Ausblick.«

»Es tut mir leid, Tommy«, sagte Kate noch einmal.

»Und mir tut es auch sehr leid. Das muss sehr traurig sein für Sie.«

Der Junge hatte etwas sehr Aufrichtiges an sich. Dass eine Frau wie Kate, die ihn mit in den Urlaub genommen hatte, einen derartigen Schlag im Leben erlitten haben sollte, das tat ihm einfach leid. Es war ganz und gar nicht so, dass er sich davor fürchtete, in einem Zimmer mit ihr zu schlafen.

»Danke, ich weiß, du meinst es ernst.« In ihren Ohren hörte sich das merkwürdig förmlich an, aber für Tommy schien es in Ordnung zu sein.

Er nickte. »Ich hoffe, dass ich hier bei Ihnen bin, wird Ihnen helfen und Sie nicht abhalten von dem, was Sie machen wollen«, sagte er.

»Natürlich wirst du mir eine Hilfe sein«, erwiderte sie lachend. »Wir werden es ihnen allen zeigen.«

»Wem – ihnen allen?«, fragte er unschuldig.

Und zum zweiten Mal wurde ihr bewusst, dass sie niemandem etwas beweisen musste. Ihr Leben und die Rolle, die Frank darin spielte, waren nur für sie von Interesse, für sonst niemanden. Vielleicht würde sie es dieses Mal begreifen. Nicht nur mit dem Kopf, sondern auch mit dem Herzen.

»Vergiss es«, entgegnete sie, gleichzeitig erleichtert und doch in gewisser Weise traurig, das imaginäre Publikum zu verlieren.

»Wollen wir schwimmen gehen?« Er konnte es kaum erwarten und war ungeduldig wie ein kleines Kind, das er in vielerlei Hinsicht auch noch war.

»Ja, aber nur, wenn du dich ganz dick mit Sonnencreme einschmierst.«

»Sie hören sich ja an wie meine Mutter«, sagte er lachend.

Frank pflegte zu sagen: »Du gibst Geräusche von dir wie eine Ehefrau.«

Kate hatte daraufhin immer protestiert, übertrieben heftig, damit Frank auf keinen Fall dahinterkäme, wie sehr sie es sich wünschte, seine Frau zu sein, und um ihn ja nicht zu verjagen.

Doch das war nur Theater. Wie fast alles, was sie getan hatte.

Von jetzt an wäre Schluss damit. »Ich werde noch schlimmer zu dir sein als eine Mutter«, drohte sie. »Ich sehe es nämlich als meine Aufgabe an, dich heil und ohne Sonnenstich wieder nach Hause zu bringen.«

Tommy lachte und freute sich über das, was sie sagte.

Sie sah es seinem offenen, ehrlichen Gesicht an, wie froh er war, dass sich alle Stürme verzogen zu haben schienen. Dass es schließlich doch noch ein schöner Urlaub werden würde.

Und sie erwiderte sein Lachen – ohne darüber nachzudenken, wie sie sich anhörte. Noch war sie nicht frei, aber bald wäre sie es.

Vielleicht bereits am Ende dieses Urlaubs.

Der Traumurlaub

Kein Samstag verging, an dem sie sich nicht zum Mittagessen beim Griechen trafen. Die vier saßen immer am gleichen Ecktisch und waren inzwischen Stammgäste im Kriti: Yanni, der Wirt, kam ihnen bereits mit dem Brotkorb und der Schale Oliven entgegengelaufen und klopfte den Staub von den Stühlen. Sie seien wirklich nette Menschen, wie er seiner Frau erzählte, bescheiden und immer zufrieden. Die beiden Paare waren langjährige Freunde und tauschten die Neuigkeiten der Woche untereinander aus.

Alle kamen aus verschiedenen Richtungen, Julie von ihrer Arbeit beim Blumenhändler, wo sie am Samstagvormittag regelmäßig aushalf. Fünf Stunden, von acht bis eins, eine schöne zusätzliche Einnahmequelle. So kam sie wenigstens nicht in Versuchung, Geld in anderen Geschäften auszugeben, wie sie lachend erzählte. Die Arbeit machte ihr Spaß, sie liebte es, den Laden aufzusperren und die Blumen zu versorgen, die vom Großmarkt angeliefert wurden. Eine Ganztagsstelle hier wäre ihr allemal lieber gewesen als ihr fester Job an der Kasse in einer Metzgerei. Dort hatten es alle immer sehr eilig. Es war einfach nicht dasselbe Gefühl, ein Filetsteak oder Lammkoteletts statt zehn weißer Nelken, umrahmt von Zierfarn, über die Theke zur reichen, oder einem Kunden einen Rat zu geben, wie man kleine Alpenveilchen am besten wieder aufpäppelte.

Aber sie konnten sie nicht öfter brauchen im Blumenladen, wie sie sagten. Dafür war nicht genügend Arbeit da. Sie hatten zwar gehofft, dass der neue Büroblock in der Nähe bald vermietet wäre und ihnen jede Menge neue Kunden brächte. Doch das hatte auf sich warten lassen. Früher war das Viertel eine ziemlich verrufene Gegend gewesen, und Geschäftsleute waren nicht sonderlich erpicht darauf, in ein Quartier ohne guten Namen zu ziehen.

Aber wegen des Supermarkts und einiger Friseure in der Nähe hatten sie immerhin am Samstag Arbeit für sie, die zumeist daraus bestand, Bestellungen entgegenzunehmen und mit kleinen Kärtchen zu versehen: »Danke«, »Ich liebe dich«, auch »Alles Gute zum Geburtstag« oder nur »Glückwunsch«.

Einmal bekam sie den Auftrag für einen riesigen Strauß mit einer Karte, auf der nur ein einziges Wort stand: *Entschuldigung*. Julia hatte den anderen davon erzählt, und beim Essen hatten sie die ganze Zeit überlegt, was derjenige wohl angestellt haben mochte, das Rosen im Wert von fünfzig Pfund wert war.

Julies Mann Bob traf sich vor dem Lunch immer mit Flora, seiner Tochter aus erster Ehe. Und jeden Samstagvormittag gab es ein anderes Problem. Entweder rief Floras Mutter an und sagte, das Mädchen sei noch nicht aufgestanden, oder Flora stand bei ihnen vor der Tür, in Tränen aufgelöst. Das brachte Bob natürlich jedes Mal aus der Fassung, und Flora musste schnellstens mit einem Besuch im Einkaufscenter und dem Kauf einer neuen CD getröstet werden.

Wenn er es dann endlich ins Kriti geschafft hatte, brauchte Bob eine ganze Stunde, um abzuschalten. Er sah blass und müde aus und tat Julie schrecklich leid. Doch sie streichelte seine Hand und versicherte ihm, dass alles wieder in Ordnung käme. Wie immer eben. Und sie verkniff sich die Bemerkung, dass Flora ihrer Meinung nach ein so hinterhältiges sechzehnjähriges Luder war, wie sie nie zuvor eines getroffen hatte, das zudem genau wusste, wie es seinen Vater um den Finger wickeln konnte. Nein, es war besser, dass sie mit Brian und Carol zusammen waren, von denen keiner das Thema ansprach, aber jeder Verständnis dafür hatte. Und bald würde Bob wieder lächeln.

Carol kam direkt aus der Arbeit ins Kriti. Zusammen mit zwei anderen Frauen leitete sie eine private Agentur für Arbeitsvermittlung. Samstags hatten sie immer am meisten zu tun. Frauen, die eine andere Stelle suchten, aber von Montag bis Freitag arbeiten mussten, kamen bevorzugt am Samstag zu ihnen, um sich über neue Angebote zu informieren. Carols Partnerinnen hatten beide kleine Kinder, und oft war es ihnen nicht möglich, am Wochenende zu arbeiten. Natürlich hatten auch Carol und Brian kleine Kinder, aber Carol war ein Genie, wenn es darum ging, jemanden zu finden, der auf sie aufpasste. Man konnte sie nur bewundern für das Unterstützernetzwerk, das sie aufgebaut hatte.

Alle waren der Ansicht, dass Carol die Welt regieren könnte – und sie widersprach nicht. Oder, um mit ihren Worten zu reden, sie könnte es wenigstens mal ausprobieren.

Brians Mutter lebte in einer Einliegerwohnung bei ihnen im Haus. Zumindest war das die Theorie, doch in Wirklichkeit wohnte sie mehr oder weniger bei ihnen. Brians Mum war alles andere als ein zufriedener Mensch. Ihr konnte niemand etwas recht machen. Jeden Samstagvormittag bestand sie darauf, entweder zum Friseur oder in die Apotheke, zu einem kleinen Einkaufsbummel oder zu einem Kaffeeklatsch mit zwei anderen alten Damen gefahren zu werden. Danach durfte Brian sie wieder nach Haus bringen und ihr das Mittagessen servieren, um anschließend ins Kriti zu hetzen, wo er wenigstens ein Mal in der Woche das Vergnügen hatte, nicht davon gestört zu werden, dass seine Mutter mit dem Stock gegen die Wand hämmerte.

Die beiden jungen Mädchen am Tisch nebenan hatten Reiseprospekte vor sich liegen und diskutierten heftig, wohin sie in Urlaub fahren sollten.

»Kommt man sich da nicht gleich fürchterlich alt vor?«, fragte Julie in die Runde. Sie war alles andere als alt, erst Mitte dreißig. Einmal war sie in Frankreich zur Weinlese gewesen, und einmal hatte sie mit ihrer Mutter eine viertägige Busreise nach Belgien unternommen. Doch nur zu ihrem eigenen Vergnügen wie die beiden Teenager war sie nie verreist. Sie hatte nie einen Charterflug gebucht, um für zwei sorglose Wochen in den Süden zu fliegen.

Als sie und Bob heirateten, verbrachten sie ihre Flitterwochen in Cornwall, was sehr schön war, aber am darauffolgenden Samstag mussten sie wieder zurück sein, damit Flora keinesfalls auf die Idee käme, sie könnte ihren Daddy für immer verloren haben, nur weil der jetzt mit einer anderen Frau verheiratet war.

»Ich glaube nicht, dass mir so ein Urlaub gefallen könnte, selbst wenn wir die Zeit dafür hätten«, sagte Carol. »Ihr wisst schon – kreischende Teenager, Discos, Wet-T-Shirt-Partys ...«

»Na ja, ich weiß nicht – nasse T-Shirts ...« Brian versuchte es mit einem Scherz. »Klingt doch gar nicht so übel.«

»Es muss ja kein riesiger Hotelklotz sein«, meinte Julie. »Klein und fein wäre auch ganz nett, eine Villa am Meer vielleicht.«

»Dazu ein netter Bummel am Abend bis zur nächsten Bar am Hafen und ein Abendessen unter freiem Himmel«, fügte Bob hinzu, der sich gerade von seiner morgendlichen Begegnung mit Flora erholt hatte.

»Und für jeden seinen eigenen Balkon für ein Mittagsschläfchen«, schwärmte Carol. »Und meilenweit nicht ein Telefon, das klingeln könnte!«

»Und ein bisschen Kultur könnten wir auch noch einplanen«, schlug Brian vor.

»Aber nicht zu viel«, meinten die anderen, und plötzlich stellten sie fest, dass sie drauf und dran waren, ihren ersten gemeinsamen Urlaub zu planen. Um den Entschluss zu feiern, bestellten sie gleich noch eine Flasche Wein. Yanni erkundigte sich nach dem Anlass.

»Ein Urlaub im Ausland«, erklärte Julie. »Ich weiß, das klingt nicht sehr spektakulär – Millionen Menschen reisen jeden Tag irgendwohin –, aber wir vier haben das bisher einfach nicht geschafft.« Für einen Moment verstummten sie und ließen all die Jahre Revue passieren, in denen sie nicht wie alle anderen zum Flughafen aufgebrochen waren. Und sie dachten daran, warum das so gewesen war. Doch das lag hinter ihnen, wie sie wussten, und ihre Aufregung war groß.

»Und wohin wollen Sie fahren?«, fragte Yanni.

Sie hatten keine Ahnung.

»Ich hoffe doch, dass Sie in meine Heimat reisen. Griechenland ist ein wunderbares Land.« Er deutete auf die Bilder an den Wänden des Restaurants, die sie plötzlich mit anderen Augen sahen. Die Ruinen eines Palastes, ein Fischerdorf, weiße Häuser, mit Blumen bewachsen. Alles war möglich. Sie vereinbarten, für die kommende

Woche Prospekte zu besorgen, und kehrten bester Laune nach Hause zurück.

Julie packte ihre Einkäufe aus und stapelte alles in der Küche. Dabei sah sie in dem kleinen Korb mit den Kassenzetteln eine Rechnung über neunundvierzig Pfund und siebzig Pence liegen, die mit Bobs Kreditkarte bezahlt worden war und aus einer teuren Boutique stammte. Sie musste sich erst mal auf den Küchenhocker setzen, um den Schock zu verdauen.

Das war mehr Geld, als sie den ganzen Vormittag über in dem zugigen Blumenladen, wo ständig die Tür offen stand und der Ostwind hereinwehte, verdient hatte. Fast fünfzig Pfund hatte er für dieses schreckliche Mädchen ausgegeben. Und Bobs gestresstem Gesichtsausdruck nach zu schließen, als er zu ihnen ins Restaurant gekommen war, hatte sich Flora offensichtlich noch nicht einmal dankbar gezeigt für sein überaus großzügiges Geschenk. Ihr Ehemann hatte also für fünfzig Pfund in einem Geschäft eingekauft, das Julie wegen seiner hohen Preise nicht einmal zu *betreten* wagen würde.

Konnte sie tatsächlich zulassen, dass sie so weitermachten? Vater und Tochter gefangen in einer Falle aus Hassliebe, die ihr gemeinsames Sparkonto aufzehrte, ohne einen von ihnen deswegen glücklicher zu machen? Jemand musste dem Ganzen einen Riegel vorschieben, ehe alle durchdrehten. Aber war sie die Richtige dafür? War es das Drama und die Konfrontation wert, die damit einhergingen? Eine kluge Frau würde sich vielleicht heraushalten.

Julie spürte, dass ihre Hände zitterten, als sie das Waschmittel auf seinem Platz im Regal verstaute. Um ein paar Pennys zu sparen, war sie extra in einen Discounter weiter weg gegangen – *Pennys*, während ihr Mann fünfzig Pfund ausgegeben hatte, um einen egoistischen Teenager milde zu stimmen, dem man nichts recht machen konnte, nicht einmal, wenn der eigene Vater für immer in sein Leben zurückgekehrt wäre. Flora wollte Bob immer nur am Samstagvormittag sehen, um ihm für den Rest der Zeit Schuldgefühle einzuimpfen. Diese endlosen Versuche, sich ihre Zuneigung zu erkaufen, mussten aufhören.

Doch Julie zögerte, das Thema anzusprechen. Bob arbeitete so hart als Auslieferungsfahrer für dieses Fernsehgeschäft und musste ständig schwere Kartons die Treppen hinauf- und hinunterschleppen. Sie wollte, dass er wenigstens eine kleine Verschnaufpause bekam, bevor er am Montagmorgen wieder zur Arbeit ging. Doch angenommen, er gab weiterhin so viel Geld für Flora aus, und es blieb nicht genug übrig für ihren Urlaub ...?

Julie nahm eine Fünfzig-Pence-Münze und warf sie in die Höhe. Kopf, und sie würde ihn wegen des Geldes zur Rede stellen. Zahl, und sie würde nichts sagen.

In dem Moment kam Bob in die Küche und lächelte sie zärtlich an

»Du bist wirklich eine tolle Frau, Julie«, sagte er. »Habe ich dir je gesagt, wie einfach es ist, mit dir zusammenzuleben?«

»Wie komme ich zu der Ehre?«, fragte sie.

»Da betrete ich die Küche und sehe, dass du eine Münze in die Luft wirfst wie ein Kind – ich weiß nicht, aber irgendwie ist das total rührend.«

Julie ließ die Münze fallen und schaute nicht nach, auf welcher Seite sie liegen geblieben war. Stattdessen schlang sie beide Arme um Bob.

»Es ist auch verdammt einfach, mit dir verheiratet zu sein, mein Schatz«, sagte sie. Und dann gingen sie nach oben.

Später am Abend, als sie das Essen zubereitete, fand Julie die Münze; sie war auf der Kopfseite gelandet. Das Schicksal hatte für sie vorgesehen, ihn zur Rede zu stellen, ihm zu sagen, dass diese Ausgaben für seine ewig unzufriedene Tochter aufhören mussten. Doch das Schicksal kann uns auf verschiedenen Wegen entgegentreten. Bob war genau in dem Moment in die Küche gekommen und hatte ihr gesagt, dass er sie liebe. Sie hatten den Nachmittag im Bett verbracht. War das nicht viel besser als jede Konfrontation? Julie war absolut sicher.

Drüben im Haus von Brian und Carol hatte Maria, das Au-pair-Mädchen, den kalten Hühnersalat auf den Tisch gestellt. Sie war jetzt seit vier Jahren bei ihnen und gehörte inzwischen zur Familie. Carols Ansicht nach gab es keinerlei Probleme mit Au-pair-Mädchen, wenn man das Geld investierte, um ein kleines Bad einzubauen und ihnen einen eigenen Fernseher ins Zimmer zu stellen. Richtig belastend würde es nur dann werden, wenn sie den lieben langen Tag das Bad blockierten und im Wohnzimmer saßen, um sich den Unsinn anzuschauen, der den ganzen Abend im Fernsehen lief. Ganz so einfach konnte es nicht gewesen sein, aber bei Carol schien es zu funktionieren.

Da standen sie nun, Maria, bereit zum Ausgehen, und die beiden sieben Jahre alten Zwillinge, sauber und frisch gewaschen in ihren Bademänteln, die darauf warteten, ihre Gutenachtgeschichte von einem riesengroßen, gutmütigen, vegetarischen Monster vorgelesen zu bekommen, das am liebsten Brennnesseln und Disteln verspeiste und mit kleinen Jungen und Mädchen spielte. Matt und Sara liebten diese Geschichte.

Brian hatte gerade angefangen, auf seine langsame, getragene Art vorzulesen, damit jedes Wort verstanden wurde. Nach der Hälfte der ersten Seite setzte das Klopfen an der Wand ein.

»Ich gehe schon.« Carol machte Anstalten, aufzustehen.

»Sie ist meine Mutter«, sagte Brian und reichte Carol das Buch.

»Tja, Kinder, jetzt bin ich dran«, sagte Carol.

»Dad liest viel besser«, jammerte Matt.

»Sollen wir nicht ein Spiel spielen, bis Dad wiederkommt?«, schlug Sara vor.

»Es könnte aber spät werden, später als eure Bettgehzeit«, gab Carol zu bedenken. Das war genau das, was Sara sich erhofft hatte.

Die Kinder schliefen bereits, und Carol hatte ihre Papiere auf dem Esstisch ausgebreitet, als Brian zurückkam. Sie war vollkommen auf ihre Arbeit konzentriert und schien sich nicht im Geringsten darüber zu ärgern, dass er über eine Stunde weg gewesen war. Rasch sammelte sie die Tabellen ein.

»Tut mir leid, Schatz«, sagte er.

»Halb so schlimm, so hatte ich Zeit, mir diese Zahlen anzuschauen«, erwiderte sie. Carol brachte immer viel Arbeit mit nach Hause – sie hatte sogar schon überlegt, ein zusätzliches kleines Büro unter der Treppe einzurichten. In der Werbung konnte man die tollsten Umbauten bewundern.

Er erklärte nicht, was seine Mutter gewollt hatte; es spielte ohnehin keine Rolle. Es war immer das eine oder andere oder gar nichts. Brian nahm die Serviette von dem Hühnersalat.

»Zum Glück war er schon kalt«, scherzte er in dem Versuch, wenigstens noch den Rest des Abends zu retten.

Carol schob ihre Brille ins Haar.

»So ist es doch immer am Samstagabend, ist dir das noch nicht aufgefallen? Sie ruft am Samstagabend immer um die gleiche Zeit nach dir. Deswegen gibt es ja kaltes Huhn.« Es lag kein Jammern oder Klagen in ihrer Stimme. So waren die Dinge nun mal.

Am nächsten Tag drehten sich in der Arbeit alle Gespräche um den geplanten Urlaub. In der Metzgerei rieten Julie alle, nach München zum Oktoberfest zu fahren, das wäre ein Heidenspaß, und man bekäme dort die besten Würste, die ein hungriger Körper sich nur wünschen könne. Julie verriet ihnen nicht, dass sie glücklich wäre, für die Dauer ihres Urlaubs kein Fleisch mehr sehen zu müssen, und dass sie die Vorstellung lächerlich fände, deswegen auch noch an einen speziellen Ort zu fahren.

Die Kollegen in Brians Lehrerzimmer staunten ebenfalls nicht schlecht. »Zwei Wochen ohne Kinder? Wahnsinn, Mann – kein Wunder, dass du dich so darauf freust.« Brian hielt es nicht für notwendig, darauf hinzuweisen, dass die Kinder nicht das Problem waren; vielleicht würde er es irgendwann sogar schaffen, ihnen diese Geschichte zu Ende vorzulesen. Es war seine Mutter, der zu entkommen er kaum erwarten konnte.

Und Carol erklärte ihren Partnerinnen, dass sie im August definitiv zwei Wochen Urlaub machen würde. »Das glaube ich erst, wenn du im Flugzeug sitzt«, sagte eine von ihnen. »Das wird ein Urlaub werden mit deinem Handy im Bikinihöschen«, feixte die andere.

»Ganz bestimmt nicht, ich werde hundert Prozent abschalten«, widersprach Carol, schwer getroffen von diesem Vorwurf. Ihre

Partnerinnen sahen erst einander und dann sie an, ehe sie herzlich zu lachen begannen.

Für Bob war es ein hektischer Montag, an dem wirklich jeder Fernsehapparat ein Problem zu haben schien. Während einer Teepause erzählte er den anderen von dem geplanten Urlaub. »Tolle Sache, so ein Urlaub«, meinte einer seiner Kollegen. »Die Frauen sind immer ganz aufgekratzt – muss am Klima liegen. Hier benimmt sich meine Frau nie so, aber im Ausland ist das offenbar was anderes.«

»Das klingt gut«, sagte Bob. Es würde sein kleines Geheimnis bleiben, dass er dieses Problem zu Hause nicht hatte.

Am nächsten Samstag brachten sie alle Urlaubsprospekte ins Kriti mit, und zu ihrer großen Überraschung setzte sich auch Yanni zu ihnen. Neben dem Pittabrot und den großen, saftigen Oliven lag bereits ein kleines Fotoalbum mit Aufnahmen von einem weißen Haus an einem prachtvollen Sandstrand auf dem Tisch. Der Sand war weiß, und das Wasser schillerte in allen Blau- und Grüntönen. Dunkellila Bougainvilleenblüten rankten sich die weißen Mauern empor. Scharlachrote und blaue Teppiche zierten den Holzfußboden, und bunte Teller und Schalen aus Keramik schmückten die Wände.

Es gab zwei Schlafzimmer, zwei Bäder, eine Einbauküche, eine lange Holzveranda, die um das ganze Haus herumführte, und dort stand auch der Esstisch. Die Villa gehörte Yannis Bruder, der viel Geld investiert hatte, in der Hoffnung, damit eines Tages gut zu verdienen. Andere Gäste hatten abgesagt, und so war das Haus für zwei Wochen zu mieten. Viel kosten würde es auch nicht, und sie hätten ihr eigenes Zuhause auf Kreta.

Es lag nicht nur daran, dass Yanni und sein Bruder die Besitzer waren: Das Haus war genau das, was sie sich erträumt hatten. Und direkt vor der Haustür fuhr sechsmal am Tag ein Bus vorbei, der sie in die nächste Hafenstadt bringen würde. Wenn sie wollten, konnten sie einen Tag in den Ruinen von Knossos verbringen, ins Museum nach Heraklion fahren oder in den Touristenorten einkaufen gehen. Auch einen Bootsausflug konnten sie unternehmen oder lernen, Wasserski zu fahren.

Die mitgebrachten Prospekte blieben ungeöffnet. Alle waren sich einig – das sollte das Ziel ihrer Reise sein.

Julie erklärte sich bereit, das Geld zu verwalten. Jeden Samstag würde sie eine bestimmte Summe von jedem Teilnehmer einsammeln und das Geld auf ein Konto bei der Post oder der Bausparkasse einzahlen. Was immer ihnen lieber war. Die anderen reagierten überrascht: Normalerweise wäre ein solcher Vorschlag von Carol gekommen. Sie konnten ja nicht ahnen, wie verzweifelt Julie es vermeiden wollte, dass der Anteil ihres Manns sinnlos für seine Tochter ausgegeben wurde.

Bis zu ihrer Abreise blieben noch ganze zwölf Wochen. Zeit genug, um drei Kilo abzunehmen, um ein paar Sätze Griechisch zu lernen und um alles über König Minos und den Minotaurus nachzulesen, damit sie sich dort auskannten, wenn sie in seinem Palast standen. Zeit genug, in der noch alles Mögliche geschehen konnte.

Und es geschah so einiges. Als Erstes trudelte bei Carol die Kündigung für ihre Büroräume ein. In drei Monaten sollten sie draußen sein, was bedeutete, dass sich ihre Arbeitsvermittlungsagentur zum Zeitpunkt des geplanten Urlaubs mitten im Umzug befände. Das heißt, falls sie bis dahin passende Räumlichkeiten fanden.

»Ich kann dir gar nicht sagen, wie leid mir das tut«, erklärte sie Brian.

»Wir müssen ja jetzt noch keine Entscheidung treffen«, erklärte er. Er hatte sich so auf den Urlaub gefreut, hatte bereits angefangen, die Werke von Kazantzakis zu lesen, und den Kindern auf der Karte gezeigt, wo Kreta lag.

»Aber ich muss eine Entscheidung treffen. Es wäre unfair den anderen gegenüber, falls sie ein anderes Paar suchen wollen ...«

»Aber du weißt, dass sie niemanden finden werden.« Die Enttäuschung stand ihm ins Gesicht geschrieben. »Wir vier haben den Urlaub geplant, davon geträumt ...«

»Brian, die Agentur ist mein *Leben*«, wandte Carol ein. »Es hat mich fast umgebracht, sie aufzubauen ... sie ist mein ganzer Lebensinhalt.«

»Ich weiß«, entgegnete Brian bitter.

Als Nächstes geschah es, dass Flora die Nachricht von dem Urlaub sehr schlecht aufnahm. Floras Mutter rief sogar mitten unter der Woche an.

»Sie isst nichts mehr, sie will nicht mehr in die Schule gehen. Also wirklich, Bob, ich weiß nicht, wie du dir das vorstellst.«

»Aber was kann ich denn da machen?«, jammerte Bob ins Telefon. »Das hat doch nichts mit mir zu tun.«

»Natürlich hat das was mit dir zu tun«, herrschte ihn seine Ex-Frau an. »Das Mädchen ist vollkommen aus dem Häuschen, weil du mit dieser Frau nach Griechenland fahren willst, ohne einen Gedanken daran zu verschwenden, was aus eurem gemeinsamen Samstag und Floras Bedürfnissen wird.«

»Das wird sich schon wieder geben«, stieß Julie zwischen zusammengebissen Zähnen hervor. »Glaube es mir, sobald sie sieht, dass du nicht nachgibst.« Doch der Ausdruck auf Bobs Gesicht gefiel ihr ganz und gar nicht.

»Ich habe sie verlassen, Julie, ich habe meine Tochter im Stich gelassen. Das kann ich nicht leugnen.«

»Schon gut, aber erzählen wir den anderen erst mal noch nichts«, bat sie. In letzter Zeit war der Umsatz des Blumenladens, in dem Julie arbeitete, deutlich in die Höhe geschnellt. Der neue Büroblock hatte schließlich doch jede Menge neue Kundschaft gebracht. Es hatte eben etwas Zeit gebraucht, bis alle Büroeinheiten verkauft waren. Jetzt bot man Julie eine Ganztagsstelle an. Doch ein Problem gab es: Ihr Chef wollte nicht, dass sie die zwei Wochen im August Urlaub machte – genau die Zeit, in der sie sie am meisten brauchten. Julie erzählte keinem etwas davon. Ihr blieb noch eine Woche, um eine Entscheidung zu treffen.

Doch das war noch nicht alles. Kurz nachdem Brians Mutter erfahren hatte, dass sie für die zwei Wochen Griechenlandurlaub in ein Heim gehen sollte, bekam sie plötzlich unerklärliche Brustschmerzen.

Der Arzt meinte, es handele sich wahrscheinlich um Sodbrennen oder eine Magenverstimmung. Brians Mutter, die nur das Wort »wahrscheinlich« mitbekam, schloss daraus, dass der Arzt mit seiner Diagnose im Dunkeln tappe, und äußerte starke Zweifel, dass sie bei ihrer Rückkehr noch am Leben wäre, wenn sie zu einem so kritischen Zeitpunkt ihrer Gesundheit in ein Pflegeheim für alte Leute abgeschoben würde.

Wie üblich traf man sich am Samstag zum Mittagessen im Kriti: Jetzt blieben nur noch drei Wochen.

Yanni wusste sofort, dass etwas nicht stimmte. Er hatte seine Gäste, seine Freunde, als die er sie inzwischen betrachtete, noch nie so gesehen. Seiner Familie auf Kreta hatte er geschrieben und sie gebeten, sich gut um die zwei Paare zu kümmern. Sie waren so anders als die gedankenlosen, egoistischen Touristen, die so oft keinerlei Rücksicht auf Land und Leute nahmen. Doch jetzt lag Ärger in der Luft.

Um ihre Unterhaltung mit anzuhören, stellte er sich in die Nähe ihres Tisches. Gesprächsfetzen über eine ins Telefon heulende Teenagertochter drangen an sein Ohr, über eine alte Mutter, die sich rigoros weigerte, zwei Wochen in ein Heim zu gehen, obwohl sie genau wusste, dass sie dort nicht bleiben musste. Yanni hörte die eine Frau klagen, dass es in der ganzen Stadt keine geeigneten Büroräume gebe, und selbst wenn sie etwas fände, könne sie unmöglich in der geplanten Zeit in Urlaub fahren.

Die andere Frau, die, die er immer am liebsten gemocht hatte, stand auf. Sie war sehr blass.

»Heute Morgen war ich gezwungen, mich von meinem Blumengeschäft zu verabschieden«, begann sie. »Ich konnte die Stelle nicht antreten, die ich mir seit Jahren sehnlichst gewünscht hatte. Stattdessen werden sie eine Neunzehnjährige einstellen. Sie kann zwar nicht so gut die Schaufenster gestalten wie ich, sie weiß nicht, wie man das Grünzeug am besten hereinholt oder wie man die Bänder zu schönen Schleifen bindet. Aber sie ist *frei* und kann jederzeit anfangen, weil sie nicht drei Leuten versprochen hat, mit ihnen in Urlaub zu fahren.« Sie blickte in ihre betretenen Gesichter.

»Ist schon in Ordnung. Wirklich. Ist ja nur ein Job. Es geht nicht um eine Mutter wie bei dir, Brian, oder um eine Tochter wie bei Bob. Es steht auch nicht ein ganzes Leben auf dem Spiel wie in deinem Fall, Carol. Es war nur ein Job, den ich aber gern gehabt hätte, und jetzt werde ich weiter in dieser Metzgerei arbeiten müssen, was mir wirklich keine große Freude macht …« Wortlos hörten sie zu, wie Julie mit sich rang und versuchte, ihnen gegenüber fair zu sein. Doch dann veränderte sich ihr Gesichtsausdruck.

»Aber es ist nicht nur der Urlaub. Ich denke, wir haben noch etwas anderes verloren. So habe ich einiges an Respekt vor deinem großartigen Geschäftssinn verloren, Carol. In dem Büroblock gleich um die Ecke von meinem Blumenhändler sind noch einige Einheiten frei, aber dort hast du es nicht einmal versucht.

Und du, Brian, du hättest Maria zusätzlich dafür bezahlen können, dass sie deine Mutter jeden Tag besucht und die Zwillinge mitbringt. Dann wäre sie wegen dieses Pflegeheims nicht in Panik ausgebrochen und hätte Angst bekommen, dort bleiben zu müssen.

Und du, Bob, du solltest inzwischen eigentlich wissen, dass Flora, auch wenn sie deine Tochter ist, mindestens ebenso nerven kann wie jeder andere Teenager auf dieser Welt. Wenn du daheim bleibst, beweist du ihr damit nicht nur, dass sie immer bekommt, was sie will, sondern auch, dass sie im Grunde recht hatte. Du hast sie als Vater *tatsächlich* im Stich gelassen, anstatt ihr ein fester Halt zu sein.« Sie weinte nicht, aber ihre Stimme zitterte.

»Ich werde jetzt gehen und zusehen, dass ich unser Geld wieder zurückbekomme. Nein, bitte, unterbrecht mich nicht. Das ist es nun mal, was ich am besten kann – Besorgungen und Botengänge erledigen. Ich bin diejenige, die heute Morgen eine gute Stelle verloren hat, einen Job, den ich wirklich gern gehabt hätte, und ich habe ihn nur verloren, weil ich dumm genug war, anzunehmen, wir würden gemeinsam in Urlaub fahren. Ich muss jetzt eine Weile allein sein. Ich bin in ungefähr einer Stunde wieder zurück.«

Julie war erleichtert, dass die Tränen des Selbstmitleids und der Wut erst an der Tür zu fließen begannen. Es dauerte eine Weile, bis alle Formalitäten erledigt waren und sie alles geklärt hatte. Anschließend ging sie in ein Kaufhaus und blieb in der Kosmetikabteilung stehen.

»Möchten Sie vielleicht eine Sonnencreme?«, fragte die perfekt zurechtgemachte junge Frau.

»Nein, der Urlaub wurde gestrichen«, erwiderte Julie matt.

»Also, ich finde ja, dass so ein Urlaub vollkommen überbewertet wird«, meinte die blonde Schönheit.

»Da haben Sie sicher recht«, stimmte Julie ihr zu und hielt ihr das Handgelenk hin, um sich stattdessen mit einem Hauch sehr teuren Parfums besprühen zu lassen.

Sie sollte nie erfahren, was während ihrer Abwesenheit in dem Restaurant geschehen war – was zwischen den dreien geredet wurde, wen sie angerufen hatten, welche Absprachen getroffen wurden. Und sie wusste, dass sie Bob nie danach fragen würde, wenn sie allein waren.

Was immer geschehen war, es blieb zwischen den dreien, diesen engen Freunden, die zutiefst bestürzt waren, dass sie nicht fest genug an den gemeinsamen Traum geglaubt hatten.

Und als sie mit den anderen Urlaubern den Flughafen durchquerten, war es weder peinlich, noch hatte man das Gefühl, als stünden unausgesprochene Worte zwischen ihnen. Und als sie mit Yannis Cousins und Freunden im Mondschein Sirtaki tanzten, Bergpfade erklommen und im türkisblauen Meer schwammen, sprach keiner es aus oder musste ein Wort darüber verlieren, wie kurz davor sie gestanden hatten, diesen Urlaub mutwillig aufs Spiel zu setzen – ein Urlaub, der in vielerlei Hinsicht den Rest ihres Lebens verändern würde ...

In Auflösung

Als sie Kinder waren, gingen sie gemeinsam zur Schule, mit den Schultaschen auf dem Rücken, während ihnen ihre Mütter zum Abschied zulächelten. Händchen haltend liefen sie die Straße entlang. Die ernste, dunkelhaarige Cathy und die lachende, blonde Clare. Auf immer und ewig würden sie Freundinnen sein. Und als sie achtzehn Jahre alt waren, gingen sie zusammen nach Spanien, um dort als Kindermädchen bei zwei Familien zu arbeiten, die nicht weit voneinander entfernt wohnten. Sie gaben sich alle Mühe, auf Spanisch zu lachen und zu scherzen, tranken starken, schwarzen Kaffee, rauchten und planten unbekümmert ihre Zukunft. Cathy wollte an die Universität gehen, studieren und einen richtigen Beruf ergreifen. Clare wollte sich einen Job suchen, Geld verdienen und Spaß haben.

Zurück in Dublin änderte sich alles. Clares Vater starb. Ihre Mutter, die ohne ihn verloren war, fing an zu trinken. Clares Vorstellung von einem Leben, das Spaß machte, erschien ihr bald selbst nur noch als leere Hoffnung. Mit dem Geld, das sie im Büro verdiente, hielt sie sich und ihre Mutter über Wasser. Ihre Mutter hatte neunzehn Jahre für sie gesorgt – sie konnte sie jetzt nicht im Stich lassen.

Cathy, die am University College Dublin studierte, arbeitete hart, aber im dritten Jahr nahm ihr Leben eine überraschende Wendung. Es fiel ihr zusehends schwerer, auf ihre Abschlussprüfungen zu lernen, da sie unter starker Morgenübelkeit litt. Auch ihr Herz litt schrecklich unter Martins Aussage, er sei noch viel zu jung, um sich zu binden. Selbstverständlich würde er das Kind anerkennen und, so weit es ihm möglich war, seinen finanziellen Beitrag zu dessen Erziehung leisten. Martin legte ein Prädikatsexamen ab, das von Cathy fiel eher drittklassig aus. Auch auf ihre Eltern konnte

Cathy nicht zählen; im Gegenteil, sie ließen keine Gelegenheit aus, ihre Missbilligung zu zeigen. Warum hatte sie nicht besser aufpassen können? Warum musste sie sich in diese Lage bringen?

Und wie immer waren Cathy und Clare füreinander da, tranken zu viele Tassen Kaffee und rauchten zu viele Zigaretten, führten aber auch lange, tröstliche Gespräche über die seltsamen Wendungen des Schicksals. Die eine hatte eine alkoholkranke Mutter zu Hause, die andere sollte bald ein Baby ohne Vater in die Welt setzen. Ihre Träume, über die sie so hoffnungsvoll in dem spanischen Café gesprochen hatten, hatten sich in Luft aufgelöst.

»Wir sind zu jung, um uns jetzt bereits aufzugeben«, sagte Clare, gefolgt von einem trotzigen Lachen. »Wir sind doch erst einundzwanzig Jahre alt. Das sollte unsere *beste* Zeit sein, du weißt schon, die Zeit, an die man sich gern zurückerinnert, wenn man alt und grau ist. Unsere *beste* Zeit, in Gottes Namen, und schau uns an.«

Cathy strich ihr langes, dunkles Haar aus den Augen, unter denen dunkle Schatten lagen. Sie hatte nie so viel lachen können wie Clare, auf deren Gesicht auch jetzt ein Lächeln lag. In der letzten Zeit ähnelte Cathy immer mehr einer schmerzensreichen Madonna auf mittelalterlichen Gemälden, und ihre Mutter ließ keine Gelegenheit aus, um ihren Unmut über den Neuankömmling zu zeigen. Nichts konnte sie trösten. Nein, sie freute sich nicht darauf, Großmutter zu werden.

Ja, irgendwann in der Zukunft vielleicht, wenn sie eine verheiratete Tochter und einen Schwiegersohn hätte, doch nicht unter diesen Umständen. Und dass die Karriere ihrer Tochter jäh unterbrochen wurde, erfreute sie auch nicht. Oder dass Cathy sich so an der Nase hatte herumführen lassen. Und die Vorstellung, zu Hause einen Gratis-Babysitter-Service vorzufinden, die konnte ihre Tochter sich auch abschminken. Zu Hause musste alles in gewohnten Bahnen weiterlaufen. Cathy konnte sich glücklich schätzen, dass ihr Vater das Zimmer über der Garage für sie und den Säugling herrichtete.

Sie seufzten, Cathy und Clare. Alles hatte sich so völlig anders entwickelt als erhofft.

»Wenigstens weiß deine Mutter noch, wie du heißt«, sagte Clare. Schließlich hatte alles seine guten Seiten.

»Aber bei ihr hat das einen so bitteren Beigeschmack, dass es mir fast lieber wäre, sie hätte meinen Namen vergessen.«

»Ich wette, Martin wird völlig aus dem Häuschen sein, wenn er das Baby sieht.« So leicht war Clare nicht zu entmutigen. »Bist du nicht froh, dass du noch nie so richtig verliebt in jemanden warst? Da ist dir eine Menge Ärger erspart geblieben«, sagte Cathy neidisch.

Die Bemerkung erschien Clare rätselhaft. Wie kam ihre Freundin nur auf die Idee, sie hätte noch nie jemanden geliebt? Über ein Jahr lang war sie in Harry von der Arbeit verliebt gewesen, aber Cathy schien das entgangen zu sein. Clare und Harry hatten keine Affäre miteinander gehabt, also zählte das offensichtlich nicht als Liebe. Zumindest nicht in Cathys Augen. Und im Moment war Clare in Michael aus dem Büro verliebt, hielt ihn jedoch auf Distanz, weil es nicht fair war, ihn mit ihren Schwierigkeiten zu Hause zu belästigen.

Michael wusste von den Alkoholproblemen ihrer Mutter, aber Clare blieb optimistisch. Vielleicht fände sich ja für alles eine Lösung, und sie und Michael könnten unbelastet von diesem Drama, das über ihnen schwebte, zueinanderfinden. Cathy nahm an, dass Clare und Michael nur Freunde waren, Kollegen. Sie hatten keine sexuelle Beziehung, wie konnte man da von Liebe sprechen?

Cathys Fruchtblase platzte, als sie gerade bei Clare zu Hause war. Das Timing hätte schlechter nicht sein können. Clares Mutter saß im Zimmer nebenan, schmetterte Rebellenlieder und verfluchte jede Rasse dieser Welt, einschließlich der irischen, was ziemlich unlogisch war angesichts der Tatsache, dass sie diese recht unmelodiös lobend besang. Als die beiden jungen Frauen mit dem Krankenwagen wegfuhren, rief sie ihnen die gröbsten Beschimpfungen nach. Cathys Mutter fand den Weg ins Krankenhaus, schaffte es jedoch, Clare in drei verschiedenen Varianten zu verstehen zu geben, dass es niemals so weit hätte kommen müssen, wenn Cathy in ihr eine zuverlässigere Freundin mit einem anständigeren Lebensstil hätte.

Cathy brachte einen kleinen Jungen zur Welt, und wie vorhergesagt, verliebte Martin sich auf den ersten Blick in das Kind und auch wieder in Cathy. Sie würden bald heiraten, versprach er, während Cathy mit dem Kind im Arm im Bett lag, das dunkle Haar mit einem Band zusammengefasst, ein seliges Lächeln auf dem Gesicht. Jetzt sah sie aus wie eine zufriedene Madonna. Alles wandte sich zum Besten, erklärte sie Clare, vielleicht müssten sie sich doch noch nicht aufgeben.

Clare räumte das Haus auf, säuberte die Kleider ihrer Mutter und sammelte die Flaschen in einem Karton, um sie zum Altglascontainer zu bringen. Wenn schon das blanke Chaos herrschte, pflegte sie zu sagen, dann wenigstens nachhaltig und ökologisch. Man musste die Sache positiv sehen – so viele Flaschen, die recycelt werden konnten.

Als ihre Mutter eingeschlafen war, ging sie in ihr Zimmer und schnitt ihr das Haar. In der letzten Zeit sah es ziemlich verwahrlost aus. Es war auf jeden Fall besser, ihr die Haare im Schlaf abzuschneiden und die Büschel sofort hinauszutragen, statt mit der Schere vor einer wild herumfuchtelnden Mutter zu agieren. Das war keine gute Idee. Clare setzte sich hin und dachte über Cathy, das Neugeborene und Martin nach, über den staunenden Ausdruck in seinen Augen beim Anblick seines Sohnes.

Würden sie und Michael das eines Tages auch erleben dürfen?

Nach einem Blick auf das zerfurchte Gesicht ihrer Mutter schaltete Clare das Licht aus. Sie ließ die Tür leicht angelehnt, damit sie ihr Schnarchen hören konnte und wissen würde, dass alles in Ordnung war. Aus dem Büro hatte sie Arbeit mit nach Hause gebracht. Trotz ihrer häuslichen Belastung machte sie sich gut in ihrem Job, und Michael ermutigte sie. Sie seufzte und beschloss, lieber nicht daran zu denken, dass sie bald zweiundzwanzig Jahre alt wurde und dabei das ungute Gefühl hatte, ihr Leben sei bereits vorüber.

Martins Eltern legten ihm jede Menge Steine in den Weg, als er ihnen eröffnete, dass er Cathy heiraten wolle. Er sei zu jung, stünde erst am Anfang seiner Karriere, lade sich zu viel Verantwortung auf. Und außerdem schien die junge Frau durchaus in der Lage, das

Kind allein großzuziehen. Cathy hatte also allerhand zu erzählen, wie schlecht die Welt sie alle behandelte: Den armen kleinen Dan, den armen Martin, und vor allem sie selbst, die arme Cathy.

Währenddessen ging Clare weiter in die Arbeit und kümmerte sich zu Hause um ihre Mutter. Irgendwann sagte Michael, er könne nicht ewig warten, und so lud Clare ihn zu sich nach Hause ein. Ihre Mutter schien intuitiv zu spüren, dass von diesem Besuch Gefahr ausgehen und dass sich einiges ändern könnte. Sie benahm sich noch schlimmer als gewöhnlich und beleidigte Michael auf das Übelste. Clare würde jede Nacht die schlimmsten Typen mit nach Hause bringen, erzählte sie ihm, und sie könnten ebenso gut gleich eine rote Laterne über die Tür hängen.

Dann rief auch noch Cathy an und verkündete stolz, dass sie und Martin an Dans erstem Geburtstag heiraten würden. Ob Clare ihre Brautjungfer werden wolle?

Clare musste jemanden dafür bezahlen, der an diesem Tag auf ihre Mutter aufpasste. Der Gedanke, dass Clare zu einer Hochzeit ging, gefiel der alten Frau ganz und gar nicht. So als fürchtete sie, Clare könne selbst heiraten wollen, wenn sie Zeugin dieser Zeremonie würde. Michael war ebenfalls zu der Hochzeit eingeladen und machte Clare an diesem Abend einen Heiratsantrag.

»Du weißt, dass ich nicht kann«, lehnte sie mit dem größten Bedauern ab.

»Ich weiß nur, dass du nicht willst«, erwiderte er und wandte sich ab, um seinen Schmerz und seine Enttäuschung vor ihr zu verbergen.

»Ich kann sie doch nicht irgendwohin abschieben. Damit könnte ich nicht leben.«

»Wir würden sie doch nicht abschieben. Wir würden ein schönes Heim für sie suchen und sie dort oft besuchen. Vielleicht würde ihr das sogar guttun.« Ihre ganze Überzeugungskraft aufwendend, hatte sie dieses Thema nicht nur ein Mal mit ihrer Mutter besprochen, doch es war immer umsonst gewesen.

»Michael, ich bin wirklich die Letzte auf dieser Welt, mit der du dich einlassen solltest. Ich bitte dich, vergiss es«, sagte sie.

»Es ist zu spät. Ich liebe dich.«

»Und ich liebe dich …«

»Nein, tust du nicht, Clare. Wenn, dann würdest du …« Clare sah ihn verzweifelt an.

Es war ein langer Tag. Sie war Ansprechpartnerin für alle gewesen: für Cathy, den kleinen Dan, für Martin, für Martins Mutter und Vater, für Cathys Mutter – jetzt fuhr sie nach Hause zu ihrer eigenen Mutter, ohne zu wissen, was sie dort erwartete. Es war ungerecht, was er gesagt hatte – wenn sie ihn liebte, würde sie dem allen den Rücken kehren. Das war Erpressung. Wenn du mich liebtest, würdest du mit mir schlafen. Wenn du mich liebtest, würdest du deinen Job für mich aufgeben. Wenn du mich liebtest, würdest du deine Mutter wegsperren und den Schlüssel wegwerfen.

»Wenn du *mich* liebtest, Michael, würdest du entweder warten, bis die Situation geklärt ist, oder du würdest ohne Wenn und Aber zu mir ziehen.«

»Wie soll ich denn bei dir einziehen? Sie wirft mich doch raus und wird hysterisch, sobald ich mich dem Haus nur nähere. Und die Situation wird sich *nicht* von allein klären, da werden *wir* schon nachhelfen müssen«, fügte er hinzu.

Seltsamerweise hatte Cathy genau dasselbe zu ihr gesagt, als sie am Abend zuvor die Braut für die letzten Vorbereitungen zu Hause besucht hatte.

»Du wirst auch jemanden finden«, hatte Cathy zu ihr gesagt.

»Aber ich habe jemanden, ich habe Michael«, hatte Clare protestiert.

»Das stimmt doch nicht. Du liebst ihn nicht, sonst hättest du längst etwas getan, um die Situation zu ändern«, hatte Cathy widersprochen.

Sie hatte es nicht für nötig befunden, näher darauf einzugehen. Stattdessen hatten sie sich wieder mit den Reden befasst, mit der Sitzordnung der Gäste und dem Blumenschmuck in der Kirche. Und jetzt, am Abend von Cathys Hochzeit, lehnte Clare einen Heiratsantrag ab.

»Alles löst sich auf«, sagte sie zu Michael, Tränen in den Augen.

»Nur weil du es zulässt«, antwortete er.

Er fuhr sie nach Hause. Sein Gesichtsausdruck war verschlossen. Er küsste sie auf die Wange und warf nicht einen Blick hinauf zum Schlafzimmer ihrer Mutter, deren Gestalt hinter dem Fenster zu sehen war, die Hand am Vorhang, wartend.

»Wie lief das Theater?«, fragte ihre Mutter.

»Es war eine schöne Hochzeit, Mutter. Cathys Vater ist ein bisschen umständlich, aber sonst war es sehr nett. Alle schienen sehr glücklich zu sein.«

»Was heißt schon glücklich?«, höhnte ihre Mutter.

»Kein Ahnung, Mutter. Möchtest du vielleicht eine Wärmflasche, bevor ich mich umziehe?«

»Dich umziehen?«, fragte ihre Mutter misstrauisch.

»Ich muss noch zwei Stunden arbeiten, Mutter, und will das nicht unbedingt in neongrünem Satin tun«, sagte Clare.

Ihre Stimme klang leblos. Doch ihr fehlte die Kraft, weiterhin Theater zu spielen. Sie würde sich nicht erlauben, Hoffnung zu schöpfen, auch wenn sie wusste, dass ihre Mutter an dem Abend weniger betrunken war als üblich. Vielleicht lag es an der pensionierten Krankenschwester, die auf sie aufgepasst hatte, vielleicht war es nur die nachlassende Anspannung, da Clare zu ihr zurückgekehrt war.

Clare versagte sich jede Hoffnung. Michael hatte recht: Wenn sich alles auflöste, dann deswegen, weil sie es zugelassen hatte. Wie seltsam von ihr, zu denken, alles würde schon irgendwie besser werden.

Michael benahm sich ihr gegenüber im Büro stets freundlich und zuvorkommend, verabredete sich aber kein einziges Mal mehr mit ihr. Manchmal verbrachten sie die Mittagspause zusammen und sprachen über die Arbeit. Einmal hatte er den Arm ausgestreckt und seine Hand auf die ihre gelegt. »Ich wünschte, die Dinge wären anders«, sagte er.

»Gott, ich auch«, hatte Clare erwidert. Sie versuchte es mit ihrem alten, trotzigen Lächeln, aber es wollte ihr nicht recht gelingen.

Sie spürte, wie die Muskeln in ihrem Gesicht unbeholfen zuckten. Allmählich schien sie so eigenartig zu werden wie ihre Mutter.

An dem Abend rief Cathy bei ihr an. Clare freute sich sehr. Wenigstens sie hatte daran gedacht. Sonst war keinem aufgefallen, dass Clare heute siebenundzwanzig Jahre alt wurde. Ihre Mutter hatte seit fünf Jahren jeden Geburtstag ignoriert, und Michael hielt es wahrscheinlich für nicht angebracht, da sie von jetzt an keine Geburtstage mehr zusammen feiern würden.

»Es ist schön, Freunde zu haben, Cathy«, sagte Clare, und nach langer Zeit trat wieder ein ehrliches Lächeln auf ihr Gesicht.

»Hey, das ist mein Text«, meinte Cathy.

Clare stutzte. »Nein, jetzt komm schon, du hast mich doch angerufen, du hast daran gedacht, sonst keiner.«

Cathy suchte stammelnd nach Worten.

»Daran gedacht? Äh, ja. Na klar.«

In dem Moment wurde Clare bewusst, dass auch ihre einzige Freundin den Tag vergessen hatte, und sie verspürte einen schmerzhaften Anflug von Selbstmitleid. Seit sie beide sieben Jahre alt waren, hatte sie jedes Jahr an Cathys Geburtstag gedacht – zwei Jahrzehnte Glückwunschkarten und Geschenke. Clare beschenkte den kleinen Dan, bereitete ihrer Mutter leckere Mahlzeiten zu – die sie meistens nicht anrührte –, hatte Michael mit sorgfältig ausgesuchten Geschenken überrascht. Eine seltsame Kälte überkam sie. Sie fühlte sich wie erstarrt. Statt weiterzureden, schwieg Clare. Cathy plapperte natürlich drauflos.

»Tja, es ist immer schön, mit dir zu reden, und natürlich habe ich dich angerufen ... aber ...«

Clare wartete ab.

»Weißt du, ich wollte dich eigentlich fragen, ob du heute Abend babysitten könntest. Ich weiß, es kommt auf den letzten Drücker.«

»Nicht heute Abend. Tut mir leid, Cathy.«

»Aber wieso nicht? Du kannst sie doch mal allein lassen, das machst du doch öfter.«

»Nein, mit meiner Mutter hat das nichts zu tun.«

»Also, wenn es wegen Michael ist ... kannst du ihn nicht fragen, ob er auch vorbeikommen mag? Ihr könntet euch eine Flasche Wein aufmachen und euch aneinanderkuscheln oder was ihr sonst so vor dem Kamin treibt.«

»Nein, es ist nicht wegen Michael. Ich treffe mich nicht mehr mit Michael.«

»Na, dann?«, fragte Cathy.

Clare konnte es nicht *glauben*. Ihre Freundin. Ihre beste Freundin. Sie hatte Cathy ihre Liebe zu Michael gestanden, Cathy wusste Bescheid, aber mehr als »Na, dann?« kam nicht über ihre Lippen.

Cathy hatte nicht einmal richtig zugehört, hatte die schrecklichen Worte nicht wahrgenommen, die Clare gesagt hatte: »Ich treffe mich nicht mehr mit Michael.«

Sie hatte nicht ungläubig widersprochen und wissen wollen, was geschehen war, hatte sich nicht beeilt, sie zu trösten, wie es Clare wegen Martin so oft getan hatte. Sie versuchte nicht, ihrer Freundin beizustehen, sie wollte nicht einmal über deren Gefühle sprechen. Alles, was sie sagte, war: »Na, dann?«

Clare stand in dem Flur des Hauses, das sie für eine Mutter in Ordnung hielt, die weder sie noch ihre Arbeit zu schätzen wusste. Dies war ihr siebenundzwanzigster Geburtstag, und mehr hatte sie in ihrem Leben nicht vorzuweisen. Sie hielt das Telefon ein wenig weg von ihrem Ohr und konnte leise Cathys Jammern hören. Irgendeine verwickelte Geschichte über Martin, der sich beklagte, dass sie keine Zeit mehr habe, um auszugehen, und über Cathys Mutter, die aus Prinzip jede Hilfe verweigerte.

»Ich *weiß* doch, dass du es tun wirst, Clare«, flehte Cathy. »Wir haben zusammen so viel durchgemacht, und im Moment ist mein Leben dabei, sich aufzulösen.«

»Nur, weil du es zulässt«, erwiderte Clare.

Ihre eigene Stimme dröhnte fremd in ihren Ohren. Doch es stimmte, was sie sagte. Langsam ging Clare nach oben und öffnete die Tür zum Zimmer ihrer Mutter. Es roch schal und abgestanden, trotz ihrer Bemühungen, es sauber zu halten. Ihre Mutter wusste sofort, dass etwas anders war. Ein ängstlicher Blick streifte Clare.

»Bist du in der Lage, mir geistig zu folgen, Mutter? Ich habe dir nämlich etwas Wichtiges zu sagen. Ich werde es heute zweimal sagen und morgen wieder und es dir zusätzlich noch aufschreiben, aber ich möchte, dass du weißt, wie ernst es mir damit ist.«

Wie gewöhnlich fing ihre Mutter sofort an, lautstark loszuschimpfen, aber Clares Stimme brachte sie mit ihrer Eiseskälte zum Schweigen. Mitten im Satz hörte ihre Mutter zu reden auf und sah sie an. Ohne Zorn und ohne Vorwurf begann Clare ihr nun auseinanderzusetzen, dass sie drei Möglichkeiten habe: Sie konnte einen Entzug machen, bei dem Clare sie bei jedem Schritt unterstützen würde. Sie konnte um Einweisung und Überstellung in eine psychiatrische Anstalt bitten, da sie nicht in der Lage war, für sich selbst zu sorgen, oder sie konnte die paar wenigen Wochen, die es dauern würde, bis die Nachbarn die unhygienischen Zustände und die damit verbundene Gefahr für Gesundheit und Sicherheit den Behörden meldeten, allein hier im Haus verbringen.

Clares Stimme blieb fest; auch Zuneigung und Sorge waren herauszuhören, jedoch kein Bitten. Wie immer die Entscheidung ihrer Mutter ausfallen würde, es war klar, sie würde sie mittragen. Sie blieb ruhig sitzen, während ihre Mutter schimpfte und tobte und auf sie losging und mit einer Reihe von Gründen daherkam, wieso sie keinerlei Schuld trug, weshalb alles Clares Schuld war. Als endlich Schweigen herrschte, wiederholte Clare laut, deutlich und kompromisslos die drei Optionen, wie sie es versprochen hatte. So, wie sie es bereits fünf Jahre zuvor hätte tun sollen.

»Warum sagst du mir das alles jetzt?«, fragte ihre Mutter schluchzend.

»Weil heute mein Geburtstag ist. Heute vor siebenundzwanzig Jahren hast du mich zur Welt gebracht, und du erinnerst dich nicht mal daran.«

Clare schloss leise die Tür hinter sich und verließ das Haus. Zwanzig Minuten später traf sie bei Michael ein. Er war überrascht, als er an die Tür kam und sie dort stehen sah. Aber auch erfreut, wie sie bemerkte, ein wenig auf der Hut vielleicht, aber erfreut.

»Du hattest recht«, sagte sie.

»Womit?« Er war eindeutig auf der Hut.

»Mein Leben muss sich nicht weiter in seine Bestandteile auflösen. Liebst du mich noch?«

Er machte die Tür weit auf.

»Willst du reinkommen ... nur für einen Moment?«, fragte er. Er liebte sie also noch. Sie schloss die Tür hinter sich.

Clare blieb über Nacht ... und wie sie hoffte, für noch viel länger.

Unter Frauen

Als sie erfuhren, dass Nicola zurückkommen würde, um das elterliche Anwesen zu verkaufen, waren sie alle der Ansicht, dass sie *unbedingt* ein Treffen mit ihr arrangieren mussten. Nichts Besonderes, nur die Mädels, ein Abend unter Frauen. Es wäre toll, Nicola wiederzusehen; sie veränderte sich nie. Schade, dass sie nicht in Dublin lebte. Sie würde Stimmung in die Bude bringen, wie sie es immer getan hatte. Wisst ihr noch, damals in der Schule? Jede konnte ein Dutzend Geschichten über Nicola erzählen.

Mary hatte die Idee gehabt, also würde das Treffen bei ihr zu Hause stattfinden. Ein kleines Abendessen, ohne großen Aufwand, sagte sie. Sie wollten schließlich nur zusammensitzen und ausgiebig miteinander reden.

Über den Auktionator stellten sie den Kontakt zu Nicola her, die noch nie das Talent besessen hatte, von sich aus Verbindungen aufrechtzuerhalten. Aber sie klang erfreut, als sie anrief und bestätigte, dass sie den Brief bekommen habe.

»Abendessen mit den Mädels, wie schön«, hatte sie mit erstaunter Stimme gesagt, als handele es sich dabei um etwas so Ungewöhnliches wie einen Flug zum Mond.

Aus irgendeinem Grund verspürte Mary eine gewisse Unruhe, nachdem sie den Hörer aufgelegt hatte, und beschloss, sofort eine Diät zu beginnen. In zehn Tagen konnte man einiges schaffen, sich ein bisschen in Form bringen. Mehr musste nicht sein, keine Gewaltkur, und außerdem ging es nicht darum, Nicola zu beeindrucken. Wie albern. Sie war eine Schulfreundin. Schulfreundinnen konnte man nicht beeindrucken.

»Ich glaube, wir machen das lieber ohne Ehemänner«, sagte Mary zu Nora. »Es ist doch nervend, finde ich, den anderen dauernd erklären zu müssen, was man gerade wieder gemeint hat, wenn man sagt: ›Weißt du noch?‹ Besser nur wir Mädels – was denkst du?«

»Nur wir Mädels, das finde ich auch«, erwiderte Nora, deren Mann für keine Party der Welt jemals rechtzeitig den Weg aus dem Pub nach Hause finden würde.

Mary war erleichtert. Nicht dass sie kein Vertrauen in Gerald hatte, aber er hatte so eine Art an sich, mit allen zu flirten, und wenn er Nicola ins Visier genommen hätte, hätte ihr das vielleicht nicht gefallen, und sie wäre auf Distanz zu ihm gegangen. Oder hätte es im Gegenteil als angenehm empfunden und ihn auch noch ermutigt.

»Ja, nur wir Frauen, das ist besser«, sagte sie. »Das macht es auch für Angie leichter, nicht wahr?«

Angie hatte einen Ehemann, aber es war nicht ihr eigener, er gehörte einer anderen, und deshalb begleitete er sie selten auf Partys. Es war nur fair, ein wenig Feingefühl zu zeigen und an Angie zu denken.

Alle fragten sich, wie es wohl wäre, Nicola wiederzusehen.

Angie war es, der auffiel, dass in den Anzeigen der Immobilienmakler und Versteigerer die Annonce von Nicolas Haus großen Raum einnahm und das Objekt als außergewöhnlich und sehr speziell beschrieben wurde. Wie hatte sie das nur fertiggebracht?, fragte sich Angie. Wie hatte Nicola, die im Ausland lebte, es geschafft, einen Makler dazu zu bringen, ein völlig banales Reihenhaus als außergewöhnlich zu beschreiben? Ihr Vater war vor langer Zeit gestorben, und das Haus war an Italiener vermietet. Nur jemand wie Nicola war in der Lage, Italiener mit einem gewissen Niveau zu finden. Doch nun schien es, als stecke Nicolas Bruder irgendwie in der Klemme und sie bräuchte Geld, um ihm da wieder herauszuhelfen. Deswegen musste das Haus jetzt weg.

Nicola hatte es stets als das elterliche Anwesen bezeichnet, so als handele es sich dabei um einen Besitz wie Brideshead oder Castletown. Andere Leute hätten es schlicht das Haus oder die Nummer elf genannt.

Angie hoffte, Nicola würde nicht allzu viele Fragen über Brian und ihr privates Arrangement stellen. Sie hatte die beunruhigende Angewohnheit, Dinge beim Namen zu nennen, die besser ungesagt oder wenigstens nur angedeutet blieben. Um Nicola ja keine Gelegenheit zu geben, sie zu bedauern, oder gar wie eine Verliererin dazustehen, kaufte Angie sich eine teure Handtasche und gönnte sich eine Gesichtsbehandlung.

Nora konnte sich noch gut an das letzte Mal erinnern, als sie sich alle zu Nicolas Rückkehr in einem Restaurant getroffen hatten. Fast sieben Jahre war das jetzt her. Sie waren noch in ihren Zwanzigern gewesen – knapp jedenfalls. Ein seltsamer Abend war das. Nicolas Vater war am Tag zuvor beerdigt worden, und ihr Bruder war nicht zur Beisetzung erschienen. Bei jedem anderem wäre gelästert worden, nicht so bei Nicola. Nicht nur ihre künstlerisch-unkonventionelle Art unterschied sie von anderen Menschen.

Eigentlich hatten sie nicht vorgehabt, an diesem Abend wieder in Schulmädchenverhalten zu verfallen und sich ihre tiefsten Geheimnisse anzuvertrauen. Daran waren nur der Wein und die Beerdigung schuld. Mary hatte in ihr Wiener Schnitzel geheult und gestanden, dass Gerald sich mit einer anderen Frau traf. Zu diesem Zeitpunkt hatte Angie noch kein Verhältnis mit Brian, dem Schrecklichen, aber sie hatte ein wenig zu freimütig davon erzählt, dass sie daran denke, sich entweder an die katholische Partnervermittlung in Knock im County Mayo zu wenden, zum Heiratsmarkt nach Lisdoonvarna zu fahren oder – wenn der Richtige nicht bald auftauchte – gar eine Anzeige in der Zeitung aufzugeben. Auch Nora erinnerte sich voller Scham daran, Nicola erzählt zu haben, dass Barry trank.

Am nächsten Tag hatte sie sich gewünscht, den Abend ungeschehen machen zu können. Sie sah Nicola wieder vor sich: zierlich, dunkel, aufmerksam und an allem interessiert wie immer, dieses Mal jedoch bemüht, ihre Verwunderung zu verbergen. Warum verlässt du ihn nicht? Die Frage stand unausgesprochen im Raum. Die Tatsache war so offensichtlich, dass Nicola es für unnötig hielt, sie überhaupt zu stellen. Selbstverständlich sollte Mary einen notorischen Fremdgeher verlassen. Selbstverständlich sollte Nora nicht

untätig zusehen, wie ein Alkoholiker alles versoff, was sie sich er-
arbeitet hatten. Und Angie sollte sich mal den Kopf untersuchen
lassen, wenn sie weiterhin um jeden Preis einen Ehemann an Land
ziehen wollte. Allesamt waren sie Klassefrauen und hatten es nicht
nötig, sich das Leben mit solchen Männern schwer zu machen.

Bereits früher hatte Nicola immer mit allem recht gehabt; sie hatte vorhergesagt, dass man sie nicht von der Schule verweisen könne,
wenn die ganze Klasse geschlossen in die Disco ginge. Keine Kloster-
schule würde den öffentlichen Skandal riskieren, achtundzwanzig
Mädchen drei Wochen vor dem Abschluss von der Schule zu werfen.
Und sie hatte selbstverständlich recht gehabt. Wie in allen anderen
Fällen. So hatte sie allen geraten, noch in dem Sommer, bevor sie die
Schule verließen, einen Kurs für Maschinenschreiben zu absolvie-
ren, damit sie nicht ein weiteres ödes Jahr lang gezwungen wären, es
woanders lernen zu müssen. Und sie sollten sich nicht immer bereits
im Voraus Gedanken machen, was ihre Mütter dazu sagen würden,
wenn sie sich die Haare färbten, sich Ohrlöcher stechen ließen oder
sich zum Fleadh Cheoil für traditionelle irische Musik oder zu irgendeinem Pop-Festival davonstahlen. Erst handeln, eine Erklärung
konnte man sich hinterher immer noch einfallen lassen. Und, o
Wunder, selbstverständlich ging die Welt nicht unter. Keine von ihnen wurde auf die Straße gesetzt, und merkwürdigerweise erfuhr
auch niemand davon – oder hätte es gar geglaubt –, dass Nicola,
dieses zierliche, dunkelhaarige Mädchen, sozusagen als treibende
Kraft hinter den rebellischen Teenagerjahren ihrer Töchter steckte.

Wäre alles anders gekommen, wenn Nicola nicht irgendwann
weggegangen wäre?

Vielleicht hätte Mary den Mut aufgebracht, Gerald nicht zu heiraten, obwohl alle ringsum sie davon überzeugen wollten und die
beiden quasi mit gezückter Pistole den ganzen Weg bis zum Altar
begleitet hatten. Vielleicht hätte Nora nicht immer wieder Ausreden für Barrys Trinkerei gefunden und seine Chefs, Freunde und
Familie gleichermaßen angelogen. Mit Sicherheit hätte ihr eine
schulterzuckende Nicola den Mut gegeben, zu erkennen, dass nicht
sie, Nora, sich schämen musste, sondern *er.*

Und mit Nicola an ihrer Seite hätte Angie sich vielleicht nicht mit einem Leben als Freundin eines verheirateten Mannes begnügen müssen. Was für ein Klischee. Nicola hätte ihr gewiss die Augen geöffnet und ihr begreiflich gemacht, dass Brian sie sogar in seiner Situation besser behandeln konnte und sollte.

Nora war froh, dass die Party nicht bei ihr stattfand. Mit ihrem Zuhause war schon seit Längerem kein Staat mehr zu machen, und Barry konnte abends jeden Moment nach Hause getorkelt kommen. Da Nora wollte, dass Nicola sie für unabhängig hielt, auch wenn sie das nicht war, kaufte sie sich einen pinkfarbenen Jogginganzug und weiße Laufschuhe.

Das Zimmer war überheizt und ziemlich stickig für einen Frühlingsabend. Mary beschloss, das Fenster zu öffnen, und warf dabei eine Blumenvase um, die auf dem Klavier stand. Während sie das Wasser aufwischte, hoffte sie, Nicola würde nicht wissen wollen, wer bei ihnen Klavier spielte, und nicht weiter in sie dringen, weshalb sie eines hätten, wenn keiner darauf spielte.

Als Angie eintraf, trug sie ihre neue Handtasche ungelenk vor sich her wie ein Kleinkind einen Stoffbeutel. Sie war an eine Aktentasche gewöhnt. Und sie kam sich viel zu stark geschminkt vor; die Kosmetikerin hatte sie gefragt, ob sie ein Abend- oder lieber ein Tages-Make-up haben wolle. Unvorsichtigerweise hatte sie sich für die erste Option entschieden und fand nun, dass sie aussah wie ein missglücktes Flittchen. Aber vielleicht war sie das ja … Sie betete, dass Nicola sie nicht fragen würde, warum sie nicht etwas dafür verlange, wenn sie Sex haben wolle, statt sich wie ein Terrorist auf der Flucht davonzustehlen, um sich heimlich mit Brian zu treffen, wann immer der es für möglich und/oder wünschenswert hielt.

Nora hatte gehofft, keiner aus der Familie würde den Jogginganzug zu Gesicht bekommen, doch ihr zehnjähriger Sohn hatte seinen Vater vom Fernseher weggezerrt, um sich beim Anblick seiner

Mutter in ihrer Aufmachung fast totzulachen. Es war einer der wenigen Abende der dreihundertfünfundsechzig Tage des Jahres, an denen Barry früher nach Hause gekommen war. Er brach unfreiwillig in so haltloses Gelächter aus, dass Nora überzeugt war, er würde in Kürze wieder in den nächsten Pub laufen müssen, um sich davon zu erholen.

»Nein, im Ernst, Schatz, du siehst süß aus«, hatte er gesagt, als er den Schmerz in ihren Augen sah. Das war noch schlimmer als sein Gelächter.

Nora hatte in dem Spiegel auf Marys Flur einen kurzen Blick auf sich erhascht; sie sah aus wie ein junger Elefant mit einem vor Sorge vorzeitig gealterten Gesicht.

Mary, Nora und Angie trafen sich oft zu dritt, manchmal auch zu zweit, und hielten sich für Freundinnen. Doch es gab Dinge, die sie einander nicht erzählten. Freundinnen müssen schließlich nicht alles wissen.

Inzwischen waren sie keine Schulmädchen mehr, sondern erwachsene Frauen von sechsunddreißig Jahren. Zusammen sind wir hundertvierundvierzig Jahre alt, stellten sie kichernd fest. Irgendwie fanden sie das lustig, und dann auch wieder nicht.

Aus dem einfachen Abendessen war selbstverständlich ein Sechs-Gänge-Menü geworden. Nicola aß kaum etwas. Sie freute sich so, sie alle zu sehen, dass sie ihnen Löcher in den Bauch fragte. Und sie erinnerte sich an alles, denn bei der nächsten Frage war herauszuhören, dass sie sich die Antwort gemerkt hatte.

Mary und Nora wussten nicht, dass die Frau von Brian, dem Schrecklichen, Shirley hieß und dass sie wieder schwanger war. Und sie hatten keine Ahnung, dass Brian von Angie erwartete, den ganzen Abend zu Hause zu bleiben, damit er sie dort auch antreffen würden *falls* er die Chance hätte, bei ihr vorbeizukommen. Sie hatten auch nicht gewusst, dass Angie ihn nicht im Büro anrufen durfte, damit seine Sekretärin keinen Verdacht schöpfte.

Angie und Nora wiederum war nicht bekannt gewesen, dass Marys Gerald die Vaterschaft für das Kind einer Studentin anerkannt hatte und Unterhalt für das kleine Mädchen bezahlte. Da er und Mary nur Jungen zustande gebracht hatten, hatte er eine große Schwäche für dieses Kind, das er voller Stolz als *Meine Tochter* bezeichnete.

Mary erzählte die Geschichte beiläufig, während sie überquellende Servierplatten hin und her trug. Hätte Nicola nicht die entscheidenden Fragen gestellt, die wiederum Antworten zur Folge hatten, welche letztendlich die ganze Geschichte offenbarten, hätte sie das nie erzählt.

Auch Nora hörte sich plötzlich sagen, dass Barry die letzte Warnung aus dem Büro erhalten habe: Entweder hörte er zu trinken auf, oder er könne gehen. Barry würde aber nie trocken werden. Deshalb war Nora auf der Suche nach einem Job für sich selbst, irgendetwas bei einem Immobilienmakler; seit Monaten schon arbeitete sie für eine Zeitarbeitsfirma. Angie und Mary hatten auch davon keine Ahnung gehabt.

Über sich erzählte Nicola wenig, nur dass ihr Bruder irgendwie in Drogengeschichten verwickelt war, eine unschöne Sache. Doch keine von ihnen wusste die richtigen Fragen mit dem entsprechenden Grad an Anteilnahme zu stellen, um herauszufinden, um welche Drogen es sich handelte und was genau er damit zu tun hatte. War er Opfer? Dealer? Großhändler? Sie würden es nie erfahren, weil der richtige Augenblick verstrichen war.

Alle hätten sie gern gewusst, für wie viel das Haus verkauft worden war, doch irgendwie verpassten sie auch hier den richtigen Augenblick. Sie erfuhren nur, dass die bezaubernden Italiener es in perfektem Zustand hinterlassen hatten und dass die neuen Besitzer – Griechen – verrückt nach Gartenarbeit waren. Ein richtiger Glückstreffer.

Lag es an mangelndem Interesse oder am fehlenden Wortschatz, dass sie nie herausfanden, ob Nicola nach dem schlicht umwerfenden, aber ansonsten völlig unmöglichen Amerikaner, den sie geheiratet und wieder verlassen hatte, wieder einen Mann gefunden hatte? Und kam es daher, dass sie weder über das Vokabular noch über den Jargon verfügten, um nachzufragen, was genau sie in ihrem Design-Job machte? Arbeitete sie als Modeschöpferin oder als Sekretärin? Hatte sie ihr eigenes Büro? Oder arbeitete sie in dem eines anderen Mitarbeiters? Entwarf sie frühlingshafte Blumenmuster für Bettwäsche oder Aschenbecher aus Stahl und Chrom?

Und dann kündigte sie an, dass sie um halb elf Uhr gehen müsse, weil Tommy sie abholen käme. Sie erinnerten sich doch an Tommy, oder? Sie erinnerten sich. Der Junge, in den alle verliebt gewesen waren in dem Sommer, als sie von der Schule abgingen. Nicola hatte gesagt, er sei es nicht wert, dass sie ihm alle nachliefen, er würde sich nur Wunder was darauf einbilden. Sie sollten lieber warten, bis er wieder nett und normal würde, dann wäre es bestimmt nicht schwierig, ihn sich zu angeln. Und wie es sich herausstellte, war er beides – normal und nett. Wieder hatte Nicola recht gehabt. Tommy kam kurz auf einen Drink herein, konnte sich noch an sie alle erinnern und machte jeder von ihnen Komplimente. Angie, Nora, Mary – sie seien alle noch so hübsch wie damals. Großartig, dass sie und Nicola noch immer Kontakt hätten. Frauen seien so viel *netter* als Männer, wirklich.

Und dann waren die beiden fort, und die drei Mädels saßen da, und die Luft war raus. Mary entschuldigte sich für das Essen, es sei viel zu schwer gewesen, und fügte hinzu, dass ihre Kinder auf keinen Fall je von Gerald und all den Affären erfahren dürften … Und Angie sagte, sie könne das alles nachfühlen, aber selbstverständlich hoffe sie, ihre Freundinnen würden verstehen, dass Brian und Shirley weiterhin ihr gewohntes Leben führen müssten; es mache ihr nicht das Geringste aus. Das sei eben die andere Seite von Brians Leben. Auch Nora beeilte sich zu sagen, in gewisser Weise sei es doch ein Segen, dass sie sich einen Job suchen müsse, das Zeug dazu hätte sie.

Und einmal angenommen, Nicola käme erst wieder in sieben Jahren zurück. Dann wären sie alle dreiundvierzig. Unvorstellbar … was sie dann erst übereinander erfahren würden.

Sandras Koffer

Alle hielten Sandra für verrückt. So viele Länder in den paar Tagen, übernachten in Städten, an die sie sich niemals erinnern würde. Was für eine Art, Europa zu bereisen! Doch Sandra war nicht ihrer Meinung. Ihr ganzes Leben lang hatte sie jeden Penny für Kleider und Schuhe ausgegeben – für Reisen an ferne Orte hatte sie nie Geld übrig gehabt.

Sie wusste nicht, wie es in Paris aussah oder in Brüssel, in Venedig, Florenz oder Rom. Sie würde ihre zwei Wochen Urlaub nicht an einen einzigen Ort verschwenden. Schließlich war Kleidung so teuer und wichtig, dass sie es sich vielleicht niemals mehr würde leisten können, zu verreisen.

Sandra wusste, dass es im Leben von entscheidender Bedeutung war, gut gekleidet zu sein.

Und genau diese Regel befolgte sie. Mit jedem Stück, das sie erwarb, setzte sie einen teuren Akzent nach dem anderen.

Die Art, sich zu kleiden, sei der Schlüssel zum Charakter: Sie hatte so viele Artikel zu dem Thema gelesen, dass sie es selbst irgendwann glaubte.

Nun, im Alter von siebenundzwanzig Jahren, fragte sie sich allerdings, weshalb die Botschaften, die sie aussandte, bisher noch keine Früchte getragen hatten. Makellos gekleidet, perfekt zurechtgemacht, saß sie Tag für Tag in einem Job ohne Aufstiegschancen, und in ihrem Privatleben gab es weder einen Ehemann noch einen Partner oder langjährigen Lebensgefährten.

Doch irgendwann würde sich das alles ändern, wie Sandra wusste. Schließlich befolgte sie die Spielregeln.

Vielleicht hielten die Leute sie deswegen für langweilig, weil sie noch nie in fremde Länder gereist war. Immerhin war dieses alberne junge Ding aus der Buchhaltung, das aussah, als sei es gerade aus dem Gebüsch gekrochen, schon in Russland gewesen und fuhr übers Wochenende sogar in die Bretagne.

Und die Frau aus der Marketingabteilung, die seit Jahren dasselbe triste Kostüm mit einer wechselnden Auswahl verschiedenfarbiger T-Shirts trug, hatte Australien bereist und war über die Fidschi-Inseln nach Hause geflogen.

Es war eine himmelschreiende Ungerechtigkeit, dass die Leute tatsächlich zu glauben schienen, sich mit den beiden zu unterhalten sei interessanter als ein Gespräch mit Sandra, die jede freie Minute damit verbrachte, Modezeitschriften zu studieren und in den Geschäften nach den neuesten Empfehlungen Ausschau zu halten.

Also brach sie jetzt zu dieser Busreise auf.

Jeder Teilnehmer musste sich auf ein Gepäckstück beschränken, und Sandra brachte sechs glückliche Wochen damit zu, sich zu überlegen, was sie anziehen würde, um vor dem Louvre oder in einer Gondel fotografiert zu werden.

Wie in allen Modeartikeln empfohlen, verstaute sie ihre Kleidung zwischen dicken Lagen von Seidenpapier, damit sie nicht knitterte, packte aber für alle Fälle zusätzlich noch ein Reisebügeleisen ein.

Für die Fahrt wählte sie ein schlichtes, waschbares Kleid und brach zum Treffpunkt mit ihren Urlaubsgenossen am Busbahnhof auf.

Alle schienen recht nett zu sein, aber keiner von ihnen war besonders geschmackvoll gekleidet, und einige der Frauen machten sogar einen ausgesprochen unmodischen Eindruck. Sandra erschauderte. Wie konnten sie es nur ertragen, so auf Reisen zu gehen? Kaum Make-up, dafür Jeans und Anoraks – bequem, sicher, aber besser geeignet für Gartenarbeit, als um damit den Kontinent zu bereisen.

Seltsamerweise schienen viele von ihnen auch noch verheiratet zu sein und gemeinsam mit ihren Partnern zu verreisen.

Erstaunlich, was manche Männer so in Kauf nahmen. Sandra schniefte missbilligend.

Ihr Reiseführer war ein sehr dicker Mann namens Johnny. Johnny hatte eine Stimme wie ein Nebelhorn und erzählte ununterbrochen Witze.

Trotz alledem schaffte er es, ihnen jede Menge an Informationen zu vermitteln. Sie waren dreißig Reisende im Bus, und noch ehe sie nach Belgien kamen, hatte Johnny alle ihre Namen auswendig gelernt.

Der Bus transportierte sie hinauf auf die Fähre, setzte über den Kanal, und dann sah Sandra zum ersten Mal mit eigenen Augen ein Land, das nicht ihr eigenes war.

Dort fuhren die Leute auf der falschen Straßenseite, doch darauf war sie vorbereitet, und außen an ihren Häusern hatten sie Fensterläden. Viele Menschen fuhren Fahrrad.

Der Verkehr war dichter gewesen, als der Fahrer erwartet hatte, und so wurde es bereits dunkel, als sie Brüssel erreichten.

»Jetzt aber alle schnell aufs Zimmer, Koffer ausgepackt und in Windeseile geduscht. In fünfzehn Minuten treffen wir uns wieder beim Bus, und dann zeige ich Ihnen den Grand-Place und andere Sehenswürdigkeiten, und anschließend gehen wir zusammen essen.«

Johnnys gute Laune war ansteckend, und die Gruppe sah dem Abendprogramm mit Vorfreude entgegen.

Aus einer Reihe vor dem Hotel wartender Gepäckstücke zogen alle nacheinander ihre Koffer heraus – alle, bis auf Sandra. Ihr Koffer war nicht dabei.

Sie wusste, dass er irgendwo ganz hinten im Bus sein musste, und so wartete sie geduldig, bis Johnny ihr schließlich eröffnete, dass ihr Koffer in London geblieben war. Sie konnte es nicht fassen.

»Aber wann schicken sie ihn her? Schaffen sie es bis morgen früh?« Sandra war bleich vor Aufregung.

»Sie können den Koffer leider nicht finden«, erklärte Johnny, peinlich berührt. »Selbstverständlich bekommen Sie eine Entschädigung, es tut mir wirklich sehr leid.«

Der Anblick der Tragödie, die sich auf Sandras Gesicht widerspiegelte, traf ihn völlig unvorbereitet.

»Mein Leben ist zu Ende«, erwiderte sie schlicht. »Meine erste und einzige Reise ins Ausland. Ich hatte alles dabei, um mich darin fotografieren zu lassen, damit ich mich immer daran erinnern würde, und jetzt ist Ihrer Gesellschaft alles, was mir lieb und teuer ist, abhandengekommen.«

»Ach, Unsinn, Sandra, Sie werden noch oft genug ins Ausland fahren, und wenn der Koffer nicht gefunden wird, dann bekommen Sie das Geld, um sich etwas Neues zu kaufen.«

»Aber was soll ich auf dieser Reise machen?«, fragte sie schluchzend.

»Überlassen Sie das mir«, erwiderte Johnny.

Bevor sie zum Grand-Place aufbrachen, berief Johnny in der Hotelhalle eine Krisensitzung ein. »Wir haben ein kleines Problem«, rief er fröhlich in die Runde. »Ich möchte, dass jeder von Ihnen der armen Sandra je ein Kleidungsstück verehrt. Ihr Koffer ist nämlich unterwegs verloren gegangen.«

Während Sandra untröstlich zusah, hörte sie die ersten Angebote hereinkommen. Die Frauen, die es gut mit ihr meinten, boten ihr großzügig getragene T-Shirts an, dazu Pullover, Slips, mehrere Nummern zu große Sandalen, grauenhafte Nachthemden, Jeans und Shorts.

Und von den Männern bekam sie kurzärmelige Hemden, eine Baseballkappe, einen weiteren Pullover und einen Anorak, der ihr bestimmt vier Nummern zu groß war, angeboten.

Bleich im Gesicht, bemühte Sandra sich, ihren Mitreisenden für ihre Güte zu danken, die währenddessen in ihre Zimmer zurückkehrten und die schauderhafte Kollektion anschleppten, die sie stolz auf Sandras Bett ausbreiteten. In der Hoffnung, dass es bis zum nächsten Morgen trocknen würde, wusch sie rasch das Kleid aus, das sie tagsüber getragen hatte, schlüpfte in ein schrecklich aussehendes grün-weißes Hemd und in eine zerknitterte Jeans und zog einen Kapuzenanorak darüber.

Deprimiert ging sie hinaus auf den großen Platz im Herzen Brüssels und hörte nur mit einem halben Ohr zu, als Johnny ihnen alles über die Gebäude ringsum erzählte und sie schließlich zu einem preiswerten Restaurant in einer kleinen Nebenstraße in der Nähe führte.

Für diesen Abend hatte Sandra geplant, ein ärmelloses cremefarbenes Oberteil zu einem rosaroten Rock zu tragen. Für das Foto wollte sie sich eine cremefarben und rosarot gemusterte Jacke über die Schultern legen.

Stattdessen sah sie aus wie ein Monstrum in der dreißigköpfigen Gruppe, die sich zusammen fotografieren ließ. Als der Bus am nächsten Morgen in Richtung Paris fuhr, sprach sie ein zurückhaltender Mann an. »Das ist übrigens mein Pullover, den Sie da anhaben. Ihnen steht er viel besser als mir.«

Normalerweise hätte sie ihm erklärt, dass sie keine synthetischen Materialien trug und es klüger war, ausschließlich reine Wolle zu tragen. Vielleicht hätte sie sogar gesagt, dass ihr das langweilige Graublau des Pullovers nicht gefiel und ihr eine lebhaftere Farbe, die ihren Teint besser zur Geltung brachte, lieber gewesen wäre.

Doch sie sagte nichts, und er fügte hinzu, dass die Farbe seines Pullovers genau der ihrer Augen entspräche.

Der Mann hieß Ken, und auch für ihn war es die erste Busreise. Er arbeitete viel und hart, und zu seinem dreißigsten Geburtstag hatten dreißig Freunde zusammengelegt und ihm diese Reise zum Geschenk gemacht.

Und so wurde Sandra in diesem schrecklich unförmigen, farblosen Kleidungsstück vor dem Eiffelturm abgelichtet.

An dem Tag, als sie nach Genf weiterfuhren, trug sie die ausgeblichenen Jeans einer Frau namens Lola. Lola hatte ein Fernstudium an der Open University absolviert und dabei festgestellt, dass sie sich brennend für moderne Kunstgeschichte interessierte. Jetzt arbeitete sie in einer Galerie in der City und galt inzwischen als Expertin auf diesem Gebiet. Und sie hatte den Besitzer der Galerie geheiratet, der sich um den Laden kümmerte, während sie im Bus durch Europa reiste und sich im Schnelldurchgang alles anschaute, was in elf Tagen zu schaffen war.

Als sie nach Mailand kamen, trug Sandra ein leuchtend orangerotes T-Shirt, wieder Lolas Jeans – die eigentlich recht bequem waren – und hatte sich Kens Pullover um die Schultern geschlungen.

»Er hat noch immer die Farbe deiner Augen«, sagte er und bat Johnny, ein Foto von ihnen zu machen – Arm in Arm.

»Ich hoffe nur, mein Gesicht hat nicht die Farbe meines T-Shirts«, scherzte Sandra, und alle lachten.

Sie wunderte sich über sich selbst, sie hatte noch nie einen Scherz gemacht.

In Florenz stand Sandra früh auf und ging mit Lola in die Uffizien, wo sie lange Zeit verbrachten, überwältigt von der Schönheit der Gemälde.

»Aber ich dachte, du magst nur moderne Kunst«, sagte Sandra zu Lola.

»Man muss alles Schöne mögen«, erwiderte Lola. »Ist es nicht wunderbar, dass es so viel für uns zu sehen gibt?«

In Venedig wünschte Sandra sich, sie und Ken hätten gemeinsam eine Gondelfahrt unternommen. Und das hätten sie vielleicht auch getan, hätte sie nicht vorher dummerweise gesagt, das sei reine Geldverschwendung. Sie würde ihre Lire lieber für Schuhe ausgeben, hatte sie erklärt. In Zukunft würde sie daran denken, solche Dinge für sich zu behalten. An dem Abend, als sie in einem ungebügelten lilafarbenen Rock und einem viel zu kurzen gelben Pulli Hand in Hand mit Ken durch die wunderschönen Straßen von Florenz schlenderte, gestand Sandra ihm, wie sehr sie das alles genoss – die vielen netten Leute, die vielen interessanten Dinge zum Anschauen.

»Ich würde gern mehr über alle diese Renaissancemaler wissen«, gab sie zu. »Wie sie gelebt haben und was so besonders war an ihnen. Es ist ein großes Geheimnis.«

»Vielleicht könnten wir ja zusammen einen Kurs machen, wenn wir zurück nach London kommen … das heißt, falls du Lust hast, mich wiederzusehen«, sagte Ken.

Sandra hielt das für eine ausgezeichnete Idee.

In Rom wollte Sandra eigentlich Schuhe kaufen, aber was hatte das für einen Sinn, wenn sie nur diese schrecklichen Klamotten zum Anziehen hatte?

Also lud sie Ken am frühen Abend lieber auf eine Kutschfahrt ein. Nur sie beide.

Für das Geld hätte sie wirklich gute Schuhe bekommen, aber zu Hause standen jede Menge davon herum.

An diesem Abend speiste die Gruppe auf einer herrlichen Piazza, und sie plauderten wie alte Freunde über die wunderbaren Dinge, die sie gesehen hatten und die noch kommen würden.

Johnny war nicht dabei; er musste im Hotel bleiben, weil er eine Nachricht erwartete.

Und weil er sich als so guter Reiseführer erwiesen hatte, beschlossen sie an diesem Abend, ihm ein Geschenk zu machen.

Einige plädierten dafür, ihm eine Aktenmappe zu kaufen, einen dieser Koffer aus traumhaft weichem Leder. Andere fanden eine wirklich teure italienische Seidenkrawatte angemessener. Ken meinte, dass ihm vielleicht eine dieser bestickten Westen gefallen könnte. Er hatte nämlich mitbekommen, wie Johnny sie bewunderte.

Die Westen waren zwar sündhaft teuer, aber wenn alle dreißig Reisenden zusammenlegten, könnten sie sich das leisten.

Sandra wollte gerade zum Reden ansetzen und einwenden, dass jemand wie Johnny in dieser eleganten Weste lächerlich aussehen würde, aber sie machte ihren Mund wieder zu.

Auf dieser Reise ging ihr eine Gewissheit nach der anderen verloren.

Mit der Weste würde Johnny noch voluminöser aussehen. Aber da Ken gesagt hatte, sie würde Jonny gefallen ...

Bereitwillig leistete sie ihren Beitrag, und als Johnny mit einer Nachricht in der Hand zu ihnen trat, verstummten alle rasch.

»Ich habe wunderbare Neuigkeiten für dich, Sandra. Sie haben deinen Koffer mit allen deinen tollen Klamotten ausfindig gemacht. Wenn wir heimkommen, wird er schon auf dich warten.« Erwartungsvoll sah er sie an und rechnete mit einem Jubelschrei.

Doch stattdessen strahlte sie ihn in stummer Dankbarkeit an und bedankte sich höflich.

Dieselbe Frau, die noch vor neun Tagen geklagt hatte, ihr Urlaub sei ruiniert.

Und an die Gruppe gewandt, sagte sie: »Ich werde hoffentlich bald alle eure freundlichen Spenden an mich gewaschen und gebügelt haben und an euch zurückschicken können.«

Alle wehrten ab. Sie müsse die Sachen unbedingt behalten, es wäre ihnen eine Ehre.

Sandra dachte daran, wie viel Spaß sie in diesen Jeans und dem T-Shirt gehabt und wie tief und fest sie in dem grauenhaften Nachthemd geschlafen hatte.

Sie dachte an den lila Rock und den zu kurzen Pulli, den sie trug, als Ken sagte, er möchte sie in London wiedersehen.

»Und ob ich das alles gern behalten werde – und euch werde ich auch nie vergessen«, erwiderte sie.

Alle lächelten Sandra zu, und sie wusste, dass sie ihr nie dieses Lächeln geschenkt hätten, wäre ihr nicht der Koffer abhandengekommen.

Bella und der Eheberater

Bella kam rein zufällig dahinter, dass ihr Mann sie betrog. Sie fragte sich oft, was wohl geschehen wäre, wäre sie an dem Tag nicht wegen der Flasche Sherry in die Spirituosenhandlung gegangen. Alles wäre anders gekommen, oder genauer gesagt, alles wäre beim Alten geblieben und weitergegangen wie gehabt, was ihr am liebsten gewesen wäre. Keines der Dramen hätte sich abgespielt. Das Leben wäre in denselben Bahnen verlaufen wie bisher auch.

Sie benötigte den Sherry, weil sie beabsichtigte, ein richtiges, altmodisches Trifle zu machen, ein Biskuitdessert mit mindestens drei Schichten Sahne, Obst und Alkohol. Und hierzu passte nur Sherry. Brandy zu verwenden, noch dazu zwei ganze Gläser, wäre ihr als Verschwendung erschienen, und Gin harmonierte nicht, wie sie fand. Außerdem war kein Bier mehr da, und deshalb musste sie ohnehin in die Spirituosenhandlung gehen. Da es ein schöner Tag war, beschloss sie, den Hund mitzunehmen und einen ausgiebigen Spaziergang zu machen. In der letzten Zeit hatte sie sowieso zu viel gesessen; ein wenig Bewegung würde ihr guttun.

Sie kannte Mr Elton vom Sehen. Sie und Jim schauten normalerweise immer am Samstagmorgen bei ihm vorbei, nachdem sie im Supermarkt gewesen waren. Sie waren ein ausgesprochen gut organisiertes Paar: Sie schrieb zwei verschiedene Einkaufszettel, und Jim besorgte am Wochenende immer die schweren, sperrigen Sachen, während sie die leichteren Teile einlud. Nachdem sie ihren Vorrat an Getränken aufgestockt hatten, gingen sie ins Pub, wo Jim sich ein Bier und sie sich einen Gin Tonic gönnte.

Jim las dabei die Tageszeitung, und sie blätterte in einer Illustrierten, danach ging es heim zum Mittagessen. Bella hatte kein Verständnis für Paare, die Einkaufen lästig fanden – eine gute Organisation war alles.

»Was für ein schöner Morgen, Madam«, sagte Mr Elton hinter der Ladentheke und rieb sich zufrieden die Hände. Für Bellas Geschmack war Mr Elton ein wenig zu herzlich, aber man konnte schließlich nicht jedem seine lästigen kleinen Gewohnheiten zum Vorwurf machen, ermahnte sie sich streng. Sie grüßte ihn freundlich und sah sich nach einem billigen Sherry um, gerade noch gut genug, dass man ihn trinken konnte, aber nicht zu gut, um ihn an ein Dessert zu verschwenden.

»Hat Ihnen der Schampus gestern Abend geschmeckt?«, fragte Mr Elton grinsend und zwinkerte.

»Gestern Abend? Schampus? Nein, wir hatten gestern Abend keinen Sekt«, erwiderte Bella.

»Aber natürlich! Ihr Mann war doch so gegen sieben da und hat was Feines, Trockenes ausgesucht. Ich habe ihn noch gefragt, ob es einen Jahrestag zu feiern gibt, und er hat gesagt, nein, er will sich nur mal wieder was gönnen.«

Bella sah ihn erstaunt an. Jim war am Abend zuvor nicht zum Essen zu Hause gewesen. Und als er gegen Mitternacht heimkam, hatte er keine Flasche Sekt dabei. Er war müde und erschöpft, weil er bei Martin zu Hause mit ihm gemeinsam noch einige Papiere durchgesehen hatte. Martins Frau hatte ihnen etwas zu essen gemacht, erzählte er; nichts Besonderes – mehr einen besseren Imbiss. Von Schampus war nicht die Rede gewesen. Bellas gerunzelte Stirn glättete sich wieder. Wahrscheinlich hatte er beschlossen, Martin die Flasche mitzubringen. Er hatte nicht erwähnt, dass der Schampus gut zum Essen gepasst hatte, aber Männer verschweigen einem immer die wesentlichen Dinge.

Sie bedankte sich bei Mr Elton so reserviert wie möglich, ohne dabei allzu kühl zu wirken, und verließ seinen Laden mit dem billigsten Sherry, den ein Mensch zu trinken imstande war. Sie vergaß den Vorfall und dachte erst wieder daran, als Jim um sechs Uhr nach Hause kam.

»Weißt du, was«, lauteten seine ersten Worte, »ich wollte es dir sowieso sagen, also kann ich es auch gleich jetzt tun.«

Was sollte sie wissen? Bellas erster Gedanke war die Befürchtung, dass er gefeuert worden war. Dass er nicht mehr gebraucht wurde. Hinter seiner todernsten Miene konnte nichts anderes stecken.

»Mir was sagen?«, fragte sie, einen Topf in der einen, das Geschirrtuch in der anderen Hand.

»Elton hat mir erzählt, dass er dir gegenüber die Flasche Champagner erwähnt hat. Hoffentlich hat er damit keine Katze aus dem Sack gelassen, hat er gemeint. Das hätte er zwar, habe ich ihm erklärt, aber das spielt jetzt auch keine Rolle mehr. Er ist vor Aufregung völlig aus dem Häuschen drüben in seinem Getränkeladen und wähnt sich im Mittelpunkt einer Tragödie. Dummer alter Narr.«

Noch nie hatte Jim so über Elton oder über irgendeinen anderen Menschen gesprochen. Welche Katze war aus welchem Sack gelassen worden? Bella war zutiefst verwirrt.

Jim setzte sich auf einen Küchenstuhl, nahm das Telefon von der Station, stellte den Topf zurück auf den Herd, schaltete das Gas aus und erklärte Bella, dass er eine Affäre mit einer Studentin des Kurses habe, den er an der Fachhochschule gab. Er liebe sie und wolle Bella um die Scheidung bitten.

Seit sechs Monaten lief das nun schon. Martin war eingeweiht, ebenso seine Sekretärin. Ansonsten wusste niemand Bescheid, außer Martins Frau wahrscheinlich, und jetzt dieser Schwätzer Elton in der Spirituosenhandlung. Die Zimmergenossin der Studentin wusste es selbstverständlich, aber sie zählte nicht, sie gehörte einem anderen Leben, einer anderen Welt an.

Bella hatte noch immer das Geschirrtuch in der Hand und fing an, es zu kneten.

»Was stimmt nicht mit mir?«, fragte sie jammernd. »Warum willst du nicht mehr mit mir leben? Du hast bei der Hochzeit versprochen, dein Leben mit *mir* zu teilen, nicht mit einer anderen.«

»Ich weiß«, sagte Jim. »Ich *weiß*, dass ich das getan habe, aber ich wusste ja nicht, dass es so werden würde. Alles hat sich geändert. Sag bloß nicht, du hast nicht bemerkt, wie eintönig unser Leben geworden ist. Du musst doch auch spüren, dass alles, was wir uns erhofft und einander versprochen hatten, in diesem Hamsterrad der alltäglichen Routine untergegangen ist. Dauernd muss irgendwas erledigt werden. Kaum ist das Wohnzimmer renoviert, muss schon der Gang gestrichen werden. Ist der Wagen gewaschen, muss die Garage aufgeräumt werden. Sind die Rosen zurückgeschnitten, ist es bereits Zeit, die Beete an der Mauer herzurichten. Ist der Einkauf erledigt, müssen die Sachen in der Kühltruhe verstaut und etikettiert werden … Die Menschen sind für so was nicht gemacht – Menschen sollen einander begeistern und aufeinander eingehen. Wir haben schon lange damit aufgehört, findest du nicht?«

»Dann werde ich eben versuchen, dich ein bisschen zu begeistern und auf dich einzugehen«, sagte Bella matt.

»Dafür ist es jetzt zu spät«, antwortete Jim und schlüpfte wieder in seinen Mantel. »Ich gehe jetzt auf einen Drink. Allein, nicht mit Emma. In einer Stunde bin ich wieder da – ich will mir überlegen, was wir jetzt machen werden.«

»*Wir* werden gar nichts tun!«, rief Bella. »Nein, hör mir zu, *wir* werden keine Pläne machen! *Du* bist hier derjenige, der Entscheidungen trifft. Ich habe keinerlei Anteil an deinen Plänen. Ich bin eigentlich ganz zufrieden, so weiterzumachen wie bisher. Wenn hier irgendwas verändert werden soll, dann betrifft dich das, nicht uns. Leg mir einfach eine Liste vor, auf der steht, wie du gedenkst, weiterhin zu deinen Versprechen zu stehen. Das reicht mir.«

»Lass mich jetzt gehen, damit ich mir alles in Ruhe überlegen kann. Ich weiß, es ist einfacher, wenn ich Zeit habe, darüber nachzudenken. Ich werde alles aufschreiben, und dann können wir das so ruhig wie möglich diskutieren«, sagte er, aber nicht einmal er glaubte daran, dass dies möglich wäre.

Bella versperrte die Tür zum Flur.

»Ich will keine Listen mit Optionen oder Alternativen. Du wirst weiterhin mit mir zusammenleben, das war die Abmachung, das haben wir einander versprochen. Was hätte ich noch für ein Leben, wenn du gehst? Was sollte ich tun?« Sehr geräuschvoll brach sie in Tränen aus, und Jim betrachtete sie mitleidig aus sicherer Entfernung.

Um Mitternacht war klar, dass er gehen würde; er klang müde und schien es kaum mehr erwarten zu können. Nichts, was sie sagte, würde ihn umstimmen. Er ließ nur in wenigen Sätzen anklingen, wie viel sie beide gemeinsam hatten, und sie sagte ihm nicht, dass *er* ihr fehlen würde, nur, dass ein Leben ohne ihn für sie nicht infrage käme. Tausende von Worten wurden ausgesprochen, die meisten davon waren sinnlos. Alles, was gesagt werden musste, wurde in den ersten fünf Minuten gesagt. Jim schlief auf dem Sofa und Bella überhaupt nicht.

Beim Frühstück versuchte sie, so viel Normalität wie möglich an den Tag zu legen, und briet Spiegeleier. Er wollte nur Kaffee. Sie bat ihn, ihrer Ehe noch eine Chance zu geben, und versprach, ihn nie mehr um Hilfe bei der Hausarbeit zu bitten, falls dies das Problem wäre. Er schüttelte nur den Kopf und erwiderte nichts. Es würde spät werden, sagte er, als er das Haus verließ, und morgen würde er sich freinehmen, damit sie sich zusammensetzen und eine vernünftige finanzielle Regelung treffen könnten.

»Ich lasse mich nie von dir scheiden!«, rief Bella. »Nie im Leben!«

»Na, dann gehe ich eben einfach so«, sagte Jim. »Und in ein paar Jahren werden Emma und ich ohnehin heiraten können. Mir wäre es lieber, wir beide könnten die Dinge regeln, weil du vielleicht lieber ein kleineres Haus hättest oder dir eine Wohnung mieten möchtest. Es würde die Lage entspannen, wenn du akzeptieren könntest, dass ich nicht mehr hier sein werde, aber bereit bin, es für dich so einfach wie möglich zu machen.«

Und dann war er fort.

Der Vormittag wollte nicht enden. Auf dem Notizblock, den sie normalerweise für ihre Einkaufslisten verwendete, notiert Bella sich alle möglichen Handlungsoptionen, die ihr zur Verfügung standen. Keine davon schien irgendeinen Sinn zu ergeben angesichts der unverrückbaren Tatsache, dass Jim auf jeden Fall gehen würde.

Wie verhielt man sich, wenn der eigene Ehemann einen verließ? Oft genug hatte sie sich das Maul zerrissen über andere Familien, in denen dies geschehen war. Doch was tat eine Frau im Ernstfall?

Am späten Nachmittag – sie hatte keinerlei Hausarbeit erledigt, dafür unzählige Tassen Tee getrunken und Kekse konsumiert – hörte Bella auf, Jim die Schuld zu geben, und kam zu dem Schluss, dass es etwas mit ihr selbst zu tun haben müsse. Dass etwas mit ihr nicht stimme. Sie holte das alte Fotoalbum heraus, das sie und Jim in den fünfzehn Jahren ihrer Ehe gewissenhaft bestückt hatten. Sogar Fotos aus dem Jahr vor ihrer Verlobung existierten noch.

Die Sommer schienen damals wirklich heißer gewesen zu sein – diese ärmellosen Kleider mit Blumenmuster, diese witzigen Hochsteckfrisuren. Wie dünn sie gewesen war. Und wie schlank auf den offiziellen Hochzeitsbildern. Damals hatte sie noch eine richtige Taille und kein Doppelkinn, wie es jetzt der Fall war. Je näher die Aufnahmen in Richtung Gegenwart rückten, desto mehr Speck und weniger Lächeln musste Bella auf den Schnappschüssen registrieren. Am schlimmsten waren die Bilder neuesten Datums, die sie an Weihnachten aufgenommen hatten, als Jims Schwester und deren Mann zu ihnen zum Essen gekommen waren.

Die merkwürdig steifen Posen, wie sie demjenigen zuprosteten, der das Foto von ihnen schoss, schienen Bella alles zu erklären. Man musste sie sich nur mal ansehen mit ihrer dicken Speckrolle in der Taille. Welcher Teufel hatte sie nur geritten, sich in dieses albern enge Kleid zu zwängen? Und wie hatte sie es überhaupt zulassen können, so dick zu werden?

In jeder Frauenzeitschrift, die Bella gelesen hatte, wurden die Gefahren dieser Nachlässigkeit groß und drohend an die Wand gemalt. Kummerkastentanten verbreiteten Ratschläge, dass man zur Kosmetikerin gehen oder mindestens fünf Kilo abnehmen solle, um eine kränkelnde Ehe wieder auf Vordermann zu bringen; Single-Frauen wurde empfohlen, unbedingt Gewicht zu verlieren, wofür sie reichlich belohnt werden würden. Jeder, der deprimiert oder niedergeschlagen war, würde sich gleich besser fühlen, wenn er um die Mitte ein paar Zentimeter weniger hatte.

Wahrscheinlich war Bella zu selbstzufrieden gewesen. Daran hatte es gelegen. Jim hatte nie etwas gesagt, aber er war ein Mann, und als Mann hatte ihn ihr Speck abgestoßen. Also musste Bella dramatisch an Gewicht verlieren, dann würde er zu ihr zurückkommen, und der Schrecken der letzten Nacht wäre bald wieder vergessen. Und es würde sogar eine Zeit kommen, in der sie gemeinsam darüber würden lachen können.

Die Keksdose wurde fest verschlossen. Dann mit ebenso festem Griff wieder geöffnet und ihr Inhalt im Abfalleimer entsorgt. Das restliche Brot brachte Bella hinaus in den Garten als Vogelfutter. Sie würde eine drastische Diät beginnen, keine jener halbherzigen Sachen, die man anfing und sofort wieder aufhörte. Die hier musste Erfolg haben. Aber Bella wusste, dass man nur sehr langsam abnahm, hungrige Menschen jedoch umso schneller einen Rückfall erlitten. Vielleicht sollte sie zum Arzt gehen. Manche Leute bekamen wunderbare Tabletten, die einem jedes Hungergefühl raubten, von ihren Ärzten verschrieben. Keine Ahnung, warum sie nicht schon früher darauf gekommen war.

Der Arzt hatte Sprechstunde von vier bis sechs Uhr, und Bella saß wild entschlossen im Wartezimmer. Dr. Cecil, ein liebenswürdiger junger Mann, würde ihr bestimmt helfen. Sie hatte ihn erst zweimal aufgesucht, aber beide Male war er sehr freundlich gewesen.

»Eine Frau, die abnehmen will, ist eine Freude für jeden Mediziner«, meinte er munter. »Kommen Sie doch mal her und lassen Sie mich sehen. Sie scheinen mir aber nicht übergewichtig zu sein. Na ja … fünf Kilo weniger vielleicht, und Sie hätten keine Probleme mit Ihrer Gesundheit. Fühlen Sie sich ein bisschen kurzatmig oder so? Wollen Sie deshalb abnehmen?«

»Nein, weil ich so dick geworden bin«, erwiderte Bella, erstaunt darüber, dass er das nicht selbst sah.

Er hörte ihre Brust ab, maß ihren Blutdruck und erklärte ihr, dass sie eine kerngesunde Frau sei, aber ein wenig gestresst wirke. Ob sie, abgesehen von ihrem Gewicht, noch andere Sorgen habe?

»Nein«, log Bella. Mit dem anderen Problem würde sie allein fertigwerden.

Dr. Cecil konnte ihr keine Tabletten verschreiben. Das sei nicht nötig, erklärte er, sie bräuchte nur mehr Bewegung, solle weniger fett essen, mit viel Eiweiß und weniger Kohlehydraten. Der übliche Rat eben.

Ob sie vielleicht Schlaftabletten bekommen könne? Nur, wenn sie ihm sage, warum. Er verteile keine Schlaftabletten wie Schokobonbons.

Bella blieb vage, Dr. Cecil fest. Sie verließ die Praxis ohne Rezept, dafür mit einem fröhlichen Gruß von Dr. Cecil, der für sich zu dem Schluss kam, dass seine Patientin eine frühe Phase von Midlife-Crisis durchmache, und sie bat, in Verbindung zu bleiben und hin und wieder auf einen Plausch über ihre Gesundheit vorbeizukommen.

Dann musste es also doch eine Schönheitsfarm sein. Dort könnte sie rasant fünf Kilo abnehmen. Bella verfügte über ziemlich viel Haushaltsgeld. Erst vor drei Monaten hatte Jim ein spezielles Konto für sie eingerichtet und eine großzügige Summe darauf überwiesen. Plötzlich wurde ihr bewusst, dass er das getan haben musste, als er beschlossen hatte, sie zu verlassen: auch eine Methode, ihr Geld vor der Trennung zukommen zu lassen. Sie hatte also genügend Mittel, um sich eine Woche in einem dieser teuren Etablissements leisten zu können, falls es nötig wäre, aber würde das nicht Jim in die Hände spielen, wenn sie jetzt weglief? Lieber würde sie abwarten. Und in der Zwischenzeit nichts essen.

Bella war sehr hungrig, als Jim gegen Mitternacht nach Hause kam. Sie war hellwach und sehnte sich nach einem Teller Suppe, aber sie würde verzichten. Stand nicht in allen Zeitschriften, dass jedes Abnehmen mit einem Schock für den Körper beginnen sollte? Jim sah müde aus und war wenig gesprächig. Er holte sich eine Decke, um auf dem Sofa zu nächtigen, und versprach, am nächsten Morgen richtig mit ihr zu reden.

Er könne ruhig in seinem eigenen Bett schlafen, wo er die letzten fünfzehn Jahre verbracht habe, schlug Bella vor. Erstaunt sah er sie an, als habe sie einen geschmacklosen Witz gemacht. Nein, bitte, er würde lieber im Wohnzimmer bleiben.

»Dir war es die ganze Zeit über möglich, in unserem Bett zu schlafen, seit diese Affäre läuft, und es hat dich nicht gestört«, sagte Bella.

»Ich weiß«, erwiderte er verlegen.

Auch diese Nacht verbrachte Bella fast schlaflos, doch hin und wieder döste sie ein wenig ein.

Am nächsten Morgen schlüpfte sie in ihren langen, dunkelblauen Kaftan, in dem sie noch einigermaßen schlank aussah, machte sorgfältig ihr müdes Gesicht zurecht und bürstete ihr Haar. Jim brühte gerade den Kaffee auf, als sie nach unten kam.

»Wir sollten uns für eine vorübergehende Trennung entscheiden«, begann sie, ehe er etwas sagen konnte. »Sagen wir, für zwei Monate, und dann treffen wir uns wieder und ziehen Bilanz, wie wir ohne den anderen zurechtkommen. Geht es uns schlecht damit, ziehen wir wieder zusammen, und es ist nichts Schlimmes passiert. Wollen wir aber an der Trennung festhalten, können wir dann immer noch alle nötigen Arrangements treffen. Was hältst du davon?«

»Nein«, entgegnete Jim, »das bringt gar nichts. Weißt du, mir wird es nicht schlecht gehen. Das hier soll keine Trennung auf Probe werden. Ich will Emma heiraten, und ich will keine Heuchelei mehr – ich habe schon genug davon zu verantworten. Deshalb will ich heute mir dir besprechen, was du tun wirst und wie viel Geld du brauchst.«

Das lief ganz und gar nicht nach Bellas Plan.

Trotzdem hörte sie zu und sah sich seine Kalkulationen auf ihrem Einkaufsblock an. Einnahmen hier, Einnahmen dort, Versicherungspolicen, die weiterlaufen sollten. Bella sollte ihm sagen, ob es ihr lieber wäre, wenn er das Haus verkaufte – ein richtiger Neuanfang wäre womöglich besser, mit Geld auf der Bank.

»Wo wirst du wohnen?«, fragte sie dumpf.

»Ich weiß noch nicht, kommt darauf an, ob wir das Haus verkaufen oder nicht …«

Er rechnete weiter. Ihre Stimmung sank. Mittendrin stand sie auf und wandte dem Küchentisch den Rücken zu.

»Ich gehe raus«, sagte sie plötzlich. »Wir reden ein andermal weiter.«

»Dann bin ich nicht mehr da«, entgegnete Jim verzweifelt. »Wir müssen heute darüber sprechen.«

»Nein, du kannst mir das ja alles schriftlich mitteilen«, sagte sie. Ein Schatten der Erleichterung legte sich über Jims Gesicht.

»Na, dann kann ich doch gleich ein paar von meinen Sachen mitnehmen – äh, das meiste. Natürlich nichts, das uns beiden gehört, aber das können wir noch genauer besprechen.«

»Ja«, sagte Bella.

Sie ging ins Shoppingcenter. Im Coffeeshop suchte sie im Telefonbuch die Nummer der Nationalen Eheberatung heraus und erkundigte sich nach der nächsten Beratungsstelle. Sie lag nicht weit weg. Als sie dort anrief, bat man sie, sich am Nachmittag wieder zu melden, um einen Termin zu vereinbaren. Die Zeit bis dahin schlug sie mit einem Bummel durch die Geschäfte tot. Vielleicht konnten sie ihre Ehe retten? Warum hätte man sonst diese Stelle gründen sollen, wenn sie dort keine Ehen heilen konnten, die vor dem Scheitern standen?

Die Frau sagte ihr, dass Bella für die nächste Woche einen Beratungstermin ausmachen könne.

»Warum nicht jetzt?«, fragte Bella verzweifelt.

Offensichtlich lief das hier nicht so. Vielleicht deswegen, weil die Leute früher gleich nach jedem Streit zur Beratung gelaufen kamen, was eigentlich nicht nötig gewesen war. Bella wusste es nicht. Auf jeden Fall musste sie akzeptieren, entweder nächsten Donnerstag zu kommen oder gar nicht. Also nahm sie den nächsten Donnerstag.

Sie schaute sich einen schlechten Film an und ging nach Hause. Jim war fort und hatte einen Zettel hinterlassen, auf dem stand, dass er ihr weitere hundert Pfund auf ihr Notfallkonto überwiesen habe und ihr nächste Woche schreiben würde. Seine Kleidung, seine Koffer und ein paar seiner Bücher waren weg. Sonst nichts.

Das Leben ist nicht leicht, wenn man den Schein wahren muss, aber es geht, wenn man Hoffnung hat, und Bella hatte zwei Rettungsleinen, an die sie sich klammerte: die Diät und die Eheberatung. Auf Fragen nach dem Verbleib von Jim blieb sie vage, eine Einladung lehnte sie ab und lud die Leute wieder aus, die sie auf einen Drink eingeladen hatten. Eine weitere Einladung eines Nachbarn akzeptierte sie; Jim sei gerade nicht da, sagte sie, aber ihr war schwindlig, weil sie nichts aß, und dort wollte sie auch nichts essen, sodass der Abend kein Erfolg war.

Endlich war Donnerstag, und sie sah sich ausgerechnet einem Geistlichen gegenüber. Bella hatte nicht viel übrig für Kleriker, doch der hier schien sehr nett und entspannt zu sein und machte auch keine einzige Andeutung, die Religion könne die Antwort auf alles sein, was Bella sehr erleichterte.

So ein Job als Eheberater konnte nicht sehr schwierig sein, dachte sie. Man musste nur zuhören und nicken. Der Mann gab ihr keinen Rat, formulierte keinerlei Empfehlungen. Sie erzählte ihm die ganze Geschichte von Jim und seiner vermeintlichen Midlife-Crisis, von Emma, die fünfundzwanzig Jahre jünger als er sein musste, von dem schönen Heim, das sie und Jim sich im Lauf der Jahre erschaffen hatten. Doch der Eheberater hatte keine Idee, wie sie Jim zurückbekommen könnte. Keine hilfreichen Tipps oder Intrigen, keinen Schlachtplan.

»Selbstverständlich bin ich sofort auf Diät gegangen«, sagte Bella sachlich. »Das machte wahrscheinlich die Hälfte, wenn nicht zwei Drittel des ganzen Problems aus. Ich esse praktisch seit sechs Tagen nichts mehr und habe bereits fünf Pfund abgenommen. *Diesen* Punkt habe ich also unter Kontrolle. Ich weiß nur nicht so recht, wie ich ihn zu einer Rückkehr bewegen soll, wann ich damit rechnen kann und wie ich daran arbeiten soll.«

Die grauen Augen des Eheberaters blickten freundlich und wirkten beruhigend auf sie wie auch seine graue, abgewetzte Strickjacke. Aber sie verrieten weder Begeisterung noch Anerkennung, als sie die Diät erwähnte. Er schien nicht zu begreifen, dass dies das Beste war, was sie hatte machen können.

»Es ist doch eine gute Idee, abzunehmen, finden Sie nicht?«, fragte sie nervös.

»Waren Sie denn unglücklich wegen Ihres Gewichts?«

»Na, da ich offensichtlich zu dick bin und dieses Mädchen wahrscheinlich ein knochendürres Gerippe ist, hat das bestimmt eine

Menge damit zu tun. Ich weiß, ich habe die Willenskraft, um abzunehmen. Ich hatte nur gehofft, Sie würden mir sagen, was ich dann tun soll?«

Er war wirklich ein guter Zuhörer und hatte nichts gesagt, als sie in kleinere Anfälle von Selbstmitleid ausgebrochen war. Wer solle ihr dabei helfen, den Garten umzugraben, hatte sie gejammert, und weshalb solle sie mit fünfundvierzig Jahren aus ihrem eigenen Haus vertrieben werden, und wann würde dieses Land endlich Gesetze zum Schutz der Ehe erlassen?

Stattdessen hatte er mit ein paar beiläufigen Bemerkungen und der Frage reagiert, warum sie und Jim sich entfremdet hätten und ob sie und er fähig gewesen seien, miteinander über Dinge zu reden, die wirklich wichtig für sie beide waren? Normalerweise sei es besser, wenn beide Partner zur Beratung kämen, hatte er hinzugefügt, woraufhin sie mit leerem Blick erwidert hatte, Jim würde das niemals in Betracht ziehen. Im Augenblick schien er diesem kleinen Flittchen hörig zu sein. Wenn sie wieder zusammen waren, dann käme er vielleicht mit. Aber sehr überzeugt hörte sich das nicht an.

»Sie sind wirklich der Ansicht, dass die Beziehung noch so lebendig ist, dass sie gerettet werden kann«, bemerkte der graue Mann. Das war keine Frage, eher eine Feststellung, auf die er eine Zustimmung oder eine Ablehnung erwartete.

»Nun, unbedingt, wenn ich meine Figur wiederbekomme und ihm ebenso viel bieten kann wie dieser Teenager.«

Der Eheberater erwiderte nichts, und so fuhr Bella fort: »Ich habe beschlossen, ihm so viel Geld aus der Tasche zu ziehen, wie ich kriegen kann, und dann sofort zu einer Schönheitsfarm zu fahren. Dort bleibe ich drei Wochen, und wenn ich zurückkomme, werde ich topfit und zu allem fähig sein. Ich werde nicht untätig die Hände in den Schoß legen. Manche Frauen würden sich völlig gehen lassen, aber ich habe meine Lektion gelernt. Sobald ich zehn Kilo leichter bin und wieder in Größe achtunddreißig passe, wird es kein Problem mehr geben.«

Bella war verunsichert. Vielleicht hatte sie das Konzept der Eheberatung doch missverstanden, denn ihr Gegenüber schien wenig

Aufmunterung für sie übrig zu haben, nur einen freundlichen Händedruck beim Hinausgehen, als sie noch einmal bekräftigte, dass – wenn sie nur wieder schlank und rank wäre – alles wieder werden würde, wie es gewesen war: eine liebevolle, enge, gute Beziehung, wie Jim sie ihr schließlich versprochen hatte, als sie vor all diesen Jahren in einer Kirche getraut worden waren.

Schwere Entscheidung in Brüssel

Zufrieden sah sie sich um. Der Flug nach Brüssel wurde allmählich ebenso zur Routine, wie die Zugfahrt von Bray es früher gewesen war. Männer blätterten in ihren Unterlagen, Männer tippten Zahlenkolonnen in kleine Taschenrechner, Männer mit lächelnden Gesichtern, die sich mit anderen Männern unterhielten. Der gemeinsame Markt hatte dem Reisen viel von seiner Faszination genommen. Diese Männer würden nicht mehr in Begeisterung über fremde Gerüche nach köstlichem Kaffee und frisch gebackenen Brötchen ausbrechen, sie würden sich auch nicht mehr darüber wundern, dass die Autos auf der falschen Straßenseite fuhren, geschweige denn sich triumphierend gegenseitig die ausländischen Straßenschilder erklären. Sie alle hatten Gesprächspartner, die perfekt die englische Sprache beherrschten, und Sekretärinnen, die routinemäßig ihre Zimmer buchten und sie ermahnten, die Quittungen für die Spesenabrechnung aufzubewahren.

Alle schienen heutzutage so viel weltgewandter zu sein, dachte Maura. Noch vor zehn Jahren, erinnerte sie sich, hätten irische Geschäftsleute hocherfreut die Gelegenheit ergriffen, ausgiebig die bereits auf Vormittagsflügen angebotenen Gin Tonics zu genießen, nicht willens und nicht fähig, sich die Chance auf eine Party über den Wolken entgehen zu lassen. Doch so weit sie sehen konnte, begnügte sich an diesem Morgen jeder mit Kaffee. Vor ihnen lag ein langer Arbeitstag. Und auch vor ihr lag ein schwerer Tag, an dem sie so aufmerksam wie noch nie zuvor in ihrem Leben sein musste. Ein Ausrutscher konnte alles ruinieren. Eine gedankenlose Reaktion, und all das, was Tante Nell ihr eingetrichtert hatte, wäre sinnlos. Wenn nicht alles nach Plan lief, wäre sie nie mehr fähig, Nell in die Augen zu schauen. Vergesslich zu sein oder müde, nicht nachzudenken – alles keine Optionen für Nell. Versager verdienten es, zu versagen. In dem Punkt war sie unerbittlich.

Tante Nell hatte darauf bestanden, dass sie mit ihm nach Brüssel flog. Eine andere Möglichkeit gebe es nicht, hatte sie gesagt. Eine Weigerung wäre kindisch und kleinkariert; damit würde sie dem Feind nur in die Hände spielen. Maura müsse große Vorfreude über die Reise ausstrahlen, sich unbedingt etwas Neues zum Anziehen kaufen und allen ihren Freunden davon erzählen. Und sie müsse Dan mit Fragen löchern, was sie sich alles anschauen würden. Vor allem dürfe sie sich keinerlei Verdacht anmerken lassen.

Es war schwierig, Begeisterung über eine Reise zu heucheln, von der sie wusste, dass ein Abschied war. Es war sehr schwierig, Vorfreude darüber vorzutäuschen, eine Stadt zu besichtigen, von der man wusste, dass dies der Ort war, an dem der eigene Ehemann einen verlassen würde. Es war schier unmöglich für sie, nach achtzehn Jahren Ehe neben Dan zu sitzen und ihm dabei zuzusehen, wie er ruhig und unbeschwert die *Irish Times* las, und dabei genau zu wissen, dass er ihr sagen würde, er wolle sie verlassen. Sie wusste, dass er den Job in Amerika antreten würde, und sie wusste, dass er diese Deirdre mitnehmen würde.

Nell hatte ihr stets geraten, seine Briefe zu lesen und seine Taschen zu durchsuchen.

»Er sieht viel zu gut für dich aus, dieser Dan. Wenn du ihn unbedingt haben musst, und das scheint ja so zu sein, dann musst du immer auf alles vorbereitet, ihm immer einen Schritt voraus sein. Erkenne deine Probleme, bevor sie zu gravierend werden, um gelöst zu werden.« Einen Menschen auszuspionieren, den sie liebte, war Maura stets schäbig und ehrlos vorgekommen, doch sie musste zugeben, dass sie – Gefahr erkannt, Gefahr gebannt – auf diese Weise viel besser mit allem zurechtkam. So hatte sie in der Vergangenheit einige zaghafte Flirtversuche abwenden können, indem sie familiäre Unternehmungen vorgeschoben hatte, sobald wieder einmal ein kleines Abenteuer in der Luft lag. Die kleinen Amouren waren rasch im Sande verlaufen. Bei Gelegenheiten wie diesen war Nell von unschätzbarem Wert. Sie war äußerst wohlhabend, und

Dan verbrachte gern Zeit in ihrem großen Landhaus. Wann immer Maura Hilfe benötigte, um ihn von einer Affäre abzulenken, sprang Nell ein und zauberte Leute aus dem Hut, die ihm bei seiner Karriere von Nutzen sein konnten. Nell war Maura stets eine Stütze gewesen, und man war sich einig, dass dies bis in den Tod ihr Geheimnis bleiben würde. Es gab nicht einen einzigen Brief zu dem Thema.

»Warum frage ich dich eigentlich immer wieder um Rat wie ein dummes, kleines Schulmädchen?«, hatte Maura erst letzte Woche von Nell wissen wollen, als sie mit ihr durch den Obstgarten gegangen war und Fallobst aufgesammelt hatte.

»Warum will ich Gott spielen bei dir?«, hatte Nell gekontert.

»Du hast immer recht, das ist für mich so schwer zu verstehen. Du machst nicht einen einzigen der Fehler, die mir dauernd unterlaufen«, murrte Maura.

»Die habe ich alle schon vor zwanzig Jahren gemacht. Deswegen lotse ich dich ja so gern durch dieses Minenfeld.« Danach hatte Nell das Gespräch abrupt beendet. Ihre eigene, geheimnisvolle und ziemlich skandalöse Liaison in den Vierzigerjahren war noch nie Gegenstand ihrer Unterhaltung gewesen. Nell hatte damals den langweiligen, reichen Edward geheiratet, der sie über alles liebte. Sie war bereits über fünfzig, eine alterslose Frau mit Charme und Selbstbewusstsein. Bis auf Maura ging jeder davon aus, dass sie maßlos glücklich war.

Die Reise nach Brüssel war Mauras letzte Chance. Spielte sie ihre Karten richtig aus, würde sie gewinnen. Nell kannte sich gut aus in Brüssel. So wie überall auf der Welt. Zu ihrer Zeit schien sie jede kleine Nebenstraße des Boulevard Adolphe Max entlanggeschlendert zu sein. Romantische Restaurants, große Märkte, kuriose Uhrwerke … Nell kannte alles, was zwei Verliebte in Stimmung brachte.

»Aber wir sind nicht mehr verliebt«, widersprach Maura mit tränenerstickter Stimme. »Bei uns liebt nur noch einer, nämlich ich, während der andere sich wappnet und bereit macht, mir zu erklären, dass er auf dem Absprung ist.«

Nell wedelte ungeduldig mit der Hand. »Wenn das deine Einstellung ist, dann wundert es mich, dass er nicht schon längst weg ist«, erwiderte sie streng. »Du musst aus dieser Reise das machen, was er fälschlich behauptet hat, dass es seiner Meinung nach sein soll – eine Chance, wieder miteinander ins Gespräch zu kommen. Denk an Scheherazade.«

»Was hat sie getan? Ich habe es vergessen«, fragte Maura elend.

»Sie hat geredet«, antwortete Nell. »Und durch ihr Reden hat sie das Ende immer wieder hinausgeschoben.«

Der Plan war, dass auch Maura reden sollte. Während sie an den Teichen von Ixelles entlangspazierten, sollte Maura ihm mit sanfter Stimme eine glückliche Zukunft ausmalen. Sie sollte ihm unbedingt raten, die Stelle in Amerika anzunehmen, auch wenn sie und die Zwillinge zunächst noch nicht mitkommen könnten, zumindest nicht in den ersten sechs Monaten, außer auf Besuch. Dies alles diene lediglich dazu, dass er sich besser auf seine Arbeit konzentrieren könne, ohne sich zusätzlich noch darum kümmern zu müssen, ein neues Zuhause für seine Familie zu finden. Das würde ihn verunsichern, weil es nicht zu seinem Plan gehörte. Wenn er schlau war, würde er die Gelegenheit ergreifen – die Chancen dafür standen gut. Schließlich bot sie ihm das Beste aus zwei Welten. Er konnte seine Deirdre und seinen Job in New York haben – ohne Auseinandersetzung, ohne Vorwürfe, Herzschmerz und gegenseitige Anschuldigungen. Welcher Mann wäre da schon fähig, Nein zu sagen?

Doch das wiederum würde bei Deirdre für Empörung sorgen. Schließlich hatte sie ihn seit Monaten gedrängt, seine Frau endlich über ihre Pläne aufzuklären. Ihre Beziehung würde zwangsläufig darunter leiden, sobald Dan die große Aussprache wieder einmal verschoben hätte. Genau wie jetzt würde sie sich auch in New York schäbig und an zweiter Stelle stehend fühlen, verleugnet und ohne Status. Wahrscheinlich würde ihre Beziehung merklich abkühlen.

Maura war sich da nicht so sicher. Die Affäre dauerte jetzt schon zehn Monate – das heißt, ungefähr acht Monate länger als jeder andere kleine Flirt zuvor.

»Na, immerhin habe ich dir angeboten, sie umzubringen«, sagte Nell, »sie aus Versehen mit meinem Wagen zu überfahren. Ich werde immer kurzsichtiger. Kein Mensch könnte mir den Vorwurf machen, es mit Absicht getan zu haben. Ich kenne die Frau schließlich nicht einmal.« Maura hatte sich entsetzt an den Hals gefasst. Wie sachlich Nell sich anhörte. Sie schien es tatsächlich ernst zu meinen!

»Doch dann besteht die Gefahr, dass ich ihr vielleicht nur Verletzungen zufüge, und das wäre vielleicht noch schlimmer. Sie würde als Märtyrerin dastehen«, fügte Nell hinzu und gab zu Mauras großer Erleichterung den Plan auf.

Dan kannte einige der Mitreisenden. »Schön, wenn man die Frau mitbringen kann. Wenn es denn die eigene ist«, dröhnte ein Mann jovial. »Selbstverständlich ist das meine Frau«, erwiderte Dan gereizt. »Ich fühle mich sehr geehrt, dass man mir so viel Exotik zutraut«, sagte Maura lachend, und der peinliche Augenblick war vorüber.

Die Zugfahrt war kurz, und Maura konnte kaum glauben, dass sie bereits in der Stadt angekommen waren. Nell hatte ihr eingetrichtert, auf keinen Fall irgendwelche provinziellen Bemerkungen zu machen. Also verkniff sie sich jeden Kommentar, wie lange es wohl noch dauern würde, bis Dublin über ein ebenso effizientes Transportsystem verfüge, und behielt auch ihre Ansichten über einen Kollegen von Dan für sich, der jedes Mal ein Taxi nahm, das ungefähr zehn Mal so viel kostete und vier Mal so lange brauchte. Stattdessen kicherte sie wie ein junges Mädchen und erzählte Dan eine lustige Geschichte über das erste Mal, als sie je auf dem Kontinent gewesen war. Damals hatte sie mit der Schule eine Klassenfahrt nach Rom gemacht. Sie brachte ihn damit zum Lachen und hoffte, Nell möge irgendwo dieses Lachen hören und wäre stolz auf sie.

Dans Sitzung begann mittags und dauerte den ganzen Nachmittag. Kein Problem, sagte Maura, es gebe tausend Dinge anzuschauen, sie habe einen Reiseführer und flache Schuhe. Sie würde die Stadt besichtigen, und wenn er zurückkam, würden sie ein Bad und einen Drink nehmen und anschließend zum Abendessen gehen. Sie küsste ihn zum Abschied und fragte sich, warum sie bisher eigentlich noch nicht für den Oscar nominiert worden war.

Maura schaute sich nichts an. Stattdessen ging sie in die Kirche des heiligen Nikolaus und versuchte zu beten. Oft schenkte Gott einem Gehör und zeigte sich verständnisvoll. Sie verzichtete darauf, Ihn mit allzu vielen Details zu behelligen, da sie annahm, Er wisse ohnehin bereits Bescheid. Doch heute schien Er nichts wissen zu wollen. Als sie sich jedoch selbst dabei zuhörte, wie sie Gott erklärte, sie bräuchte Seine Stärke und Seine Hilfe, um ihre Ehe, eine gute, christliche Ehe, zu retten, wurde ihr klar, wie scheinheilig das klang.

»In Ordnung, lieber Gott«, sagte sie. »Ist schon gut. Es hat keinen Sinn, wenn ich versuche, dich zum Narren zu halten, genauso wenig wie Nell. Ich will einfach, dass du deinen ganzen Einfluss geltend machst, um ihn zu mir zurückzubringen. Ich kann mir ein Leben ohne Dan nicht vorstellen. Bitte, kann ich ihn zurückhaben? Bitte? Ich habe doch kaum etwas Böses getan, außer seine Briefe zu lesen und ein paar Lügen zu erzählen.«

Maura sah, wie Leute Kerzen anzündeten, und dabei fiel ihr wieder ein, was Nell ihr erzählt hatte. Dies hier war eine Kirche, in die junge Ballerinas oder zukünftige Ballettstars kamen, um zum heiligen Nikolaus um eine gute Rolle zu beten. Wie lächerlich von ihnen, dachte sie gereizt, musste jedoch schmunzeln, als sie überlegte, was die jungen Leute wohl über sie denken würden.

An diesem Abend schlenderten sie über den Grand-Place, der mit seinen vielen Lichtern ebenso märchenhaft aussah wie auf den Postkarten, die Dan regelmäßig nach Hause geschickt hatte. Er war müde: Das Treffen war schwierig gewesen. Alles war gut gegangen, bis der Italiener seine Zustimmung erst verweigert, dann schließlich doch gegeben hatte, und gerade als alles in trockenen Tüchern war, stand erneut der britische Standpunkt auf dem Prüfstand. Als auch dieses Problem aus dem Weg geräumt war, hatten sich die Deutschen wieder quergestellt. Maura lachte über Dans Beschreibung; sie wusste genau, wovon er sprach. Seit sie herausgefunden hatte, dass Deirdre Interesse an seiner Arbeit zeigte, hielt sie sich über alles auf dem Laufenden, was vor sich ging. Nach dem Essen gönnten sie und Dan sich einen Brandy, was sonst nicht ihre Gewohnheit war, und schlenderten zurück zum Hotel. Er schien zu glauben, sie würde erwarten, dass er mit ihr schlief. Auch diese Entscheidung nahm sie ihm ab. »Morgen«, sagte sie und küsste ihn sanft. Die ganze Nacht über lauschte sie dem Glockenschlag einer Brüsseler Kirche.

Dans Sitzung am nächsten Tag sollte bis zum Abend dauern und wäre rechtzeitig beendet, damit alle die passenden Züge und Anschlussflüge zurück in die anderen Länder der Gemeinschaft erreichten. Danach würde jeder Teilnehmer dieses speziellen Ausschusses nach Hause in sein Leben zurückkehren. Nur Dan würde in Brüssel bleiben und seiner Frau eröffnen, dass er sie verlassen würde. Maura betrachtete sein Gesicht und fragte sich, wie er so ruhig schlafen konnte.

Nell war der Ansicht, sie sollte unbedingt den Gräbern des Ersten Weltkriegs einen Besuch abstatten, wenn sie schon in Belgien war. Das könnte möglicherweise ihre eigenen Probleme relativieren. Doch Maura hatte Bedenken, es könnte sie zu sehr deprimieren, und fuhr stattdessen nach Waterloo. Sie kannte niemanden, dessen Großvater hier ums Leben gekommen war. Es war nicht schwierig, dorthin zu gelangen; sie fuhr mit dem Bus in den Ort und setzte sich erst einmal an den Rand des Löwen-Denkmals. Mithilfe von Karten und Reiseführern versuchte sie, die Ereignisse zu rekonstruieren, aber plötzlich wurde sie überwältigt von Traurigkeit, von dieser irrwitzigen Verschwendung junger Männer aus verschiedensten Ländern und Familien, die hierhergekommen waren, nur um sich in Stücke hacken zu lassen. Sie brach in Tränen aus und weinte und weinte, bis ihr sorgfältiges Make-up, das ihr neununddreißigjähriges Gesicht besser aussehen lassen sollte als das der fünfundzwanzigjährigen Deirdre, von clownesken schwarzen Linien durchzogen war.

Sie machte sich nicht die Mühe, die Spuren zu beseitigen, als sie wieder in den Bus zurück nach Brüssel stieg. Dort hörte sie mit an, wie ein Vater seinen Söhnen erklärte, dass Waterloo nicht die letzte Schlacht der Weltgeschichte gewesen sei. Morgen wollten sie nach Ypres und Passchendaele fahren, wo eines anderen Krieges gedacht wurde. Denn es flammten immer wieder neue Konflikte auf. Der Mann hatte recht, wie Maura mit einem Mal bewusst wurde. Nachdem sie die Schlacht um Amerika gewonnen hatte, würden weitere Scharmützel folgen. Und immer weitere. Verfügte irgendein Mensch über so viel Energie? Nell mit Sicherheit nicht. Warum hätte sie sonst den lieben, netten, langweiligen Edward geheiratet?

Maura fuhr zurück ins Hotel und wusch sich das Gesicht. Dann setzte sie sich in ihrem Hotelzimmer hin und wartete ruhig. Keine Zeugen, das würde es einfacher machen.

Und als Dan durch die Tür trat, schenkte sie ihm einen Drink aus ihrer Flasche aus dem Duty-free-Shop ein und fragte ihn, ob er ihr irgendetwas zu sagen habe.

Mit Maß und Ziel

Als sie das kleine Treffen geplant hatte, fühlte Lorna sich gleich besser. Sie hatte sie alle angeschrieben, alle vier Paare, ihre besten Freunde. Keine billige gedruckte Einladung, sondern eine geschmackvolle, handgeschriebene Karte mit der Ankündigung einer maßvollen Feier zur Würdigung der vergangenen zehn Jahre. Bei allem Rummel und Tamtam, der nicht zu vermeiden wäre, stellte Lorna sich ihr Fest als eine Zusammenkunft vor, über die alle noch lange reden und an die sich alle gern erinnern würden.

An eine *maßvolle* Feier eben, um mit Lornas und Georges Worten zu sprechen. Nicht so übertrieben wie das, was die arme Anne und Kevin mit ihrer Motto-Party veranstalteten und mit dem kein Mensch so richtig etwas anfangen konnte. Auch nicht so gewöhnlich wie bei Doris und Jim mit dem vielen Wild, das keinem so richtig schmeckte, und der üppig mit Likör getränkten Nachspeise, von der allen übel geworden war. Und dann diese schreckliche Gutmenschen-Party, die Brian und Hilda veranstaltet hatten und bei der sie um Spenden für hungernde Kinder baten, was allen ein klein wenig die Stimmung vermieste, da keiner sich mehr unbefangen dem Büfett zu nähern wagte, für das Hilda sich eine ganze Woche lang abgeschuftet hatte. Und zu guter Letzt war da noch dieser peinliche Event gewesen – Party konnte man das beim besten Willen nicht nennen –, dieser katastrophale Abend, als Teddy und Lola vorschlugen, das Wahrheitsspiel zu spielen, und sich fast jeder zu unbedachten Enthüllungen hatte hinreißen lassen und fast jeder sehr verletzt nach Hause gegangen war. Das war eine äußerst *dumme* Entscheidung gewesen. Lorna sah wieder Annes Gesicht vor sich, als Kevin gesagt hatte, es mache keinen Spaß mehr mit ihr. Und nie würde sie Lolas Gesichtsausdruck vergessen, als Teddy auflistete, wie viele Ladys er in seinem Leben … ähm … näher *gekannt* hatte.

Sie würde auch nie vergessen, wie Jims Gesicht sich dunkelrot verfärbte, als Doris wahrheitsgemäß antwortete, dass sie eigentlich immer erwartet hatte, er würde einmal großen Erfolg im Leben haben, und dass sie ihn vielleicht nicht geheiratet hätte, wäre ihr im Voraus bekannt gewesen, wie oft er bei einer Beförderung übergangen werden würde. Und dann war dieser Moment gekommen, als Hilda auf eine dieser albernen Fragen, die noch immer die Runde machten, zur Antwort gegeben hatte, dass Brian die Armen und Bedürftigen mehr liebe als seine eigene Familie, an deren Namens- und Geburtstage er sich oft nur mit Mühe erinnere.

Lorna und George waren sehr still gewesen nach dieser Party vor einem Jahr und in fast vollkommenem Schweigen nach Hause gefahren. Sie hatte es geschafft, allen Fragen eine ironische Wendung zu geben und sie, liebevoll das Knie ihres Mannes tätschelnd, zu beantworten. George hatte es ebenso gemacht. Doch im Auto hatten sie einander nichts mehr zu sagen gehabt. Leere schien sich wie ein klaffender Spalt zwischen ihnen aufzutun. Lorna und George hatten das Kunststück fertiggebracht, auf alle diese Fragen nicht einzugehen, mit denen die anderen vier Paare sich auf der Suche nach ehrlichen Antworten herumgeschlagen hatten, nur um am Schluss mit rot geweinten Augen und Wut im Bauch dazustehen. Aber die Fragen waren nicht mehr zurückzunehmen. Welche Enttäuschung empfanden sie? Hatte es jemals größere Rückschläge in ihrem Leben gegeben? Freuten sie sich noch immer aufeinander? Warfen sie jemals anderen sehnsüchtige Blicke nach?

Zum Glück waren sie und George dieser dummen, *dummen* Party, die Lola und Teddy in ihrer Gedankenlosigkeit veranstaltet hatten, unbeschadet entkommen. Alle anderen hatten eine öffentliche Demütigung hinnehmen müssen. Hinterher mochten George und Lorna zu Hause vielleicht ein bisschen schweigsamer und zurückhaltender gewesen sein, als sie es ohnehin waren, doch zumindest in den Augen ihrer Freunde waren sie noch immer das, was sie immer gewesen waren – ein Paar, das gut zusammenpasst. Sie beide hatten dieses Jahrzehnt in der Tat recht gut überstanden, dachte Lorna, ohne trotz ihrer hochfliegenden Erwartungen von den Ausschlägen der Börse enttäuscht worden zu sein wie Kevin und Anne. Schon möglich, dass es keinen Spaß mehr machte mit Anne, wie Kevin sich beklagte, doch es hatte sicherlich auch keinen Spaß gemacht, die Pfändung so vieler schöner Dinge über sich ergehen lassen und den eigenen Lebensstil so radikal ändern zu müssen. Und natürlich hatten sie und George auch wesentlich mehr Glück gehabt als Doris und Jim. Doris hätte sich ihre Antwort verkneifen sollen, aber Jim gehörte tatsächlich zu der Sorte Arbeitstiere, die sich klaglos im Büro an niedrigster Position abrackerten und sich immer mit dem billigsten Auto, den hässlichsten Möbeln und dem geschmacklosesten Drumherum zufriedengaben. Jim schien es nie aufzufallen, dass alle anderen bereits längst an ihm vorbeigezogen waren. Hätte er nur ein wenig mehr Bedauern an den Tag gelegt und einfach anerkannt, dass er die Karriereleiter nicht so weit erklommen hatte wie die anderen, wäre die Sache für Lorna irgendwie akzeptabler gewesen.

Auch wenn ihr George ein sehr schweigsamer Mensch war, so sagte Lorna sich doch oft, dass dies bei Weitem dem leeren Geschwätz vorzuziehen war, das Teddy und Lola unentwegt von sich gaben und das während der Party zu nichts anderem als zu seinem Geständnis geführt hatte, wo Teddy sich mit der Anzahl seiner Eroberungen nicht nur gebrüstet, sondern auch noch Namen genannt hatte. Da war Lorna ein bisschen Schweigen weitaus lieber als so etwas!

Und Georges Schweigen war auch nicht Ausdruck von Stimmungsschwankungen wie im Fall von Brian und Hilda, er machte sich nicht dauernd Sorgen um die Gesellschaft oder um den dritten Weltkrieg wie sie, Entwicklungen, gegen die man ohnehin nichts ausrichten konnte. Nein, wirklich nicht. Wenn George und Lorna sich anschwiegen, lag das womöglich daran, dass sie sich mittlerweile alles gesagt hatten. In den späten Achtzigern war es völlig normal, dass Menschen, die bereits Anfang vierzig waren, ihre Ansichten lieber für sich behielten. Nicht so wie in den Swinging Sixties, als die Leute kein anderes Thema gekannt hatten als Liebe, Flower-Power und Hippies, auch nicht wie in den Siebzigern, als sie alle enorm hart gearbeitet und Unmengen an Überstunden im Büro aufgehäuft hatten, um aus der Menge herauszustechen und vorwärtszukommen, und dann – wenn sie sich tatsächlich einmal entspannten – auch noch viel zu viel Alkohol getrunken hatten.

Und damals hatten sie sich natürlich auch vollkommen falsch ernährt! Kein Wunder, dass alle in ihrem kleinen Freundeskreis mit zu viel Cholesterin, negativem Stress und Übergewicht zu kämpfen hatten. In den Achtzigerjahren hatten sie dann endlich mehr Disziplin an den Tag gelegt und etwas für ihre Gesundheit getan. Keine langen, lustigen Diskussionen mehr mit George am Tisch, keine Kuschelrunden auf der Couch vor dem Fernseher, die Chipstüte in der Hand.

Doch wenn sie ganz ehrlich war – und auch ein kleines bisschen egoistisch –, musste Lorna zugeben, dass ihr diese Zeiten fehlten, als sie noch so viel Gesprächsstoff hatten. Damals konnten die Tage nicht lange genug sein, um all das zu sagen, was gesagt werden musste. Vor Begeisterung fielen sie einander ins Wort, und so etwas wie Schweigen hatten sie nie gekannt. Aber sobald ihre Gedanken in diese Richtung wanderten, rief Lorna sich sofort zur Räson.

Es war zutiefst albern, sich wegen einer Kleinigkeit wie ausgedehntem Schweigen Sorgen zu machen. Sie brauchte sich doch nur anzuschauen, womit die anderen alle fertigwerden mussten! Und sein Leben bewerten konnte man wirklich nur im Vergleich mit dem der anderen.

Im Vergleichen war Lorna schon immer sehr gut gewesen. Von Anfang an. Sie waren immer reicher als Doris und Jim gewesen, pragmatischer als Brian und Hilda, vorsichtiger, was die Finanzen betraf, als Kevin und Anne, umsichtiger in der Thematisierung ihrer Vergangenheit als der arme Teddy und seine Lola. Woher sollte man sonst wissen, wie es einem ging, wenn man keinen Maßstab anlegen konnte? Es hatte einmal eine Zeit gegeben, als sie diese Dinge regelmäßig mit George besprach. Was jedoch nur mäßig befriedigend war. George hatte das Wesentliche nie begriffen und jedes Mal halbherzig widersprochen: »Aber sie sind unsere *Freunde*, Lorna!«, als wüsste sie das nicht selbst. Er stellte es immer so hin, als wäre es ein Verbrechen, irgendetwas zu sagen, das ihre Freunde in einem schlechten Licht erscheinen ließ.

Lorna hatte George gefragt, was er von der geplanten Party hielt. »Ja, nett. Wenn du das so willst.« Das war alles, was er geantwortet hatte.

»Nur unsere Freunde?«, hatte sie gesagt.

»Äh, ja.« George schien überrascht zu sein, dass eventuell sonst noch jemand eingeladen werden könnte. Das hatte Lorna verärgert. Wollte er damit andeuten, dass sie nur acht Leute kannten? Lächerlich. Wenn sie wollten, hätten sie eine ganze Fußballmannschaft zusammengebracht.

»Und außerdem denke ich, dass wir von vorneherein auf den maßvollen Rahmen hindeuten sollten, in dem die Party stattfindet«, hatte sie hinzugefügt und auf sein zustimmendes Nicken gewartet.

»Wieso?«, hatte er gefragt.

»Damit alle wissen, was sie erwartet«, hatte Lorna erwidert.

Der Abend kam ihr endlos vor. Sie erstellte und verwarf eine Menüliste nach der anderen und strich zuerst die Krustentiere – zu viele Lebensmittelunverträglichkeiten heutzutage. Auch die heißen Blätterteigtaschen fielen weg – zu fett, zu schädlich für die schlanke Linie. Gegen Eierspeisen sprachen ebenfalls viele Gründe – cholesterinbewusste Esser könnten ihre Ration an Eiern für diese Woche bereits verzehrt haben. Eine Suppe vorweg war zu gewöhnlich und ermutigte die Willensschwachen unter den Gästen lediglich, sich an knusprigem Baguette satt zu essen. Avocados brachte jeder auf den Tisch, außerdem waren sie ein Graus für alle, die Kalorien zählten – und das tat heutzutage doch jeder, der etwas im Kopf hatte.

Lorna strich sich über ihren kleinen straffen Po und fragte sich, warum sich viele ihrer Freundinnen offensichtlich gehen ließen. War es denn wirklich verwunderlich, dass Teddy sich so oft anderweitig umgesehen hatte? Lola war nicht unbedingt eine Augenweide. Und Anne hatte definitiv lange Zeit wie eine alte Frau ausgesehen, nachdem sie das ganze Geld verloren hatten. Es war so *einfach*, in Form zu bleiben, dachte Lorna und trat vor den Spiegel, um ihr Konterfei zu bewundern. Mehr als ein bisschen Disziplin und gesunden Menschenverstand brauchte man nicht. Lorna war immer stolz darauf gewesen, so vernünftig zu sein. Einmal im Jahr ging sie in das große Kaufhaus und ließ sich von einer der Verkäuferinnen in der Kosmetikabteilung zeigen, wie man sich in dieser Saison schminkte. So kannte man die Trends und verunstaltete sich nicht mit dicken schwarzen Balken um die Augen wie damals in den Fünfzigern, und wie es die arme, dumme Doris noch immer tat. Man war es sich selbst schuldig, dafür zu sorgen, dass man gut aussah. Das war stets Lornas Rede gewesen. Mit einem letzten Blick überzeugte sie sich von dem Erfolg ihrer Bemühungen. Hinter sich im Spiegel erblickte sie das Gesicht ihres Mannes, der nicht länger in die Lektüre der Zeitung versunken war, sondern sie in dem Moment ansah. Jedoch nicht mit derselben Bewunderung wie früher. Traurig war das einzig passende Wort, um den Georges Gesichtsausdruck zu beschreiben. Er sah aus, als sei soeben etwas sehr, *sehr* Trauriges passiert. Die Jahre der Selbstkontrolle hatten Lorna viel gelehrt, wie sie glaubte. So wusste sie, dass es besser war, nicht übereilt Fragen zu stellen, die sie später bereuen könnte. Also tat sie so, als hätte sie diesen Blick eines unglücklichen Mannes nicht bemerkt.

Sie musste ihn mehr in ihre Entscheidungen miteinbeziehen, beschloss Lorna. Das war es, was ihr dieser Ausdruck sagen sollte. George war nicht *traurig,* er fühlte sich nur ein klein wenig ausgeschlossen. Warum sollte er auch traurig sein? Er hatte schließlich alles, was er sich wünschen konnte. Eine glückliche Ehe, ein wunderschönes Zuhause, zwei erfolgreiche Kinder, eine gepflegte Frau.

Vielleicht hatte der arme George in eben diesem Moment angefangen, sich ein *klein* wenig überflüssig zu fühlen in diesem Leben, das mit der Präzision eines Uhrwerks um ihn herum ablief. Eigentlich sollte er täglich seinem Glücksstern danken, nicht ständig im Haushalt helfen zu müssen wie seine Freunde. Kevin, Jim, Brian und Teddy kehrten am Abend nicht in ein perfekt organisiertes Zuhause zurück. Holz hacken und ins Haus schleppen, sogar Feuerroste säubern, das alles gehörte zu ihren Pflichten. George hatte sich nie zu dieser Arbeit genötigt gesehen, denn Lorna hatte umgehend dafür gesorgt, dass alle Kamine zugemauert und geschmackvolle Arrangements aus getrockneten Blumen davor platziert wurden. Und wenn Jim, Brian, Teddy und Kevin von der Arbeit nach Hause kamen, warteten endlose Probleme mit den Kindern auf sie. Erst als Säuglinge, dann als Schulkinder und rebellische Teenager. Auch dieses Problem hatte Lorna elegant umschiffen können. Von Anfang an hatte sie auf einer Internatserziehung für die Kinder bestanden, weil es sie zur Selbstständigkeit anhielt und während der Ferien immer viele Kurse, Sommercamps und Projekte angeboten wurden. Im Augenblick waren sie auch wieder unterwegs – die Tochter als Krankenschwester in einer weit entfernten Stadt, der Sohn noch weiter weg, um seine Kenntnisse in Textverarbeitung zu vertiefen.

Lorna hatte sich nie von den besorgten Fragen ihrer Freundinnen Doris, Anne, Hilda und Lola beeindrucken lassen, die wissen wollten, ob es klug sei, die Kinder so früh so weit wegzuschicken.

Lorna lächelte dann fein. In ihrem Zuhause herrschten zumindest Ruhe und Beschaulichkeit. Hier fanden keine familiären Dramen statt – etwas, das man von Lolas, Hildas, Doris' und Annes Familien nicht behaupten konnte.

Und so erwiderte Lorna Georges Blick im Spiegel nicht, sondern steuerte entschlossen das Sofa an, auf dem er saß. In einer Zeitschrift hatte sie einmal gelesen, dass verliebte Paare keine Sessel hätten, nur kleine Sofas. Viel kuscheliger sei das, hatte in dem Artikel gestanden.

So saßen sie nun schon seit Jahren auf getrennten Sofas, George mit seinen Zeitungen, Lorna mit ihren Büchern über die perfekte Gastgeberin, gute Umgangsformen und den Lifestyle der Reichen und Schönen. Doch jetzt quetschte sie sich neben ihn.

»*Eigentlich* haben wir doch immer Glück gehabt, George, oder?«, sagte sie.

Überrascht rutschte George zur Seite, um Platz für sie zu machen, und stammelte: »Ja … o ja.«

»Nein, mal im Ernst, wir hatten immer alles, und so viele unserer Freunde – nun, die *meisten* unserer Freunde – hatten nichts. Es ist nur recht und billig, wenn wir versuchen, das, was wir haben, mit ihnen zu teilen, indem wir diese Party veranstalten. Aber ich will, dass *du* mir dabei hilfst, das Richtige zu tun und das Fest ebenso einfühlsam wie maßvoll zu gestalten.«

Wieder hatte er diesen Gesichtsausdruck, den sie zuvor im Spiegel gesehen hatte.

»Lorna, meine Liebe«, begann er, als spräche er mit jemandem, der sehr schwer von Begriff war, »meine liebe, liebe Lorna, du redest von unseren *Freunden,* nicht von vier Paaren, die an einer akademischen Studie über die tragischen Auswirkungen der Achtzigerjahre teilnehmen. Sie kommen bestimmt alle gern, um mit uns zusammenzusitzen, zu essen, zu trinken und zu reden. Wie Freunde das eben so machen. Du kannst es dir sparen, über Einfühlsamkeit und Augenmaß zu reden, als wären sie allesamt Opfer irgendwelcher Tragödien.«

Seine Stimme klang gütig, aber auch, wie Lorna mit zunehmender Verärgerung bemerkte, ziemlich herablassend, als hielte er sie für ein kleines Kind.

»Nun, das kommt doch auf dasselbe heraus, Schatz, oder nicht?«, erwiderte sie mit samtweicher Stimme.

»*So* siehst du also unsere Freunde? Mehr als zwanzig Jahre lang hast du *so* über sie gedacht?«

»Nicht die ganze Zeit, George. Ach, komm, du weißt doch ebenso wie ich, dass das Leben es nicht mit allen von ihnen gut gemeint hat. Wie soll ich sagen … die letzten zehn Jahre haben sie nicht alle *unbeschadet* überstanden, oder?«

George war inzwischen aufgestanden und hatte sich einige Schritte entfernt von dem Sofa, laut Aussage des Zeitungsartikels der Beweis dafür, dass sie eine ständig miteinander kuschelnde Familie waren. Vor dem Kamin, in dem nie ein Feuer gebrannt hatte, blieb er stehen. Er sah zu seiner Frau hinüber, die tadellos gekleidet war, auch wenn sie nicht vorhatten, auszugehen.

Lorna schaute hoch zu ihm, ein Blick, den sie lange und oft geübt hatte. Dabei nahm sie etwas in seinem Gesicht wahr, das sie lieber nicht enträtseln wollte. Etwas, das aussagte, dass *sie*, Lorna, ein Opfer des Booms der Achtzigerjahre geworden war. Lange Zeit schwieg er. Als sie es nicht länger aushielt, fragte sie:»Woran denkst du?« Eine Frage, die sie normalerweise nie stellte. Lorna wusste aus Erfahrung, dass Männer selten an etwas Bestimmtes dachten. Aber zumindest spielte sie damit den Ball in sein Feld zurück; er würde etwas sagen müssen.

»Ich dachte gerade an die Farm, damals, als ich noch ein kleiner Junge war. Wie der Hahn immer auf dem Hof herumstolziert ist und sich auf den höchsten Misthaufen stellte, damit alle ihn sehen und hören und bewundern konnten, und wie er dann zu krähen anfing. Ich habe gerade überlegt, welcher Teil des Hauses dafür wohl am besten geeignet wäre.«

Er sah sie nicht an, als er seinen Hut und Mantel holte und das Haus verließ. Sie wusste, dass er zurückkommen würde, etwas später am Abend. Er war kein Mann von großen Gesten. Und sie wusste, dass er den Vorfall nicht mehr erwähnen würde und dass sie großherzig genug wäre, ihm zu verzeihen, ganz im Gegensatz zu anderen Frauen, die deswegen eine erbärmliche Szene gemacht hätten. Aber sie wusste auch, und das war das Wichtigste von allem, dass er nicht hergehen und sich an der Schulter von Kevin oder Teddy oder Bill oder Brian ausweinen würde. Und so wäre nicht ein Kratzer im Lack, wenn der Tag der Party kam, und kein Mensch würde je von diesem albernen kleinen Streit erfahren, der sich bei weniger klugen Ehepartnern zu einem riesigen Zwischenfall hätte auswachsen können.

Ein Wintermärchen

Miss McCarthy wollte sich schon immer im Winter verlieben. Nicht im Frühling wie jedermann. Das alles hatte vor langer Zeit begonnen, als sie noch im Hockeyteam spielte. Damals, als sie und die anderen nach einem Wettkampf quer durch die Stadt liefen, berstend vor Energie und Kraft, zum Platzen volle Sporttaschen über den Schultern und die Hockeystöcke wie Waffen schwenkend. Dann sah sie sich stets um, in der Hoffnung, einem jungen Spieler aufzufallen und sich einen kleinen Schlagabtausch mit ihm zu liefern. Und später auf der Sekretärinnenschule war es dasselbe. Es gab keinen Grund für sie, sehnsüchtig den Paaren nachzuschauen, die an lauen Sommerabenden verliebt hinaus in die Berge um Dublin fuhren oder Hand in Hand bei Sonnenuntergang den Strand entlangwanderten. Doch der Anblick einer kleinen Winterliebe erfüllte sie mit Neid, wenn ein Paar am Weihnachtstag in der kalten, frischen Luft einen Ring kaufte, während es ringsum vor Erwartung knisterte. Oder wenn sie sah, wie dick eingepackte junge Liebende an einem eiskalten Samstag zu irgendeinem Wettkampf aufbrachen.

Die Schmetterlinge in ihrem Bauch flatterten am heftigsten, wenn sie sich eine Liebschaft vor einem prasselnden Kaminfeuer vorstellte, wo glühende Briketts Wärme spendeten und die Liebenden auf dem Teppich saßen und über die Zukunft sprachen.

Alle in Miss McCarthys Abteilung schienen sich andauernd zu verloben. Mädchen, die noch vor einem Monat von Sean und im nächsten von Donal geschwärmt hatten, präsentierten im darauffolgenden kleine Diamanten in ungewöhnlichen Fassungen, die von einem gewissen Michael stammten.

In zehn Jahren hatte Miss McCarthy mehr Ringe bewundert, als sie es je für möglich gehalten hätte, von jungen Mädchen, die den Kopf in den Nacken warfen und schwärmten: »In zwei Jahren haben wir die Anzahlung für das Haus beisammen, bis dahin können wir bei seiner Mutter wohnen.« Oder seufzten: »Ich weiß, es ist schwer zu erklären, aber es ist wie in einem Roman. Wir sind so glücklich.« Oder verkündeten: »Und wir werden unsere Hochzeit am Abend feiern. Das ist viel schöner, denn dann kann getanzt werden.«

Mr Blake bewunderte Miss McCarthy sehr. Sie bewies viel Geduld mit diesen albernen Mädchen und wusste mit ihnen umzugehen: ein wenig Begeisterung, ein aufgeregtes Seufzen als Antwort auf ihr sinnfreies Geplapper, was sie am Abend zuvor getan hatten und ob sie wohl zu Hause wären, wenn der Bursche wieder anrief – und dann, husch, husch, zurück an die Arbeit.

Miss McCarthy ermahnte ihre Mädchen nie, ihre Zeit nicht zu verschwenden; stattdessen schaute sie auf die Uhr und hielt schuldbewusst die Luft an, als wäre sie es, die alle anderen von der Arbeit abhielt. Es funktionierte jedes Mal. Frieden kehrte wieder ein, und bald war das vertraute Geklapper der Maschinen zu hören, während Mr Blake voll der Bewunderung war.

Selbst nicht unbedingt eine Führungspersönlichkeit, akzeptierte er jedoch die natürliche Autorität von Miss McCarthy. Sie erinnerte ihn ein wenig an eine Nonne, die er von zu Hause kannte – energisch, aber niemals barsch.

Außerdem sah sie ziemlich gut aus. Sie war groß und schlank und trug Spitzenblusen und weiche Strickjacken in Rosa, Blau und Grau. Ihm gefielen auch die hübschen Broschen, die sie an den Kragen ihrer Bluse steckte. Sie war das, was man zu Hause als ausgesprochen hübsch bezeichnet hätte, als eine, die etwas Besseres darstellte. Sogar seiner Mutter, die an fast allem etwas auszusetzen hatte, würde es schwerfallen, etwas gegen Miss McCarthy zu sagen.

In dem Moment, als er anfing, sich Gedanken über die Meinung seiner Mutter zu Miss McCarthy zu machen, wurde Mr Blake in den sechs Jahren, die er in derselben Abteilung wie sie arbeitete, zum ersten Mal bewusst, dass er an Miss McCarthy als Frau dachte, genauer gesagt, als an eine Frau, die für ihn infrage kam. Diese Erkenntnis überraschte, erschreckte ihn aber auch ein wenig. Denn Mr Blakes Leben verlief in geregelten Bahnen und bedurfte keiner Komplikationen. Er wohnte in einem großen Haus in Clonskeagh bei einer entfernten Cousine, wo er für sein Zimmer und das Frühstück bezahlte und sich bestens eingelebt hatte, seit er vor sechs Jahren nach Dublin gekommen war.

Sein Zimmer war groß genug, um einen Freund auf ein Kartenspiel einzuladen; es stand sogar ein Sessel darin und vervollständigte für Mr Blake den Eindruck eines möblierten Apartments.

Miss McCarthy hielt Mr Blake für einen sehr netten Mann, der jedoch von allen ein wenig ausgenutzt wurde. Er hatte immer die Extraarbeit in der Ablage. Langweilige, monotone und besonders vertrackte Probleme landeten stets bei ihm, meistens Aufgaben, für die es keine Lösung gab, was die anderen wiederum zu Kopfschütteln und seufzen über Mr Blake veranlasste, wenn er auch keine Lösung gefunden hatte.

Er war erst spät in den Dienst eingetreten. Zuvor hatte er irgendwo in Cork im Familienbetrieb gearbeitet, und es hatte Streit gegeben, soweit Miss McCarthy informiert war. Jetzt wohnte er bei einer Cousine, und aus allem, was sie schließen konnte, schien er kein sonderlich aufregendes Leben zu führen. Er erzählte nie etwas über sich, aber es kam ihr so vor, als würde er viele der Fernsehsendungen kennen, über die sie im Büro sprachen, jedoch keines der Theaterstücke und keinen der Filme.

Vielleicht saß er jeden Abend zu Hause und schaute sich in einem abgedunkelten Raum, zusammen mit seiner Cousine und ihren zwei schulpflichtigen Kindern, das Fernsehprogramm an. Die Cousine war von ihrem Mann verlassen worden, hatte Miss McCarthy einmal raunen hören, und war froh, dass zusätzlich Geld ins Haus kam.

Mr Blake fragte sich hin und wieder, womit Miss McCarthy wohl ihre Abende verbrachte. Sie hatte es immer eilig, nach Hause zu kommen, und war nicht mit ihrem Schreibtisch verheiratet wie einige der älteren Frauen, die am Ende des Tages nur zögernd das tröstliche Dasein im Büro gegen ihre häusliche Einsamkeit eintauschten. Soweit er wusste, lebte sie bei ihrer Mutter in Rathmines.

Sie musste so um die dreißig sein, war also vier Jahre jünger als er. Er wusste, dass sie keinen festen Freund, kein Liebesleben hatte. In dieser Abteilung wäre es schwer gewesen, ein Liebesleben zu verbergen. Er beschloss, sie zum Essen einzuladen, da sie ihn, soviel er wusste, für einen angenehmen, umgänglichen Zeitgenossen hielt. Was Mr Blake allerdings nicht wusste, war, wie sehr Miss McCarthy sich nach einer kleinen Winterliebe sehnte.

Es war ein nasser Februarabend, als sie verlegen nebeneinander die Straße entlanggingen, statt sich, wie sie es gewohnt waren, um sechs Uhr mit einem Winken voneinander zu verabschieden. Mr Blake hatte vorgeschlagen, zunächst etwas zu trinken, da es sich nicht lohnen würde, erst nach Hause zu fahren, um dann wieder in die Stadt zurückzukehren.

Statt ihrer üblichen Bluse samt Rock und pastellfarbener Strickjacke über der Schulter hatte Miss McCarthy in der Arbeit ein Kleid mit Blazer getragen.

Als es auf sechs Uhr zuging, zog sie ihre Lippen nach und legte ein Paar Ohrringe und einen cremefarbenen Chiffonschal an. Sie sah aus, als wollte sie ausgehen.

Seite an Seite spazierten sie an all den Geschäften vorbei, die Karten zum Valentinstag verkauften, und betraten schließlich eine Bar mit Musik und dicken Teppichen. Mr Blake gönnte sich zwei kleine Bier vom Fass, während Miss McCarthy zwei Gläser Weißwein trank.

Sie sprachen über das Büro, über mögliche Veränderungen und über einen Mann in der Abteilung, der nichts als Ärger machte, und darüber, wie sie Weihnachten verbracht hatten. Mr Blake war letztendlich in Dublin geblieben, um sich die lange Fahrt zu ersparen, wie er sagte – was im Klartext nichts anderes hieß, als dass Mr Blakes Verhältnis zu seiner Familie so zerrüttet war, aus welchem Grund auch immer, dass er nicht einmal an Weihnachten nach Cork zurückkehrte.

Aus Miss McCarthys Erzählung, sie und ihre Mutter hätten eine wunderbar ruhige, sehr friedliche Zeit miteinander verbracht, war ebenfalls zu schließen, dass sie und ihre Mutter nirgendwohin fahren konnten und – was noch trauriger war – auch kaum jemanden kannten, den sie hätten einladen können. Aber die Einsamkeit, die über ihr und Mr Blake hing, hatte nichts Trauriges an sich. Im Lärm und Getöse eines warmen Pubs in der City am frühen Abend schien sie sich seltsam fröhlich anzufühlen.

Doch nicht einmal sich selbst gegenüber gestanden die beiden sich dies ein. Nicht mit einem einzigen Blick ließen sie den anderen wissen, dass sich hier womöglich etwas anbahnte, aus dem etwas Größeres erwachsen und sich weiterentwickeln könnte. Sie wagten kaum zu atmen, für den Fall, es könnte sich verflüchtigen.

Und es verflüchtigte sich. Es verflüchtigte sich, weil sie nicht darauf aufpassten.

Es passierte, als sie zu dem Restaurant gingen, das Mr Blake vorgeschlagen hatte. Miss McCarthy war sofort einverstanden gewesen. Als sie davor ankamen, sahen sie romantische Kerzenbeleuchtung auf rot gedeckten Tischen. Ein Pianist spielte im Hintergrund. Da die Speisekarte draußen angeschlagen war, wusste man, in welcher Preisklasse man sich bewegte. Doch plötzlich schienen sich Mr Blake die Nackenhaare zu sträuben.

Er drehte sich zu Miss McCarthy um, die mit ihren hellen, vor Sehnsucht leuchtenden Augen durch das Fenster schaute. Nicht nur die beiden ungewohnten Gläser Weißwein waren ihr zu Kopf gestiegen, auch der Wunsch, sich Mr Blakes anzunehmen und dafür zu sorgen, dass die Welt ihn nicht weiter ausnützte, nahm in ihr Gestalt an.

»Ich glaube nicht, dass das etwas ist für uns … meinen Sie nicht auch?«, begann er zögernd.

»Was? Wie bitte?« Unsanft wurde Miss McCarthy aus ihren Träumen gerissen. Die Fenster glänzten feucht, übersät mit Regentropfen, während drinnen in der Wärme einander liebevoll zugewandte Menschen saßen. Man schien nur Paare an den Tischen zu sehen.

»Was?«, wiederholte sie.

Mr Blake sah sich verdrießlich um.

»Ich weiß ja nicht, wie es Ihnen geht, Miss McCarthy«, sagte er, »aber ich bevorzuge Lokale, wo man sieht, was man isst, wo man mitbekommt, was vor sich geht. Vielleicht doch lieber eine Grillbar, oder?« Er sah sie an und erwartete ihre übliche rasche, begeisterte Zustimmung und ihr Talent, jede Situation zu entschärfen.

Doch dieses Mal tat sie ihm den Gefallen nicht.

»Wie Sie meinen«, erwiderte sie scharf.

Mr Blake glaubte, einen bekümmerten Ausdruck über ihr Gesicht huschen zu sehen, so wie bei dieser Nonne, die er noch von zu Hause in Erinnerung hatte.

Ein Haufen Scherben

Als Kays Verlobung gelöst wurde, fühlte es sich für sie so schrecklich an, als sei jemand gestorben. Keiner wusste so recht, wie man damit umgehen sollte. Alle Freunde hatten Angst, ihr zu sagen, dass sie ohne Larry besser dran war, auch wenn viele von ihnen sich das denken mochten. Keiner wollte die Sache herunterspielen und als kleine Meinungsverschiedenheit unter Liebenden abtun, denn es war offensichtlich viel mehr als das. Die Schultern zu zucken und zu erklären, dass um jede Ecke ein neuer Mann warte, wäre herzlos gewesen.

Und so beschlossen Kays Freundinnen, die Sache überhaupt nicht zu erwähnen. Früher oder später, überlegten sie, würde Kay ihnen schon zu verstehen geben, wie sie das Thema behandelt wissen wollte.

Kay verspürte eine unerträgliche Einsamkeit. Es war, als hätte eine Hand zugepackt und Larry aus ihrem Leben gerissen. In keinem Gespräch wurde sein Name erwähnt, und das Thema Heirat wurde sofort hastig fallen gelassen, falls es aus Versehen überhaupt angesprochen wurde. Eine Blase riesigen, taktvollen Desinteresses an dem Thema schien sich auf diese Gruppe junger Frauen gelegt zu haben, die sich sonst so ausdauernd über Hochzeiten, Babys, Verlobungsringe und Brautkleider unterhielten.

Kay war dieses Verhalten ein Rätsel. Schließlich waren das ihre Freundinnen, und sie arbeiteten alle in einem großen Feinkostgeschäft, wo sie Salate, Pasteten und Dips zubereiteten. Sie boten auch einen Catering-Service an und richteten Firmenevents aus. Bei einer solchen Gelegenheit hatte Kay Larry vor achtzehn Monaten kennengelernt.

Wenn nicht Liebe, so war es zumindest großes Interesse auf den ersten Blick für sie beide gewesen. Sie umschwirrte ihn mit ihren besten Kanapees, er folgte ihr auf Schritt und Tritt und stellte ihr ernsthafte Fragen über die Füllung der winzigen Windbeutel und wohin sie nach dem Empfang gehen würde.

Sie waren so glücklich gewesen, einander so sicher. Sie hatten gemeinsam auf die Anzahlung für ihr Haus gespart. Die Hochzeit war für den Sommer geplant.

Larry sollte von seiner Firma vier Wochen Urlaub bekommen. Kays Kolleginnen wollten ihnen als Geschenk den Hochzeitsempfang ausrichten; die Flitterwochen in Italien waren bereits gebucht.

Und dann lernte er eine andere kennen.

Die andere war ein großes, vorlautes, lärmendes Ding namens Zappie, das eine Mischung aus allem zu sein schien, was Larry verabscheute. Oder zumindest vorgab zu verabscheuen. Zappie war eine auffallende Erscheinung, die alle Aufmerksamkeit auf sich zog. Sie verstand nicht das Geringste vom Kochen, das Leben sei zu kurz, um es an einem Küchenherd zu verbringen, wie sie sagte. Eine Mikrowelle und ein chinesisches Restaurant in der Nähe genügten, mehr bräuchte ein Paar nicht.

Als Larry ihr von Zappie erzählte, hielt Kay das zunächst für einen Scherz und fragte sich, ob er sie necken wolle oder ob sie in der Sendung *Versteckte Kamera* gelandet sei. Er konnte nicht allen Ernstes meinen, was er da sagte und ihr in dem pflichtbewussten Tonfall, den er immer an den Tag legte, wenn er über Geld sprach, auseinandersetzte. Er versprach, exakt auszurechnen, wie viel sie in die Bausparkasse eingezahlt hatte, und es ihr zusammen mit den angefallenen Zinsen zurückzuerstatten.

Voller Entsetzen hörte sie zu. Es war ihr gemeinsames Leben, über das er da redete, und er zerlegte ihre Pläne so akkurat und ordentlich, wie er es mit einer Akte im Büro gemacht hätte. Ihre Schallplatten und Kassetten würde er alle in einen Karton packen – diejenigen, die sie gemeinsam angeschafft hatten, würden sie untereinander aufteilen, und Kay solle als Erste auswählen dürfen.

Drei Mal, nur drei Mal während seiner ganzen Erklärung sagte er ihr, wie leid ihm das alles täte und dass er sich wünsche, es wäre anders gekommen. Doch als Zappie in sein Leben trat, blieb kein Raum mehr für jemand anderen.

In dieser Zeit konnte Kay nicht eine einzige Nacht schlafen. Immer wieder stand sie auf und irrte durch die Wohnung. Einer von ihnen musste verrückt sein. War es Zappie mit ihren ausgefallenen Klamotten und ihrer lauten Stimme? War es Larry mit seiner peniblen Aufteilung ihrer gemeinsamen Habe und seiner Behauptung, sie könnten noch von Glück reden, dass Zappie in sein Leben getreten sei, bevor er und Kay geheiratet hätten? Denn letztendlich wäre es auf dasselbe hinausgelaufen, und dann hätten sie noch mehr aufteilen müssen – Kinder, zum Beispiel.

Oder war es Kay selbst, die allmählich durchdrehte? Hatte sie es sich nur eingebildet, dass Larry sie liebte? Es musste doch irgendwelche Anzeichen dafür gegeben haben, dass er Ausschau hielt nach jemandem, der temperamentvoller war als die hausbackene kleine Kay aus dem Feinkostladen.

Kay wurde immer stiller, arbeitete dafür umso mehr. Sie wusste, dass die anderen hinter ihrem Rücken über sie tuschelten und sich Sorgen um sie machten. Sie wusste, dass kein Make-up die dunklen Schatten unter ihren Augen kaschieren konnte und dass ihre Stimme immer lebloser klang.

Damals, in früheren Zeiten, war für Frauen das Leben nach einer gelösten Verlobung vorbei. Sie wurden schwermütig, und man schickte sie auf eine Weltreise. Oder zumindest die reichen. Eine gewöhnliche Frau musste irgendwie damit klarkommen, vermutete Kay. Und musste den Nächstbesten zum Mann nehmen, der um die Ecke kam, weil es für Frauen kein anderes Leben gab.

Sie jedenfalls würde den Nächstbesten nicht heiraten, oder besser gesagt, den einzigen Mann, der bisher in ihr Leben getreten war. Seit Jahren bereits wartete er, zögernd, hoffnungsvoll und permanent das Falsche sagend. Von Eric – so hieß er – würde sie sich nicht trösten lassen. Nicht einmal, wenn morgen die Welt unterginge, würde sie zu ihm gehen. Sie hatte ihm oft genug gesagt, dass sie nichts für ihn empfand, und das stimmte noch immer. Als sie ihre Verlobung mit Larry verkündete, hatte es ihm vor Enttäuschung die Sprache verschlagen, und er hatte ihr eine vollkommen unpassende Karte mit einem Blumenstrauß vorn drauf geschickt und geschrieben, er würde immer auf Abruf bereitstehen für den Fall der Fälle.

Woher hatte er das wissen können? Hatte er Zappie herbeigeträumt?

Der Tag kam, an dem sie heiraten und nach Italien in die Flitterwochen fahren sollte. Um dem allseits lauernden, wortlosen Mitgefühl zu entgehen, kündigte Kay an, dass sie auf jeden Fall ihren Urlaub nehmen würde. Alle schienen erleichtert, wagten jedoch nicht, sie zu fragen, wohin die Reise gehen sollte, und das war ihr nur recht.

Kay hatte keine Ahnung, wohin sie fahren würde, und es war ihr auch egal. Als letzten Auftrag musste sie an eine ältere Dame, die zehn Meilen entfernt außerhalb der Stadt in einem Cottage wohnte, einen Geburtstagskuchen ausliefern. Kay beabsichtigte, mit dem Bus zu fahren, den Kuchen konnte sie auf den Schoß nehmen.

Das Cottage sah so aus, wie man es vom Deckblatt eines Kalenders kennt – ein malerisch mit Stroh gedecktes Dach und üppig bepflanzte Blumenkästen. Im Garten wiegten sich hohe Stockrosen im Wind, und über dem ganzen Ensemble lag eine friedliche Stimmung, die in größtem Kontrast zu dem hektischen Verkehr und den Menschenmengen stand, die Kay in der Stadt zurückgelassen hatte.

Anna Whelan hielt ihr die Tür auf, um sie ins Haus zu bitten, und Kays Blick wanderte über die Gegenstände aus Messing, die Krüge voller Trockenblumen, die Teppiche und die vielen unterschiedlichen Teller an den Wänden. Dies hier war ein glücklicher Ort; die Menschen in diesem Haus hatten ein gutes Leben geführt.

Der Kuchen wurde ausgiebig bewundert und gelobt, Geld und Quittung tauschten ihre Besitzer. Mrs Whelan war höchst beeindruckt, dass eine Angestellte den ganzen weiten Weg mit dem Bus auf sich genommen hatte. Das sei schließlich die beste Werbung für ihr Geschäft, erklärte Kay, und vielleicht würde Mrs Whelan sie ja weiterempfehlen. Sie würde ihr gern ihre Visitenkarte mit ihrer

Telefonnummer dalassen. Doch eigentlich galten ihre Gedanken nicht der Arbeit und weiteren Aufträgen, sondern vielmehr diesem wunderschönen Haus. Glücklich seufzend sah sie sich um.

Anna Whelan machte Tee, und sie setzten sich in die Küche, wo sie sogleich ins Gespräch kamen. Der Kuchen war für einen Nachbarn bestimmt, der am nächsten Tag siebzig Jahre alt werden würde. Die beiden waren seit Jahren befreundet, und ein Mal in der Woche kam er zum Tee zu ihr. Seit vielen, vielen Jahren schon, seit damals, als sie noch jung gewesen waren.

Manchmal vergingen die Tage so schnell, und Mrs Whelan bemerkte gar nicht, dass es schon wieder an der Zeit für ihn war, zum Tee zu kommen. Sie war noch berufstätig und restaurierte zerbrochenes Porzellan. Eine zutiefst befriedigende Arbeit, wie sie sagte. Zwar nicht auf Museumsniveau, aber immerhin war sie imstande, Stücke zu restaurieren, die für andere Menschen einen gewissen Wert darstellten. Hinten im Garten hatte sie eine kleine Werkstatt, und beim Hantieren mit den zerbrochenen Tassen, Tellern und Krügen, die den Leuten, die sie zu ihr gebracht hatten, so viel bedeuteten, entging ihr vollkommen, wie schnell die Stunden verstrichen.

Kay hörte sich plötzlich die ganze Geschichte mit Larry erzählen – wie sie sich kennengelernt hatten und dass morgen eigentlich ihr Hochzeitstag gewesen wäre. Sie erzählte Anna Whelan von den geplanten Flitterwochen und schilderte, wie Larry die Rückzahlung aufgeteilt hatte, die sie vom Reisebüro erstattet bekamen. Sie berichtete ihr von Zappie, von ihrem großen Schmerz und sogar von Eric, der immer für sie da wäre, wie er sagte, und dass sie das aus irgendeinem Grund mehr zu ärgern schien als alles andere an dieser unglückseligen Geschichte.

Mrs Whelan konnte wunderbar zuhören; ihr entging nicht ein Detail der Geschichte. So wollte sie wissen, ob Larry sehr sparsam war. Ein wenig vielleicht, musste Kay zugeben, wenn sie darüber nachdachte. Nicht unehrlich oder unfair, nur ein wenig zurückhaltend, wenn es um Geld ging. Und sie erkundigte sich, ob Zappie aus einer reichen Familie stamme. Wieder etwas, worüber Kay noch nicht nachgedacht hatte, aber das konnte durchaus sein. Ihre auffallende Kleidung und ihre Manieren konnten sehr wohl das Ergebnis einer reichen, verwöhnten Kindheit sein. Und schließlich kam die Rede auf Eric, und Mrs Whelan wollte wissen, ob er denn zuverlässig sei, ausgeglichen und fleißig.

»Aber ich werde Eric nie heiraten!«, rief Kay.

»Nein, auf keinen Fall, das ist wirklich das Letzte, was Sie tun sollten, meine Liebe. Kommen Sie doch mit in meine Werkstatt, und ich zeige Ihnen mein Porzellan.«

Gemeinsam gingen sie den kleinen Weg durch den Garten nach hinten. Auf dem Tisch lag ein Haufen Scherben aus Porzellan und Keramik.

»Versuchen wir es doch mal mit dieser kleinen blauen Schale«, schlug Anna Whelan vor.

Sie säuberte die Kanten mit Aceton, ehe sie mit einem winzigen Zahnstocher den Klebstoff auf den Bruchstellen verteilte, die miteinander verbunden werden sollten.

Man benötige nur ganz wenig von dem Porzellankleber, wie sie erklärte, und sollte tatsächlich einmal ein bisschen davon seitlich heraustreten, konnte man das mit Spiritus wieder wegwischen. Einen Teller solle man zum Trocknen schräg in eine mit feuchtem Sand gefüllte Keksdose stellen, riet sie, aber Schalen und Tassen stünden am besten auf dem Rand. In Nullkommanichts wären sie dann wieder so gut wie neu.

Die Arbeit schien tatsächlich zutiefst befriedigend zu sein, dachte Kay.

»Wie schade, dass man das nicht auch mit einem gebrochenen Herz machen kann«, meinte sie.

»Aber genau aus dem Grund habe ich damals damit angefangen«, erwiderte die alte Dame. »Mein Herz war zersprungen, nicht ein einfacher Riss wie bei dieser Schale, nein, in tausend Stücke. Ich dachte, es würde niemals mehr heil werden. Und auch in meinem Leben gab es einen Mann, der im Hintergrund auf mich wartete.«

»Und den Sie vermutlich geheiratet haben.« Kay machte ein finsteres Gesicht.

»Nein, habe ich nicht. Er steht noch immer im Hintergrund auf Abruf bereit. Seit fünfzig Jahren. Es ist sein Geburtstagskuchen, den Sie heute vorbeigebracht haben. Er war nicht der Typ Mann, um ein gebrochenes Herz zu heilen. Ebenso wenig wie Ihr Freund Eric. Es gibt zwei Arten von Männern: solche, die man zum Tee einlädt, und andere wiederum, die man in sein Leben lässt.«

»Und der Mann, der Ihnen das Herz brach? Ist er zurückgekommen?«, fragte Kay. Es war sehr wichtig für sie, zu erfahren, wie Anna Whelans Geschichte ausging. Sie schien allein in diesem Cottage zu leben, und dennoch hatte es die Ausstrahlung eines Ortes, der Jahre voller Liebe und Gemeinsamkeit erleben durfte.

»Er hat Anstalten gemacht, zu mir zurückzukommen. Doch in dem Stadium wusste ich bereits, dass Herzen heilen können. Und meines war geheilt. Vielleicht lag es an dem vielen Porzellan, das ich gekittet hatte. Wissen Sie, ich wusste ja, dass man Dinge wiederherstellen konnte, auch wenn ein Stück fehlte. Man besorgt sich einfach ein wenig Porzellanerde beim Apotheker und mischt sie mit Klebstoff oder Tonpulver.«

Sie lächelte breit. Wie einfach das doch war, sobald man es einmal begriffen hatte.

»Und kam jemand …«

»O ja, es kam jemand, als ich es am wenigsten erwartet hatte. Und er war ganz anders als der Mann, der mir das Herz brach, oder der Mann, der seitdem im Hintergrund wartet. Er war einfach er selbst.«

Sie kehrten zurück zum Haus, wo sie Kay Bilder des Mannes zeigte, der einfach er selbst gewesen war. Der fünfundvierzig Jahre mit Anna verheiratet gewesen war und jetzt in ihren Gedanken weiterlebte wie damals, als er noch lebte.

Anna Whelan machte Kay den Vorschlag, für ein paar Wochen zu ihr zu kommen und ihr bei der Arbeit zu helfen. Es wäre ihr eine große Freude, da sie ziemlich im Verzug war.

Und wenn er auf einen Tee und ein Stück Geburtstagskuchen vorbeikam, würde Kay auch den Mann kennenlernen, der zu lange im Hintergrund gewartet hatte, und sie würde sehen, wie zerbrechliche Dinge wieder zusammengefügt werden konnten, wenn man erst mal verstanden hatte, dass dies möglich war. Das war viel besser, als sie einfach hinten in den Schrank zu schieben und so zu tun, als sei nichts passiert.

Das Liebesmahl

Ein Abschluss in Psychologie schien eine bessere Vorbildung für jemanden zu sein, der einen Catering-Service betrieb, als alle Kochkurse, die sie bisher absolviert hatte, dachte Ronnie oft. Sicher, es war hilfreich, in der Lage zu sein, in den absonderlichsten Küchen, die sich ein menschlicher Geist auszudenken vermochte, ein einigermaßen anständiges Menü auf die Beine zu stellen. Es war gewiss unverzichtbar, alles über Kostenkalkulation und Budgetierung gelernt zu haben und ein Angebot zusammenstellen zu können, das mit der Konkurrenz mithalten konnte und dennoch Gewinn abwarf. Doch nach drei Jahren in diesem Job war Ronnie zutiefst überzeugt davon, dass sie ihr berufliches Profil abändern und sich als Spenderin von Trost in allen Lebenslagen bezeichnen sollte. Den größten Teil ihrer Zeit schien sie nämlich damit zu verbringen, sich um die Nerven der Gastgeberin und weniger um das Essen für die Gäste zu kümmern. So oft, wie sie Menschen beschwichtigte und beruhigte, stellte sie sich allmählich die Frage, ob sie ihre Dienste in den Gelben Seiten nicht als die einer professionellen Trösterin und weniger als Lieferantin von Essen und Trinken anpreisen sollte. Das wäre eine zutreffendere Jobbeschreibung.

Auf dem Weg zu Dara Duffys Haus erwartete sie nicht, Ähnliches zu erleben. Jeder kannte Dara Duffy. Sie war der Erfolg in Person. Dreißig Jahre alt, extrem attraktiv, hatte sie es bis an die Spitze von mindestens zwei gut dotierten Jobs geschafft: Sie saß im Vorstand des einen, im Ausschuss eines anderen Gremiums, war im Fernsehen, bei Pferderennen, im Theater und bei Vernissagen zu bewundern. Ihr dichter, glänzender, schwarzer Haarschopf schien einer Shampoo-Reklame entsprungen zu sein, und ein warmes Lächeln verschönerte ihr Gesicht. Dara Duffy hätte jeden Mann haben können, sollte man meinen, doch sie war die offizielle, wenn auch nicht ständige Begleiterin von Tom O'Brien. Sprich, von Tom »Senkrechtstarter« O'Brien, wie die Zeitungen ihn nannten, der auf jedem Foto mit einer Aktentasche in der Hand zu sehen war, lachend und stets bestens gelaunt, wo immer er auftauchte – der Junge mit dem goldenen Händchen, der Mann, der alles hatte. Alles außer einer Ehefrau und einer Familie, doch dies bot keinen Anlass zur Sorge, denn noch war er keine vierzig. Die Leute zerrissen sich die Mäuler über ihn und Dara Duffy. Man spekulierte auf eine große Hochzeit im Sommer oder eine klammheimliche in Paris oder New York, mit einer opulenten Party hinterher und einem Brautpaar, das verlegen über seine Heimlichtuerei in die Kamera lachte.

Bereits am Telefon war Ronnie von Dara Duffy beeindruckt gewesen, von ihrer freundlichen, jedoch gleichzeitig geschäftsmäßigen Art. Sie erklärte präzise, was sie wollte, ein Büfett für zwölf Personen, den Hauptgang warm, am besten ein Gericht, das nicht ruiniert wäre, wenn die Gäste sich verspäteten. Sie wollte auch nicht den Eindruck erwecken, alles selbst gemacht zu haben; im Gegenteil, es wäre ihr sogar recht, wenn Ronnie zum Servieren bliebe, damit sie den Abend genießen könne.

Ronnie konnte verstehen, weshalb diese Frau so erfolgreich war; sie hatte beste Manieren, bat um Rat und hörte auch darauf. Sie würde eine schriftliche Bestätigung ihrer Abmachung und eine Anzahlung schicken, versprach sie. Ronnie wünschte sich, alle Kunden wären so umsichtig. Erst vor einer Woche hatte sie mit einer Frau zu tun gehabt, die es sich so oft anders überlegt hatte, dass schlussendlich sechs total verschiedene Menüs bestellt und geplant worden waren. In dem Haus war nur eine winzige, altmodische Küche mit kaum Platz zum Umdrehen vorhanden gewesen, was den Abend nicht unbedingt erleichtert hatte. Ronnie war sicher, dass es bei Dara Duffy zu Hause anders zugehen würde.

Zum einen hatte Dara sie gebeten, bei ihr vorbeizuschauen und sich vor Ort zu überzeugen, ob noch etwas gebraucht würde. Wenn man von vornherein wusste, was auf einen zukam, war das bereits die halbe Miete. In manchen Häusern musste man eine extra Kochplatte mitnehmen, in andere Beutel mit Eis. Gastgeberinnen im

Allgemeinen eilte der Ruf voraus, stets zu versichern, genügend Teller zu haben, obwohl dies meistens nicht der Wahrheit entsprach und auch nichts zusammenpasste. Ihnen war einfach nicht klar, dass die Präsentation ein wichtiger Teil der Show war. Manche Gastgeberinnen waren sogar beleidigt, wenn Ronnie ihr schlichtes weißes Porzellan mitbrachte.

Ronnie bewunderte die Blumenkästen und die Kletterpflanzen, die sich an Dara Duffys kleinem Haus emporrankten. Woher nahm diese Frau nur die Zeit, nebenbei auch das noch zu erledigen?

Dara öffnete selbst die Tür. Sie sah kleiner aus als im Fernsehen, ein wenig müde um die Augen, doch sie begrüßte sie mit dem bekannten, warmen, freundlichen Lächeln und strahlte eine aufrichtige Freude aus, die nicht aufgesetzt wirkte.

Sie führte Ronnie ins Haus und goss ihr ein Glas Wein ein. Sie war in keiner Weise affektiert, wie Ronnie fand, freute sich über das Lob für ihr Haus und schwärmte ihr von dem Platz vor, den sie hier hatte, und wie ruhig die Straße war. Vergnügt erzählte sie von der geplanten Party, eine Willkommensfeier für einen Freund, der sich einen Monat lang in Amerika aufgehalten hatte. Freitagmorgen würde sein Flugzeug landen, tagsüber würde er sich ausruhen, damit er am Abend für die Feier wieder fit wäre. Dara Duffys große, dunkle Augen strahlten, als sie von dem Mann erzählte, der aus New York zurückkam. Sie erwähnte seinen Namen, Tom, und jedes Mal, wenn sie ihn aussprach, schien ihr Lächeln breiter zu werden.

Die beiden passten anscheinend sehr gut zusammen – er, das geschäftliche Wunderkind, und sie, diese wunderbare Frau. Ronnie seufzte. Manche Frauen waren wirklich clever. Dara Duffy wusste genau, wie sie mit diesem Mann umzugehen hatte. Sie setzte ihn weder unter Druck, noch stellte sie Ansprüche, stattdessen organisierte sie ein Abendessen für seine Freunde. Kein Wunder, dass Tom O'Brien ihr aus der Hand fraß.

Sie gingen in die Küche. Alles war perfekt und bestens durchdacht, wie Ronnie nicht anders erwartet hatte: sehr stilvoll, mit ausreichend Platz. Schlichtes, schnörkelloses Porzellan, Besteck und Gläser waren reichlich vorhanden.

Beim Abschied betrachtete Ronnie Dara Duffy bereits als Freundin, die sie jedoch ein klein wenig beneidete. Wie schön musste es sein, sich diese Art von Leben geschaffen zu haben und an den vielen, vielen Abenden, an denen Tom O'Brien nicht zugegen war, die eigene Gesellschaft genießen zu können. Ronnie waren die Bücher, die Schallplatten, die oft benutzten Kochbücher nicht entgangen. Dara Duffy hätte die Party selbst ausrichten können, doch an diesem Tag arbeitete sie lang und wünschte sich, dass es ein besonderer Abend wurde. Ronnie fuhr nach Hause, zurück in die Wohnung, die sie sich mit zwei Freundinnen teilte. Wenn sie so alt wäre wie Dara Duffy, dann hoffte sie, ebenso unabhängig und selbstsicher zu sein wie sie und einen ebenso fantastischen Mann wie Tom O'Brien an ihrer Seite zu haben, der extra nach Hause flog, um bei ihr zu sein.

Ronnie war fest entschlossen, ein perfektes Dinner zu präsentieren, und zwar nicht nur, weil sie dann vielleicht Nachfolgeaufträge bekäme. Die Freunde von Tom und Dara gehörten sicherlich zu den Leuten, die sich einen Catering-Service wie den ihren leisten konnten und gern ihre Visitenkarte entgegennehmen würden. Schließlich war auch Dara bei einem Presseempfang auf sie aufmerksam geworden und hatte unauffällig um ihre Werbebroschüre gebeten. Doch Ronnie wollte auch, dass der Abend perfekt wurde, weil Dara es verdiente. Manchmal lernte man wirklich nette Menschen kennen. Und sie war einer von ihnen.

Ronnie arbeitete sich durch die restlichen Aufträge dieser Woche. Ein Geschäftsessen, bei dem die Köstlichkeiten auf dem Teller ihrer Ansicht nach sehr darunter litten, dass zu viel geraucht und getrunken wurde, dann ein Umtrunk vor der Hochzeit, bei dem die zukünftige Braut und deren Mutter zwanzig Minuten vor Ronnies Eintreffen offensichtlich einen heftigen Streit gehabt hatten. Außerdem eine Bridgeparty, bei der sie an den vier Tischen der leidenschaftlichen Bridgespieler ebenso gut Pappdeckelscheiben hätte servieren können, so wenig interessierten sie sich für das Essen und so begierig waren die sechzehn Teilnehmer, wieder an den Spieltisch zurückzukehren.

Am Donnerstag sollte sie ein kleines Dinner für eine Frau ausrichten, die Ronnie zwar nicht sehr gut kannte, die sie jedoch bereits öfter dafür engagiert hatte, ein Abendessen für sechs Personen
zu liefern und vorzubereiten, aber auf jeden Fall in der Küche zu
bleiben – denn das Essen war angeblich hausgemacht. Sie musste es
sogar in den Töpfen und Pfannen der Frau zubereiten. Ronnie störte das nicht, die Leute bezahlten sie für ihre Dienste und bekamen,
was sie wollten. Sie erwartete nicht, auch noch auf die Bühne gebeten und für ihre Arbeit gefeiert zu werden.

Ronnie legte gerade letzte Hand an die Suppe, als aus dem Wohnzimmer das ungezwungene Lachen von Tom O'Brien erklang, wo
die Gäste ihre Drinks einnahmen. Sie hatte schon oft Interviews
mit ihm gehört, und dieses Lachen war unverwechselbar. Aber er
wurde erst morgen zu Daras Party zurückerwartet.

Ronnie spähte durch die Durchreiche. Normalerweise interessierte es sie wenig, wer bei diesen Abendeinladungen zugegen war.
Da die Gäste davon ausgingen, dass ihre Gastgeberin das Essen
selbst zubereitet hatte, war kaum mit anderen Aufträgen zu rechnen – sie existierte ja nicht. Vielleicht war Tom einen Tag früher
zurückgekommen, und er war mit Dara hier. Was für ein Zufall,
dass sie sie von dieser Küche aus beobachten konnte.

Sie sah zwar Tom, doch Dara war definitiv nicht in der Nähe, und
Tom hatte seinen Arm zärtlich um die Schultern der Gastgeberin
gelegt.

Ronnie widmete sich wieder den Kräutern und dem Verteilen
des Sauerrahms auf der Suppe. Sie streute die Croûtons darüber
und stellte die sechs Suppentassen auf das Tablett, als die Gastgeberin, glücklich und mit hochrotem Kopf, in die Küche kam, um alles
mitzunehmen.

Sie würde nicht weiter darüber nachdenken, es ging sie nichts an,
und es gab sicher eine Erklärung dafür. Diskretion war die oberste
Regel im Catering-Geschäft, wie Ronnie genau wusste. Sie musste
die Leute mit professioneller Distanz als Kunden betrachten, die
ihre Dienste benötigten, und durfte sich nicht in ihr Leben einmi-
schen.

Die Dinnerparty war in vollem Gang, als Ronnie leise in ihren Mantel schlüpfte, um zu gehen. Ein letztes Mal spähte sie durch die Durchreiche, ehe sie das Haus verließ. Tom O'Brien, in Hemdsärmeln und mit gelockerter Krawatte, lehnte sich gerade in seinem Sessel zurück, ausladend gestikulierend; er schien sich hier zu Hause zu fühlen.

Dara Duffys Haus war voller Blumen, und sie sah hinreißend aus, als Ronnie eintraf. Sie legte einen Finger auf den Mund.

»Er ist erschöpft, der arme Liebling«, sagte sie leise und deutete nach oben, wo Tom O'Brien zu schlafen schien. »Er würde es natürlich nie zugeben, aber sein Flug hatte Verspätung, und alles, was schiefgehen konnte, ging schief.«

Ronnie nickte grimmig und trug das Essen aus ihrem Lieferwagen ins Haus.

Gemeinsam deckten Ronnie und Dara den Tisch, hier die Teller, dort die Servietten, daneben die kleinen Teller für die Häppchen, und Dara war hübsch und aufgeregt wie ein junges Mädchen, das zu seiner ersten Party ging, ganz und gar nicht die erfolgreiche Karrierefrau von über dreißig.

»Ich will es ihm hier so angenehm wie möglich machen. Ich will, dass er Dublin als seinen Lebensmittelpunkt sieht«, vertraute sie Ronnie an.

Ronnie biss sich auf die Unterlippe und erwiderte nichts. Sie wusste, dass sie ungnädig und kurz angebunden wirkte, aber vielleicht würde Dara Duffy das dem Versuch zuschreiben, sich zu konzentrieren und ihre Arbeit anständig zu erledigen. Dara war ein Profi; sie wusste, dass die Arbeit an erster Stelle stand, und nahm es ihr bestimmt nicht übel.

»Ich vertraue Ihnen jetzt ein Geheimnis an«, sagte sie zu Ronnie. »Ich weiß nicht, warum ich Ihnen das erzähle, aber Sie sind so hilfsbereit und entgegenkommend. Ich betrachte Sie fast schon als Freundin … Ich werde ihn heute bitten, hier einzuziehen.« Dara machte eine Pause, um die Worte wirken zu lassen. Dann fuhr sie fort: »Es ist ausgesprochen dumm, dass er diese teure Wohnung weiter behält, er benutzt sie fast nie. Ich war gestern Abend dort, um sie ein bisschen wohnlich für ihn herzurichten, aber dort sieht es aus wie in einem Büro. Die Post liegt auf dem Boden, nirgendwo etwas Persönliches. Männer sind wirklich hoffnungslos! Hier im Haus gibt es ein freies Zimmer, das er als Büro nutzen kann, und, na ja, alles andere ...« Ihre Augen funkelten vor Aufregung, Tom O'Brien bald bei sich wohnen zu haben. Es war zum Greifen nahe.

Ronnie blickte von dem Tablett mit den Kanapees auf, die sie gerade mit essbaren Blüten dekorierte. Die Kapuzinerkresse in der Hand, sah sie Dara Duffy flehend an. Wie gern hätte sie ihr ihren Willen aufgezwungen, nicht so viel Vertrauen zu diesem Mann zu haben, der bereits gestern Abend heimlich nach Dublin zu einer Dinnerparty und ins Bett einer anderen Frau zurückgekehrt war.

Doch Dara zeigte keinerlei Anzeichen von Vorsicht gegenüber diesem Mann. Wenn, dann waren da nur bedingungslose Hingabe, Vertrauen und Zuversicht.

Ronnie bedachte sie mit einem Blick, der an eine geliebte Schwester hätte gerichtet sein können. Etwas in ihr sagte ihr, sie solle lieber den Mund halten, aber sie schaffte es nicht.

»Ich kann es kaum erwarten, ihn persönlich kennenzulernen«, sagte sie. »Ich habe ihn gestern Abend kurz gesehen – bei einer Dinnerparty, die ich gestern ausgerichtet habe, in Sandymount ...« Sie nannte den Namen der Straße und den der Frau, die die Einladung gegeben hatte. Dara sah sie erstaunt an.

»Nein, das kann nicht Tom gewesen sein, er ist doch heute erst zurückgekommen!«

Er stand an der Tür, groß und attraktiv, und nestelte an seinen Manschetten herum. Im Reinen mit sich, mit Dara, mit der Welt. Er hatte gehört, was Ronnie gesagt hatte.

Sie spürte, wie ihr Magen sich zusammenzog; seine Augen musterten sie hart.

»Was hat das zu bedeuten?«, fragte er umgänglich.

»Ich sagte gerade, ich hätte gestern Abend das Essen für Sie serviert«, erwiderte sie.

»Nur, wenn Sie eine Stewardess der Aer Lingus sind«, konterte er. »Sie müssen mir verzeihen, wenn ich mich nicht an jedes Gesicht erinnern kann – das muss am Alter liegen, fürchte ich.«

Ronnie kehrte in die Küche zurück, bei jedem Schritt schien sie Blei an den Füßen zu haben. Sie hatte einen Blick auf Dara Duffys Gesicht geworfen, die ersten Zweifel und die schwindende Gewissheit gesehen.

Dara würde sie nie mehr bitten, in dieses Haus zu kommen. So oder so nicht. Und die andere Frau hatte sie ebenfalls als Kundin verloren – keiner würde mehr das Vertrauen zu Ronnie haben, ein Dinner professionell betreuen und Diskretion wahren zu können.

Doch was am schlimmsten war, sie war sich nicht mehr sicher, das Richtige getan zu haben. Schmerz hing in der Luft, zusammen mit dem Geruch nach Knoblauchbrot. Als Ronnie mit dem Catering begonnen hatte, hatte jemand ihr geraten, nie ihre eigene Mayonnaise zu machen, nie Krustentiere zu servieren, ohne eine Alternative anzubieten, und immer ein wenig mehr Essen mitzubringen, als bestellt worden war. Ronnie hatte sich buchstabengetreu an diese Anweisungen gehalten.

Nur, sich aus den Angelegenheiten anderer herauszuhalten, das hatte sie vergessen.

Dustys Winter

Sie war 1966 zur Welt gekommen, als Dusty Springfield in der Hitparade war, und trug deshalb ihren Namen. Kaum zu glauben, dass ihre Mutter sich jemals Schlager angehört und so großen Gefallen daran gefunden hatte, dass sie ihrer einzigen Tochter den Namen einer Popsängerin gab. Vor allem, weil ihre Mutter damals bereits fast vierzig Jahre alt gewesen war und weder mit einer kleinen Dusty noch generell mit Zuwachs für ihre nette kleine Familie mit den beiden zehn und elf Jahre alten Jungen gerechnet hatte.

Heutzutage war keiner mehr so unvernünftig, seine Kinder nach Popstars zu benennen. Dusty konnte sich nicht vorstellen, dass ihre Brüder sich für Namen wie Bono oder Meat Loaf entscheiden würden. Doch genauso musste ihr Name seinerzeit gewirkt haben. Ein wenig gewagt, irgendwie nicht zu ihrem netten, sicheren, normalen Leben passend.

Dusty fragte sich oft, was sie antworten würde, wenn sie einen Fragebogen über ihre Kindheit ausfüllen sollte.

Glücklich? Ja. Mehr oder weniger jedenfalls. Nicht unglücklich zumindest, könnte man sagen? Ja – das würde eher der Wahrheit entsprechen.

Sie würde »nicht unglücklich« angeben, und trotzdem würde jeder, der diese Antwort las, annehmen, dieses arme Kind müsse misshandelt oder zumindest schrecklich eingeschüchtert worden sein. Was ganz gewiss nicht der Fall war. Ihr Vater hatte jeden Morgen um zehn Minuten nach acht das Haus verlassen und war jeden Abend um zehn Minuten vor sieben wieder zurückgekommen. Er arbeitete im Büro, eine Tätigkeit, in der er vollkommen aufging.

Sie waren nicht arm, aber auch nicht reich.

Dustys Mutter arbeitete vormittags in einem Coffeeshop in der Nähe. Sie bereitete die Sandwiches für das Mittagsgeschäft vor, dekorierte die Kuchen mit Schlagsahne und bediente. Das war weitaus mehr, als nur zu kellnern. Als Dusty noch ein Baby war, nahm ihre Mutter sie im Kinderwagen mit und stellte den im Hinterzimmer ab, wo Dusty neben Lionel, dem Sohn des Besitzers, und Sergio, dem Sohn der italienischen Spülerin, ihr Nickerchen hielt.

Dusty wusste nicht, dass sie neben Lionel und Sergio schlief. Jedes Kind lag in seinem eigenen Kinderwagen, über den sich hin und wieder die eigene Mutter beugte und gurrende Laute von sich gab.

Sie erinnerte sich, dass ihre Brüder Daniel und Harold während der Schulferien mit ihren Freunden oft in den Coffeeshop kamen. Doch nicht nach hinten, wo Dusty, Sergio und Lionel in einem Raum aufwuchsen, der in ein Kinderzimmer umfunktioniert worden war, mit Bildern an den Wänden und allen möglichen Spielsachen.

In vielerlei Hinsicht waren Sergio und Lionel ihre eigentlichen Brüder. Daniel und Harold waren Erwachsene für sie.

Als Dusty fünf Jahre alt wurde und in die Schule kam, hatte Daniel seine erste Freundin kennengelernt.

Und ein Jahr später gab es zu Hause eines Nachmittags einen schrecklichen Streit.

Dusty wusste nicht, worum es ging, doch es hatte offenbar damit zu tun, dass ihre Mutter in der Arbeit war und nicht zu Hause, um ein Auge auf das zu werfen, was sich dort abspielte.

Sie schickten sie nach draußen zum Spielen, damit sie sie nicht störte. Also ging Dusty ins Café. Sergio und Lionel freuten sich immer, sie zu sehen.

Normalerweise ging sie nie allein dorthin. Dazu musste sie nämlich zwei Hauptstraßen überqueren. Ihre Mutter mochte es nicht, wenn sie ganz allein loslief. Doch an dem Tag wäre es keinem aufgefallen, wenn sie mit dem Fallschirm abgesprungen wäre.

Ihr Vater war mitten am Tag aus seinem geliebten Büro nach Hause gekommen und hörte nicht auf, mit scharfer, wütender Stimme »Jean« zu rufen. Normalerweise nannte er ihre Mutter »Liebling«.

Und Daniel hatte geweint, was sehr außergewöhnlich war. Erwachsene Männer von siebzehn Jahren weinten nicht!

Das alles erzählte sie Sergio und Lionel, und sie versuchten, gemeinsam dahinterzukommen, was los sein könnte. Doch ihnen fiel nichts ein, und so hörten sie auf mit dem Raten und spielten stattdessen »glückliche Familie«.

Als ihre Mutter kam, um sie abzuholen, erzählte Lionels Mutter, dass sie »glückliche Familie« spielten, und ihre Mutter war vor allen Leuten im Café in Tränen ausgebrochen.

Und kurz danach hörte Mutter auf, in dem Coffeeshop zu arbeiten, und so verbrachte Dusty ihre Vormittage während der Ferien zu Hause.

Mutter war ständig am Putzen und wurde böse, wenn jemand Schmutz ins Haus trug. Und wenn Sergio und Lionel zum Spielen kamen, gab es immer Ärger, weil sie den Rasen malträtierten.

Dusty hätte viel lieber in Sergios Haus oder mit Lionel im Hinterzimmer des Cafés gespielt, aber ihre Mutter sagte, sie habe ihre Lektion gelernt, und sie würde die anderen nicht mehr aus den Augen lassen.

In der Schule lernte Dusty neue Freunde kennen, echte Freundinnen, die einander ihre Geheimnisse erzählten, verrückte Ideen hatten und sich für Partys zurechtmachten. Und sie hatten eine wunderbare Lehrerin namens Miss Howe, die sie alle liebten. Sie erfanden Geschichten, wie sie Miss Howe aus einem brennenden Haus, aus einem schlammigen Fluss oder vor einem wilden Hund retteten.

Sie träumten sogar davon, Miss Howe zum Tee einzuladen. Sie wohnte nicht weit entfernt von Dusty. Vielleicht konnte Dusty sie fragen? Doch Dusty war das nicht recht.

Miss Howe liebte Geschichte und Geschichten, konnte begeistert erzählen und gab einem das Gefühl, dabei gewesen zu sein, als das hölzerne Pferd in Troja eintraf oder als Hannibal die Alpen überquerte. Sie würde es bestimmt langweilig finden bei ihr zu Hause, wo die Leute nur sagten: »Reich mir doch bitte mal die Salatsoße«, und sonst nichts.

Ihre Mahlzeiten verliefen immer ziemlich schweigsam. Miss Howe würde das sicher nicht gefallen.

schrieb ihnen, wie glücklich Mutter und Vater darüber waren, Mr Morris und Miss King im Haus zu haben.

Sie schrieb, dass sie zu der kleinen Jean Marie gezogen war, inzwischen zwölf Jahre alt und ein ausgesprochen hübsches Mädchen, und dass sie wieder in dem Café arbeitete, in dessen Hinterzimmer sie als Baby geschlafen hatte.

Irgendwie spürte sie, dass ihre Brüder das alles nicht sonderlich interessierte. Sie schienen davon auszugehen, dass ihre Mutter und ihr Vater schon irgendwie über die Runden kamen.

Harold interessierte sich nicht im Geringsten für Jean Marie, Daniel fühlte sich ihretwegen schuldig, und keiner von beiden wusste es oder erinnerte sich, dass Dusty als Baby zwischen Lionel und Sergio im Hinterzimmer eines Cafés im Kinderwagen gelegen und geschlafen hatte.

Aber Dusty machte das nichts aus.

Solange sie lebte, würde sie die beiden über die Situation zu Hause auf dem Laufenden halten.

Aber sie würde ihnen nie Schuldgefühle einreden, dass sie sich mehr einbringen sollten. Sie würde sie lediglich an die Geburtstage erinnern und ihnen von den verschiedenen Ereignissen im Leben ihrer Familie erzählen.

Und so schrieb sie, dass Molly und Ken zusammen einen Stand auf dem Markt betrieben, der sehr gut lief, und dass Jean Marie sich zu einem klugen Mädchen entwickelt hatte und jeden Abend im Café unter Dustys wachsamem Blick ihre Hausaufgaben erledigte. Sergio, schrieb sie, hatte eine temperamentvolle Italienerin geheiratet, die ihm ständig untreu war, und Lionel hatte sich einen kleinen Bauch angefuttert.

Sie schrieb, dass Mutter und Vater zusammen mit Mr Morris und Miss King zu einem Bridge-Wochenende weggefahren waren und dass ihr Vater keine Angst mehr vor seiner Pensionierung hatte.

Aber sie schrieb ihnen nicht, dass Lionel sich in sie verliebt hatte und untröstlich war, als sie ihm erklärte, sie würde seine Liebe nicht erwidern.

Sie schrieb auch nicht, wie viel Spaß ihr die Arbeit in einem Büro machte, weil sich das ziemlich lächerlich anhörte.

Dass sie häufig die Firma wechselte, das allerdings schrieb sie ihnen und erwähnte auch beiläufig, wie schnell sie in jedem neuen Job Fortschritte machte. Und selbstverständlich schilderte sie ausführlich, dass Jean Marie an einer Ballettschule angenommen worden war.

Und sie erzählte ihnen, dass Vater bestens mit seinem Ruhestand zurechtkam und überhaupt nicht mehr verstehen konnte, woher er jemals die Zeit für die Arbeit genommen hatte. Aber dass das alles ohne ihr Zutun nie geschehen wäre, verschwieg sie ihren Brüdern. Schließlich war sie es, die das Leben ihrer Eltern erfolgreich organisierte.

Auch dass sie sich unsterblich in einen Mann aus ihrer Firma verliebt hatte, verschwieg sie ihnen. Der Mann war nicht nur verheiratet, sondern seine Frau war obendrein auch noch die Tochter des Chefs.

Ein Klischee, wie es abgedroschener nicht hätte sein können.

Hätte sie ein Buch mit dem Titel geschrieben: »Was man im Leben unbedingt vermeiden sollte«, hätte sie das bestimmt als Beispiel angeführt. Doch als sie Simon kennengelernt hatte, fühlte es sich natürlich nicht so an. Eher so, als seien sie füreinander bestimmt.

Dusty lernte Simon an ihrem einundzwanzigsten Geburtstag kennen. Er war fünfundzwanzig Jahre alt. Als sie sich für die Party umzog, die ihre Freunde für sie organisiert hatten, hatte Jean Marie von ihr wissen wollen, ob sie an Liebe auf den ersten Blick glaube.

»Nein, unmöglich«, hatte Dusty ihr erklärt. »Gut, man kann für jemanden große Sympathie empfinden, verliebt sein und sich stark zu ihm hingezogen fühlen. Aber das ist keine Liebe.«

Doch an diesem Abend verliebte Dusty sich unsterblich in Simon. Ungefähr fünf Minuten nach ihrer ersten Begegnung. Es hatte etwas mit seinem Lächeln zu tun und damit, wie er sie am Arm berührte und völlig mit sich im Reinen zu sein schien.

Er fürchtete sich weder vor einer Umarmung noch davor, sich

näher auf jemanden einzulassen – wie ihr Vater oder ihre beiden Brüder. Dusty fragte sich oft, wie Daniel das damals wohl angestellt hatte, um mit Molly die gemeinsame Tochter Jean Marie zu zeugen.

Simon war ein warmherziger, liebevoller Mensch und zeigte, dass er geliebt werden wollte. Und Dusty liebte ihn von diesem ersten Abend an.

Wenn die Leute von Dusty wissen wollten – und diese Frage stellten sie ihr häufig –, welche Einflüsse es waren, die sie zu einer außerordentlich erfolgreichen Geschäftsfrau gemacht hatten, antwortete sie stets, dass es viel mit Glück und der Fähigkeit zu tun hatte, im richtigen Augenblick die sich bietenden Chancen zu ergreifen.

Sie empfand es jedoch nie als nötig, darauf hinzuweisen, dass sie das Glück gehabt hatte, Simon so früh in ihrer Karriere begegnet zu sein und ihre Zukunft auf immer und ewig mit der seinen verbunden zu haben.

Simon fand Dusty zauberhaft. Das war der Ausdruck, den er beim ersten Mal benutzte. Er sei ihrem Zauber erlegen, gestand er ihr.

Er erzählte ihr auch sofort, dass er verheiratet war, damit es zu keinerlei Missverständnissen kam. Aber als Dusty in ihr winziges Zimmer bei Molly und Ken zurückkehrte, lag sie die ganze Nacht wach, weil er ihr nicht mehr aus dem Kopf ging.

Er war alles, was sie sich jemals erträumt oder bei einem Mann gewünscht hatte. Simon war die Sonne für sie.

Hellwach, die Hände hinter dem Kopf verschränkt, lag sie da und dachte, was für ein Glück sie hatte, ihm begegnet zu sein.

Nicht ein Mal schoss ihr der Gedanke durch den Kopf, es könnte eine Tragödie sein, dass er verheiratet war, ein Grund, sich selbst zu bedauern, oder gar ein Ärgernis. So weit hatte sie sich auf die Liebe zu ihm noch nicht eingelassen. Sie wusste nur, dass er von nun an der wichtigste Mensch in ihrem Leben sein würde.

»Du brauchst jetzt kein Kindermädchen mehr«, sagte sie am nächsten Morgen beim Frühstück zu Jean Marie. »Du gehst in die Ballettschule, und ich werde mir eine eigene Wohnung suchen.«

»Wirst du immer für mich da sein?«, fragte Jean Marie. »Ich weiß, das klingt egoistisch, aber weil du für mich da warst, habe ich es meinem Vater nie vorgeworfen, dass er sich nicht um mich gekümmert hat.«

»Ich werde mir eine Wohnung mit einem Extrazimmer suchen, damit du sooft, wie du willst, zu mir kommen und bei mir übernachten kannst«, versprach sie.

Und wie versprochen, hatte sie innerhalb einer Woche eine Wohnung gefunden.

Lionel kannte einen guten Schreiner, der auch abends arbeitete und alle Regale und Schränke für Dusty herstellte. Die Einbauküche ließ sie nach ihren eigenen Entwürfen anfertigen und in warmen Farben streichen.

Das Haus ihrer Eltern war von oben bis unten voller Nippes. Also fuhr sie zu ihnen und erkundigte sich vorsichtig, ob sie etwas von dem mitnehmen könne, das ihre Mutter immer als störenden Plunder bezeichnet hatte.

»Ach, ich weiß nicht«, jammerte ihre Mutter.

»Du kriegst doch ohnehin alles, wenn wir tot und unter der Erde sind«, fügte ihr Vater hinzu.

Am liebsten hätte Dusty geweint.

Aber Lionel schenkte ihr eine glänzende neue Kaffeemaschine, dazu ein paar bunte Kochtöpfe und Besteck mit scharlachroten Griffen. Von Molly und Ken bekam sie eine farbenfrohe Patchwork-Decke. Sergio steuerte italienische Keramikteller für die Wände und für den Tisch bei, und Jean Marie bepflanzte Blumenkästen für sie. Ihre Freundin Kate half ihr dabei, die Vorhänge zu nähen.

Und dann fühlte Dusty sich bereit, Simon zu sich einzuladen.

Sie waren sich natürlich oft bei der Arbeit begegnet. Simon arbeitete in der Marketingabteilung des großen Versandunternehmens, das sein Schwiegervater aufgebaut hatte. Dusty war für die Kundenbetreuung zuständig.

Als sie fand, dass ihr neues Zuhause würdig war, Simon zu empfangen, ging sie in sein Büro.

»Ich wollte mit dir über eine Idee sprechen, wie man Marktforschung und Kundenbetreuung miteinander verbinden könnte«, sagte sie.

»Setz dich und erzähl mir alles.« Auf seinem Gesicht spiegelte sich große Bewunderung für sie wider. Und noch einiges mehr.

Simon stellte fest, dass er Dusty sehr mochte.

»Mein Vorschlag ist ziemlich detailliert«, sagte sie.

»Sollten wir uns dann vielleicht nach der Arbeit treffen, damit wir uns der Sache mit der Aufmerksamkeit widmen können, die sie verdient?«, fragte er.

»Das wäre wohl das Beste.« Ihr Herz klopfte heftig.

Er schlug ein Weinlokal vor.

Zu voll und laut, meinte sie.

»Und zu beengt«, stimmte er ihr zu.

»Ich wohne nicht weit weg von hier.« Sie zögerte.

»Dort hätten wir genügend Platz und Zeit«, stimmte er erneut zu.

Sie nahm ihre Unterlagen mit nach Hause, besorgte eine Flasche Wein und zündete ein kleines Feuer im Kamin an, obwohl es ein warmer Tag war.

Zu essen bereitete sie nichts vor, denn das würde womöglich zu bemüht wirken. Aber sie hatte Eier und eine große Schüssel mit frischem Gemüse in der Küche. Genug, um ein Omelette zu machen, falls er lange genug bliebe.

Er blieb lange genug.

Ihre Wohnung gefiel ihm sehr.

»Genauso stellte ich sie mir vor, als ich dich das erste Mal gesehen habe«, sagte er.

Sie saßen an ihrem kleinen Esstisch, den Dusty mit diesem Szenario im Hinterkopf gekauft und nur für Simon und sich ausgewählt hatte … um daran zu sitzen, daran zu arbeiten, miteinander zu reden … und ihn dann zu verlassen, wenn die Zeit gekommen war, um ins Schlafzimmer mit der prächtigen Patchwork-Decke zu gehen.

Als alles so passierte, wie sie es sich erhofft hatte, geschah es mit der größten Natürlichkeit.

»Ich liebe dich«, sagte Simon.

»Aber so schnell geht das doch nicht, oder?« Dusty wagte kaum zu hoffen.

»Wenn man es weiß, dann weiß man es.« Und Simon küsste sie wieder und wieder.

Dustys Konzept war wohldurchdacht. Sie hatte alle Stammkunden gebeten, einen Fragebogen auszufüllen, um mehr über sie zu erfahren: Was waren ihre Lieblingsfarben, wie viele Kinder hatten sie, wie hoch war ihre durchschnittliche Kaufkraft, welche Hautfarbe hatten sie, welche Hobbys?

Das alles wurde in den Computer eingegeben, in erster Linie, um ein Kundenprofil aufzubauen, aber auch, um neben Namen und Adresse des Kunden über wichtige Zusatzinformationen zu verfügen.

»Ich weiß, es klingt ziemlich abgedroschen«, sagte Dusty, »aber ich glaube, wenn ich bei einem Versandhandel kaufen würde, und dort erinnert sich jemand daran, dass ich eine kleine Wohnung habe, ohne Garten, aber mit drei Blumenkästen, einer Küche, die ganz in Gold und Gelbtönen gehalten ist, und dass ich gern klassischen Jazz höre, dann würde mich das sehr freuen. Das wäre viel persönlicher, als mit unerwünschter Werbung für Autohandschuhe oder Schubkarren zugeschüttet zu werden. Ich käme mir dann ein bisschen wie etwas Besonderes vor.«

Sie arbeiteten gemeinsam an dem Projekt. Er heimste die meiste Anerkennung dafür ein, aber das machte Dusty nichts aus, weil sie nämlich genau das bekam, was sie wollte: viel Zeit mit Simon, tagsüber und auch einen großen Teil der Abende.

Sie stellte ihm keine Fragen zu seiner Ehe. Von Anfang an hatte sie klargestellt, dass sie mit diesem Teil seines Lebens nichts zu tun hatte. Sie verlangte auch nie, ihn sonntags zu sehen, zu Weihnachten oder zu anderen Zeiten, an denen zu erwarten war, dass sich ein verheirateter Mann zu Hause aufhielt.

Sie versuchte, nicht allzu viel darüber nachzudenken.

Stattdessen machte sie viele Überstunden und wurde verdientermaßen befördert.

Jean Marie erhielt von Dusty jede erdenkliche Unterstützung. Dusty war bei jeder Veranstaltung in der Ballettschule zugegen und steuerte auch etwas dazu bei, dass Jean Marie auf einen Urlaub im Ausland sparen konnte.

Und wenn es an den Wochenende hoch herging und man sie dort brauchte, sprang sie auch noch im Café ein.

Sie suchte eine Putzfrau für ihre Mutter und engagierte einen Fensterputzer, der viermal im Jahr kam. Außerdem fand sie einen Lebensmittelhändler, der seine Waren ins Haus lieferte, was ihren Eltern stundenlanges Anstehen im Supermarkt ersparte, sodass sie nun den ganzen Nachmittag und Abend über Bridge spielen konnten.

Da ihre Mutter und ihr Vater ihr nie Fragen zu ihrem Privatleben stellten, erzählte sie ihnen auch nichts von Simon. Ein Mal kamen sie zu Besuch in ihre Wohnung, die sie sehr hübsch fanden. Natürlich konnte sich ihre Mutter die Bemerkung nicht verkneifen, dass die Wohnung vermutlich sehr teuer war und dass viele Mädchen froh wären, noch zu Hause wohnen zu können.

Dahinter verbarg sich der milde Tadel, dass ihre Tochter beherzt genug gewesen war, Veränderungen in ihre Welt zu tragen, die sich eigentlich gegen jeden Wandel sperrte, auch wenn dies ihr Leben spürbar verbessert hatte.

Und so vergingen die Jahre, viel zu schnell für Dusty.

Einmal wollte ein Journalist von ihr wissen, welches die entscheidenden Schritte in ihrer Karriere gewesen seien. Aber ihr fielen einfach keine besonderen Ereignisse ein.

Sie arbeitete noch länger und kümmerte sich noch hingebungsvoller um ihre Eltern.

Jedes Jahr stellte sie die Liste für ihre Weihnachtskarten zusammen, sie organisierte Treffen der Nachbarn und Sherry-Partys jeden ersten Sonntag im Monat, damit ihre Eltern nicht mit Miss King und Mr Morris zu sozialen Eremiten wurden.

Bei den Abschlussfeiern in der Ballettschule stand Dusty stolz neben ihrer Nichte, schrieb weiterhin regelmäßig ihren Brüdern und erzählte ihnen von dem Leben, das sie ohne großes Bedauern hinter sich gelassen hatten.

Harold war von diesem Ort – wo immer der auch gewesen sein mochte – weggezogen und nach Australien ausgewandert, sodass sie die Briefe für die beiden mittlerweile am Computer schrieb und bereits überlegte, einen Serienbrief für ihre Brüder anzulegen und jeweils nur individuelle Passagen einzufügen, um das Ganze persönlicher zu gestalten. Aber das kam ihr dann doch unfair vor.

Dusty hatte dem Versandunternehmen, in dem sie arbeitete, zu großem Erfolg verholfen und die Kundendienstabteilung zu dem gemacht, was sie derzeit war. Viele Kunden sahen darin inzwischen fast so etwas wie eine Anlaufstelle für ihre höchstpersönlichen Sorgen und Nöte und wandten sich sogar mit Anfragen wegen bevorstehender Ballveranstaltungen an die Beraterinnen, die Dusty jedem Kunden zugeteilt hatte. Diese jungen Frauen reagierten mit einfühlsamen und ermutigenden Briefen, drängten den Kunden jedoch nie Waren aus ihrem Katalog auf, sondern gaben Ratschläge und rieten im Fall der Ballkleidung dazu, das fragliche Kleid eventuell eine Nummer größer zu kaufen, Schuhe, die bereits vorhanden waren, passend einzufärben oder sich den Schmuck in einem Sozialkaufhaus zu besorgen.

Die Kunden des Versandhandels betrachteten diese Beraterinnen fast schon als persönliche Freundinnen und gerieten deshalb nie in Versuchung, sich von anderen Unternehmen abwerben zu lassen.

»Ich habe das Gefühl, ich mache dir dein Leben kaputt«, sagte Simon oft zu ihr. »Ohne mich würdest du einen anderen Mann finden, ein richtiges Leben führen, Kinder haben, ein Haus.«

»Ohne dich hätte ich kein Leben«, erwiderte Dusty. »Ich habe ein Zuhause, und Jean Marie ist wie ein Kind für mich. Besser sogar. Ich habe absolut nichts verpasst.«

Und davon war sie überzeugt.

Nur wenige Tage nach ihrem siebenundzwanzigsten Geburtstag wurde sie in die Geschäftsleitung gerufen und kurz darauf in das Büro des Vorstands zu einem vertraulichen Gespräch unter vier Augen gebeten. Dusty ging guten Gewissens zu diesem Termin.

Der Mann musste schließlich hochzufrieden mit ihr sein. Immerhin war sie verantwortlich für enorme Gewinne, ein hervorragendes Image in den Medien und überaus zufriedene Kunden. Ihr Verhältnis mit seinem Schwiegersohn hatte sie mit absoluter Diskretion gehandhabt. Sie traten nie zusammen in der Öffentlichkeit auf.

Wie immer trug Dusty Businesskleidung aus dem hauseigenen Katalog, die sehr gut an ihr aussah, weil sie teure italienische Schuhe, einen Gürtel aus echtem Leder und edlen Schmuck dazu kombinierte. Es war eine hervorragende Idee von ihr gewesen, von Anfang an die eigenen Marken zu tragen. Auch bei Fotografen und Journalisten kam das gut an.

»Ich kann mich doch absolut auf Sie verlassen«, sagte Simons Schwiegervater.

»Absolut«, erwiderte sie wahrheitsgemäß.

»Ich werde Simon entlassen. Er ist nicht mehr zuverlässig, Dusty«, sagte der Mann, der dieses Unternahmen gegründet hatte.

»Oh, ich bin sicher, das ist nicht – das ist nicht der Fall.« Ihre Stimme klang fremd in ihren Ohren.

»Ich fürchte, dass es doch so ist. Er war meiner Tochter untreu, und wenn er zu Hause kein Ehrenmann ist, ist es extrem unwahrscheinlich, dass er sich am Arbeitsplatz ehrenhaft verhält.«

»Untreu?« Dusty wartete.

Warum hatte man sie erst letzte Woche in die Geschäftsleitung gerufen, wenn man sie jetzt wieder degradieren wollte?

»Ja, und auch noch mit einer himmelschreienden Arroganz. Er hat vor aller Augen diese Kleine mit zu einer Handelsmesse genommen und ist mit ihr in einem der großen Hotels abgestiegen.«

Dusty spürte, wie ihr übel wurde. Simon hatte eine andere Frau.

»Aber er sagte doch, er würde mit seiner Frau zu dieser Messe fahren!«, entgegnete sie.

Sie konnte sich noch gut daran erinnern, weil sie selbst gern mitgefahren wäre. Sie hatte jedes Recht, daran teilzunehmen, aber Simon hatte erklärt, dies sei eine der wenigen Gelegenheiten, bei der ihn seine Frau begleiten müsse.

»Hatte er eine regelmäßige Beziehung zu dieser Frau?«, fragte Dusty.

»Ja, offensichtlich ging das bereits seit zwei Jahren. Man hat sie in Restaurants, in Diskotheken und in Theatern zusammen gesehen. Mir kamen Gerüchte zu Ohren, aber ich beschloss, ihnen keinen Glauben zu schenken. Das war falsch von mir.« Er sah alt und traurig aus.

»Und Ihre Tochter …«

»Sie ist am Boden zerstört. Sie will nicht, dass ich ihn entlasse, aber ich werde nicht mehr mit ihm zusammenarbeiten. So viel kann ich Ihnen sagen.«

»Seit zwei Jahren …«, wiederholte Dusty fassungslos.

Ganze zwei Jahre lang hatte Simon überstürzt ihre Wohnung verlassen, nicht um nach Hause zu seiner anspruchsvollen und launischen Frau zu fahren, der verwöhnten Tochter des Chefs, sondern zu einer anderen. Eine Frau, die er zum Essen ausführte, mit der er in Discos und ins Theater ging.

»Ja, nun, jetzt ist alles vorbei«, sagte der alte Mann. »Er geht heute.«

Lag da ein Unterton in seiner Stimme? Ein unbestimmter Wunsch, sie möge ihm diese harte Reaktion ausreden? Konnte Dusty Simon retten, indem sie sich für ihn einsetzte?

Die Situation verlieh ihr eine enorme Macht.

»Zwei Jahre …«, wiederholte sie noch einmal.

»So ungefähr«, erwiderte der brüskierte Schwiegervater.

»Ich fürchte, das hat dann wohl zu bedeuten, dass man sich tatsächlich nicht auf ihn verlassen kann«, sagte Dusty – und beendete mit dieser Antwort Simons Karriere.

Es war ihr egal, ob dies auch das Ende seiner Ehe bedeutete oder nicht. Das war unerheblich. Er hatte sie nie geliebt.

Dusty wurde befördert.

Noch am selben Tag ließ sie das Schloss an ihrer Wohnungstür austauschen. Sie saß da und lauschte den Geräuschen, wie er bei dem Versuch, in die Wohnung zu gelangen, den Schlüssel ins

Schloss steckte. Sie verhielt sich mucksmäuschenstill, als er ihren Namen rief und sie anflehte, alles erklären zu dürfen.

Schließlich ging er wieder.

Er versuchte, sie im Büro zu sprechen, aber sie hatte immer ein Meeting oder war in einer Konferenz.

Sie ordnete an, dass seine Anrufe nicht mehr durchgestellt wurden.

»Ich fürchte, er versucht, mich als Vermittlerin zu benutzen, aber ich will mich aus alledem völlig heraushalten«, erklärte sie.

Und dann erzählte Simon seinem Schwiegervater, dass er eine Affäre mit Dusty gehabt habe. Er zeigte ihm sogar den Schlüssel zu ihrer Wohnung. Seit Jahren sei das so gegangen, sagte er.

»Nur damit du weißt, dass du jemanden befördert hast, auf den du dich ebenso wenig verlassen kannst«, rief er.

Dusty war dabei gewesen, als er diese Anschuldigungen vorbrachte.

Sie schüttelte nur traurig den Kopf.

»Du weißt, dass es sich nicht so verhält, Simon«, sagte sie.

Der alte Mann blickte von einem zum anderen.

Es war nicht schwierig, zu sehen, wer hier derjenige war, der versuchte, jeden in seinem Umfeld zu vernichten.

»Ich hatte seit vielen Jahren ihren Schlüssel.« Simon zog den Schlüssel aus der Tasche, den sie ihm an einem herzförmigen Ring gegeben hatte.

»Nein, Simon«, widersprach sie ruhig und holte ihren eigenen Schüssel heraus.

Er hatte eine vollkommen andere Form und gehörte zu einem vollkommen anderen Schloss.

Als sie den Raum verließ, wusste sie, dass nun einstweilige Verfügungen gegen Simon erlassen werden würden. Er würde das Firmengelände nicht mehr betreten dürfen und musste seine Drohungen unterlassen.

Jetzt erwies es sich als Vorteil, dass ihre Liebesgeschichte so geheim und unbemerkt verlaufen war.

Niemand hatte sie je zusammen gesehen.

An diesem Abend rief ihr Vater an.

»Es gibt beunruhigende Neuigkeiten wegen deiner Mutter«, sagte er.

»Ist sie da? Kannst du reden?«, fragte Dusty.

»Nein, sie ist im Krankenhaus.«

Er hörte sich verwirrt an.

»Ich komme sofort«, sagte Dusty.

Sie fragte sich, ob sie sich wohl auch so schnell bereit erklärt hätte, wäre Simon bei ihr gewesen und sie hätte einen Teil ihrer wertvollen Stunden mit ihm opfern müssen, die sie an anderer Stelle abgezweigt hatten.

Wahrscheinlich wäre der Anrufbeantworter eingeschaltet und leiser gestellt gewesen, damit sie ihn nicht hörte.

Ihr Vater hatte untertrieben, als er von beunruhigenden Nachrichten sprach.

Es war sehr ernst.

Ihre Mutter hatte einen Tumor, der inoperabel war und gegen den es keine Therapie gab. Die Rede war von höchstens noch vier Monaten.

»Wäre ich noch im Büro, hätten meine Tage wenigstens eine Struktur. Dann wüsste ich eher, was ich tun soll«, sagte ihr Vater traurig.

In Dusty stieg Ärger hoch.

Was spielte es für eine Rolle, ob sein Tag eine Struktur hatte oder nicht? Ihrer Mutter blieben nur noch wenige Tage Leben. Doch sie verbarg ihre Verärgerung, wie sie es von der Arbeit her gewohnt war. Stattdessen sagte sie: »Möchtest du denn, dass Miss King und Mr Morris weiter bei euch wohnen bleiben, Vater?«

»Ja, aber ich weiß nicht, wie wir das mit dem Frühstück hinkriegen sollen und ... und so.«

Dusty überlegte. Eine ihrer Prinzipien in der Arbeit war stets gewesen, nie überstürzt ein Angebot zu machen, es sei denn, man war sich absolut sicher, dass man dem auch gerecht werden konnte.

In dem Fall war sie sich sicher.

»Ich werde den Winter über nach Hause kommen«, verkündete sie.

»Und danach?«

»Danach sehen wir weiter.«

Da ihr Vater nun mal war, wie er war, konnte er natürlich nichts Nettes zu ihr sagen. Zum Beispiel, dass er sie liebte und ihr dankbar war.

Simon hingegen war immer schnell mit den passenden Worten, den Beteuerungen und dem Lächeln gewesen.

Zu schnell und zu freigiebig.

Vielleicht waren rasche Antworten und hübsche Phrasen doch nicht alles, was zählte.

»Ich komme den Winter über nach Hause, Mutter«, versprach Dusty am nächsten Tag im Krankenhaus ihrer Mutter, die sich über das wahre Ausmaß ihrer Krankheit nicht bewusst war. »Warum tust du das?«, fragte sie misstrauisch.

»Na ja, zum einen, um ein Auge auf dich zu haben, wenn du aus dem Krankenhaus kommst, und zum anderen, weil eine Liebesgeschichte vorbei ist und ich mich momentan ein wenig einsam fühle in meiner Wohnung.«

»Ich fand es ja schon immer unklug von dir, in diese Wohnung zu ziehen«, erwiderte ihre Mutter.

Dusty beabsichtigte, ihre Wohnung Jean Marie für sechs Monate zu überlassen.

»Eine Wohnung ganz für mich allein? Oh, Dusty, du bist so gut zu mir, so gut. O Gott!« Und sie brach in Tränen aus.

»Jetzt komm schon, Jean Marie, so großzügig ist das auch wieder nicht«, protestierte Dusty.

»Ich komme heute Abend vorbei und erzähle dir alles.« Jean Marie schniefte.

Sie war einundzwanzig Jahre alt, bildschön und zutiefst unglücklich. Sie hatte es Dusty bisher nicht erzählt, weil … nun ja, weil dieser Mann ein Kollege von Dusty war, aber seit zwei Jahren hatten sie nun schon diese wunderbare Affäre. Und jetzt war alles vorbei. Der Mann war entlassen worden, weil seine Frau dahintergekommen war. Der Vater der Frau war nämlich sein Chef. Es war alles so schrecklich gewesen.

Dusty strich über den Kopf des Mädchens und dachte an Simon, der diese Wohnung oft verlassen hatte, um zu diesem Kind zu gehen.

»Hätte ich nur zuvor so eine Wohnung gehabt, dann wären wir vielleicht nicht erwischt worden«, schluchzte Jean Marie.

»Ich weiß, ich weiß«, tröstete Dusty sie.

»Weißt du, ich liebe ihn doch so sehr.«

»Immer noch?«

»O ja, Dusty, immer noch. Aber es ist schwierig. Er darf mich nicht treffen, er steht ständig unter Aufsicht.«

»Ich weiß.«

»Ich wollte es dir ja erzählen, aber er meinte, dass dich das nur von deiner Arbeit ablenken würde.«

Dusty hörte sich alles ruhig an. Sollte sie etwas sagen? Tat sie es nicht, hätte er weiteres Material in der Hand, um sie zu erpressen.

»Nicht nur deswegen, sondern auch, weil ich ebenfalls in ihn verliebt war«, sagte sie schließlich.

Jean Marie sah sie fragend an.

»Du warst in ihn verliebt?« Ihr ungläubiges Staunen war nicht sehr schmeichelhaft.

»Ja, das war ich allerdings. Er hat mich auch oft hier besucht.«

»Hier? In dieser Wohnung?«

»Ja, aber er hatte es immer eilig, zu einem ganz speziellen Mädchen zu kommen ... und das warst du.«

»Das hat er dir gesagt?«

»Nein, er hat mir nichts gesagt. Wahrscheinlich nahm er an, ich würde ihm vorhalten, du wärst zu jung für ihn.«

Jetzt hatte er keine Gewalt mehr über sie und konnte nicht mehr damit drohen, ihr Geheimnis auszuplaudern.

»Dusty, kann ich ihn mit hierherbringen? Ich könnte ihn doch hierher einladen, oder? Wäre das in Ordnung?«

Wäre es das? Nun ja, in den vergangenen zwei Jahren waren sie oft genug zusammen in irgendeinem Bett gewesen. Warum nicht auch in diesem?

»Natürlich«, erwiderte Dusty.

»Wie kann ich dir danken? Kann ich etwas für dich tun?«

»Ja, das kannst du. Ich werde den Winter bei meinen Eltern verbringen. Wenn es nicht zu viel verlangt ist, würde es mich freuen, wenn du mich ab und zu besuchen kämst.«

»Ich dachte, sie wollen mich nicht sehen.«

»Die beiden wissen doch nicht, was sie wollen.« Dusty lachte.

»Ich vermute mal, jetzt, da du befördert wurdest, wirst du nicht mehr hier arbeiten«, sagte Lionel im Café zu ihr.

»Warum sagst du das?«

»Na, das Geld brauchst du bestimmt nicht«, meinte Lionel. Er wusste, dass es Dusty finanziell sehr gut ging.

Sergio rief aus der Küche. »Sie hat das Geld noch nie gebraucht, du Trottel, sie kommt doch nur aus reiner Liebe zu uns.«

»Ganz recht«, bestätigte Dusty munter.

Als Mutter nach Hause kam, stellte sie zufrieden fest, dass alles noch beim Alten war.

Miss King und Mr Morris waren weiterhin Teil des Haushalts, und mittlerweile stellte sich jeder sein eigenes Frühstück aus dem reichhaltigen Angebot zusammen, das in der Küche bereitstand. Das Café, in dem Mutter so lange gearbeitet hatte, versorgte sie täglich mit frischen Brötchen: Sergio lieferte sie jeden Morgen auf seinem Weg in die Arbeit an der Türschwelle ab. Dusty hatte Harolds ehemaliges Zimmer frisch gestrichen und fühlte sich dort so wohl, als wäre sie nie in eine eigene Wohnung gezogen.

Falls ihre Mutter sich daran erinnern sollte, dass Dusty etwas vom Ende einer Romanze erzählt hatte, so erwähnte sie dies nicht.

Abends spielten sie oft und lange Bridge. Dusty bildete immer ein Team mit ihrer Mutter, für den Fall, dass sie müde werden oder vergessen sollte, welches die Trümpfe waren, und begründete dies stets mit ihrer eigenen Unerfahrenheit in diesem Kartenspiel.

Zwei-, dreimal in der Woche kam Jean Marie sie besuchen, aber Großvater oder Großmutter wurde keiner im Haus genannt.

Daniel in Amerika wurde ebenfalls nicht erwähnt. Oder Molly und Ken.

Jean Marie war eine Freundin, eine junge Tänzerin, nicht mehr. Alle konnten sie gut leiden, und an den Bridge-Abenden bereitete sie immer Sandwiches zu und servierte sie.

Jean Marie hatte nun viel Zeit. Es war ihr nicht gelungen, Simon zurückzuerobern. Was für eine Tragödie, jetzt, da sie die perfekte Wohnung hätte, um ihn zu sich einzuladen. Aber so spielte das Leben.

An Weihnachten luden sie Lionel ein, der ansonsten allein gewesen wäre, und er half Dusty, den Truthahn zuzubereiten. Miss King und Mr Morris schwärmten allen vor, dass sie noch nie ein so schönes Weihnachtsfest erlebt hätten. Auch Jean Marie war da, weil Molly und Ken zu einem alternativen Gesundheitsseminar irgendwo hinauf in den Norden gefahren waren.

Daniel und Harold meldeten sich aus Amerika.

Als sie Daniel am Apparat hatte, bat Dusty ihn, doch ein paar Worte mit Jean Marie zu wechseln.

»Du klingst so amerikanisch«, sagte sie verwundert zu ihm.

»Und du so erwachsen«, erwiderte er überrascht.

»Schickst du mir ein Bild von dir?«, bat sie.

»Ja. Und ich lasse mir dafür extra die Haare schneiden, kaufe mir ein neues Sakko, zieh meinen Bauch ein und geh zum Fotografen«, versprach er.

»Du siehst bestimmt auch so ganz gut aus«, sagte Jean Marie.

Dusty übernahm wieder den Hörer.

Lieber sparsam umgehen mit Emotionen, so lautete ihre derzeitige Devise.

Im Januar wurde Mutter schwächer und stand schließlich nicht mehr auf.

Dusty richtete ihr unten im Esszimmer, das selten benutzt wurde, ein Schlafzimmer ein, und Lionel half ihr, es passend auszustatten.

Er schaute ohnehin fast jeden Tag auf seinem Nachhauseweg vom Café bei ihr vorbei.

Dabei erzählte er ihr, dass Sergio im Frühjahr wieder heiraten würde, und verriet ihr, dass er immer noch ein Bild aus den alten Tagen besaß: sie alle drei nebeneinander im Kinderwagen.

Vater vergoss nicht eine Träne und plante seinen Tagesablauf ebenso methodisch wie eh und je.

»Ich bin froh, dass du über den Winter nach Hause gekommen bist«, sagte er einmal zu Dusty.

Ihr Herz schlug schneller. Vater sagte nie etwas Liebevolles.

»Ich auch«, beteuerte sie.

»Weißt du, das gibt meinem Tag eine gewisse Struktur«, fuhr er fort.

»Du bist gern in dein Büro gegangen, nicht wahr?«, fragte Dusty.

»Nein, ich habe mich davor gefürchtet, aber man wusste schließlich, wo man hingehörte, wenn auch auf einer bescheidenen Ebene. Man wusste, was von einem erwartet wurde. Woanders wusste ich das nie«, erklärte er.

Es folgte eine Pause.

»Geh nicht zu sehr in deiner Büroarbeit auf, Dusty«, warnte er sie.

»Nein, Vater, ganz bestimmt nicht«, erwiderte sie ein wenig kleinlaut.

Als sie das nächste Mal mit Daniel telefonierte, machte sie ihm den Vorschlag, er solle vorgeben, geschäftlich in England zu tun zu haben.

»Komm rüber und besuch Mutter«, sagte sie.

»Aber wird sie das nicht beunruhigen – ich wollte eigentlich zur Beerdigung kommen.«

»Nein, komm, solange sie noch da ist«, bat Dusty.

Dusty richtete es bei dem Besuch so ein, dass er Jean Marie sah, ließ die beiden aber nicht allzu lange allein.

»Es tut mir so leid, dass ich nicht in Kontakt mit dir geblieben bin«, entschuldigte er sich und drückte seine einundzwanzigjährige Tochter an sich.

»Wir haben uns doch nie wirklich aus den Augen verloren. Dusty hat mir immer alles gesagt, was ich von ihr wissen wollte«, erwiderte sie.

Auch Harold kam nach Hause. Allerdings sah er so verwahrlost und ungepflegt aus, dass Dusty ihm ein Hemd, eine Jacke und eine Krawatte von Lionel lieh.

»Nur damit sie nicht schlecht von ihm denkt«, erklärte sie entschuldigend.

»Du musst nichts sagen«, antwortete Lionel und drückte ihr auch noch seine gute graue Flanellhose in die Hand. Harold besaß nur Jeans.

In der Nacht bevor ihre Mutter starb, saß Dusty bei ihr am Bett.

»Hast du Schmerzen?«, fragte Dusty.

»Nein, überhaupt nicht. Diese modernen Medikamente sind gut. Ich glaube ja, dass alles immer besser und nicht schlechter wird, wie andere sagen.«

»Oh, ich bin sicher, da hast du recht«, erwiderte Dusty.

»Wirst du Lionel heiraten?«, fragte Mutter.

»Was?«

»Du hast mich schon verstanden.«

»Ich habe dich verstanden, aber ich kann nicht glauben, dass du das gefragt hast.«

»Er wird dir einen Antrag machen, wenn ich nicht mehr da bin. Du bist doch normalerweise immer auf alles vorbereitet, hast immer alles geregelt und so.«

»Eigentlich nicht.« Dustys Augen füllten sich mit Tränen. Die beiläufige Art, wie ihre Mutter auf ihren Tod zu sprechen kam, brach ihr das Herz. Doch auf eine seltsame Art beruhigte es sie auch.

»Magst du ihn denn?«

»Ja, natürlich mag ich ihn, aber …«

»Aber du glaubst, da draußen wartet noch etwas anderes auf dich, etwas Aufregenderes.«

»Nein, danke. Das hatte ich schon«, erwiderte Dusty grimmig.

»Gut. Dann scheinst du für Lionel bereit zu sein.«

Danach schlief sie ein.

Am nächsten Tag bedankte sie sich knapp und sachlich bei Dusty, als dankte sie einer Freundin dafür, dass sie die Rechnung in einer Teestube übernommen hatte.

Und dann starb sie – sehr schnell, ohne Qualen und Kampf.

Die ersten Krokusse drängten ans Licht, als Lionel sie bat, ihn zu heiraten.

Er hatte das Bild von ihnen allen im Kinderwagen dabei, das ihm helfen sollte, seinen Antrag vorzubringen.

»Ich weiß, ich bin kein sehr aufregender Mensch …«, begann er.

»Ja, liebend gern«, sagte Dusty.

»Was? Du weißt ja noch gar nicht, was ich sagen will«, meinte er.

»Doch, und wie gesagt, liebend gern«, wiederholte sie.

Er schloss sie fest in seine Arme.

»Ich wollte dich das immer schon fragen, und als du dann den Winter über nach Hause gekommen bist, da dachte ich … tja, vielleicht wird Dusty mich diesen harten Winter über brauchen können, wenn alles so traurig ist, aber danach wird sie mich bestimmt nicht mehr haben wollen. Sie wird die Erinnerung an diese Zeit auslöschen und wieder in ihr eigenes Leben zurückkehren wollen.«

Dusty war froh, den Winter über nach Hause gekommen zu sein.

Einmal angenommen, Simon wäre noch immer mit ihr zusammen, mit seiner Frau und Jean Marie. Nichts von alledem wäre geschehen. Sie hätte niemals ihre Mutter besser kennengelernt und ihren Vater verstanden – und, was das Beste war, den Jungen aus dem Kinderwagen nebenan wiedergefunden.

»Wann werden wir heiraten?« Er konnte es kaum glauben.

»So bald wie möglich«, entgegnete sie.

Im Büro eilte ihr der Ruf voraus, einen Entschluss, hatte sie ihn einmal getroffen, umgehend in die Tat umzusetzen. Das sei eine ihrer großen Stärken.

Und jetzt traf sie wieder einen Entschluss.

Von jetzt an würde sie wesentlich weniger Zeit im Büro und dafür mehr im Café verbringen.

»Wir werden Sergio sagen, er soll sich beeilen und bald ein Baby bekommen, damit wir im Hinterzimmer wieder die Kinderwagen nebeneinanderstellen können«, sagte sie.

Wenn eine Sache der Mühe wert war, musste man sie gut machen.

Komisches kleines Ding

ରେ

Also, ich hatte schon immer zwei linke Hände. Die anderen Mädchen aus dem Supermarkt, in dem ich arbeitete, konnten Flaschen öffnen und Schlüssel an Schlüsselringen befestigen. Sogar Batterien in Radios schieben und Kartons zusammenfalten konnten sie.

Wie war immer meine Rede? Es gibt nichts Schlimmeres als eine Bauanleitung von IKEA.

Barry fand das oft sehr lustig.

»Was bist du bloß für ein kompliziertes kleines Ding!«, sagte er. Aber damals fand er alles lustig, was ich sagte. Und dann war ich immer gleich ein verrücktes kleines Ding oder ein eigenartiges kleines Ding, ein cleveres kleines Ding – manchmal sogar ein sexy kleines Ding.

Doch das war damals, heute nicht mehr.

Heute ist alles anders. Und mein Problem ist, dass ich niemanden habe, den ich danach fragen kann, warum sich das alles geändert hat. Und wenn, dann würde man mir bestimmt zur Antwort geben, dass ich mich kein bisschen verändert hätte, Barry hingegen sehr. Er ist derjenige, der zu neuen Ufern aufbrach, wie man mich immer gewarnt hatte.

Sie konnten ihn nie leiden, von Anfang an nicht, und das nicht *nur*, weil er bereits verheiratet war. Falls man das überhaupt als Ehe bezeichnen konnte. Er war erst neunzehn Jahre alt, sie war schwanger. Heutzutage hätte man die beiden niemals heiraten lassen, aber damals, im tiefsten Mittelalter, zwang man sie einfach in die Kirche. Wirklich lächerlich!

Sie hatten nicht das Geringste gemeinsam. Und in dem Punkt war ich immer sehr fair. Sie tut mir ebenso leid wie Barry.

Trudi, so hieß sie – heißt sie vermutlich immer noch. Ich denke eigentlich nie an sie. Als die Sache auseinanderging, zog sie mit ihrem Sohn zu irgendeinem Verwandten, und offensichtlich war der Knabe ziemlich schwierig. Als Kind bekam er großen Ärger, und noch mehr als Teenager.

Es war nicht Barrys Schuld, er machte sich oft die schlimmsten Vorwürfe deswegen. Aber was konnte er tun?

Er war ja nicht da, als das Kind aufwuchs. Der Junge war meilenweit weg bei *ihren* Verwandten, und Gott weiß, welchen Einfluss die auf ihn hatten. Oliver, so hieß der Junge, war ein harter Brocken, aber wie ich schon sagte, sie waren so jung. Viel zu jung, um zu wissen, was sie taten.

Auf jeden Fall hatte meine Mutter Barry nie leiden können, und das hatte nichts mit Trudi und Oliver zu tun, sondern damit, dass seine Augen zu nah beieinanderstanden. Daran erkenne man, dass ein Mensch unzuverlässig war, was sie offenbar irgendwo gelesen hatte. Und nichts konnte sie in diesem Glauben erschüttern. Sie machte mich stets auf Fotos von irgendwelchen Verbrechern in der Zeitung aufmerksam.

»Siehst du!«, rief sie dann triumphierend, als hätte der Serienkiller ein untadeliges, tugendhaftes Leben geführt, hätte er das Glück gehabt, mit weit auseinanderliegenden Augen auf diese Welt zu kommen.

Mein Vater war der Ansicht, ein Mann, der es fertigbrachte, Frau und Kind im Stich zu lassen, war kein Kandidat, den man ernsthaft in Betracht ziehen sollte. Eine Katze lässt das Mausen nicht, wiederholte mein Vater beharrlich, als hätte er eben erst dieses Sprichwort erfunden.

Mein Bruder Eddie wiederum sagte, dass jeder, der für diesen Gangster von Barrys Boss arbeitete, entweder ein Idiot oder aber bestechlich war. Und in Barrys Fall traf wahrscheinlich der zweite Punkt zu. Diese halbseidene Investmentgesellschaft strich die Ersparnisse der Leute ein, und dann, wenn sie in Bedrängnis kam, machte sie den Laden dicht und eröffnete wieder unter neuem Namen.

Mein Schwester Helen war selbst ein wenig verliebt in Barry

gewesen, aber er hatte sich nie für sie interessiert. Nicht ein kleines bisschen, und das ärgerte sie gewaltig. Jeder Mann, der unser Haus betrat, war sofort fasziniert von Helen, die groß und langbeinig war und langes, glänzendes Haar hatte.

Mich nahm keiner so richtig wahr, bis auf Barry.

An dem Tag, an dem er kam, um meinen Eltern eine Police zu verkaufen, die sie dann doch nicht nahmen, aber erst nachdem sie ziemlich viel seiner Zeit verschwendet hatten, da sah er mich und schien zu mögen, was er sah.

Ich machte hauchdünne Tomatensandwiches mit fein gehackten Zwiebeln darüber und dekorierte den Teller mit Petersilie.

»Oha, wen wollen wir denn da beeindrucken«, sagte Helen höhnisch. Ich spürte, wie mir die Röte ins Gesicht stieg.

»Na, wenn das so war, dann haben Sie mich tatsächlich sehr beeindruckt«, erklärte Barry mit seinem typischen Lächeln.

Hinterher sagte Helen, er sei sehr leicht zu durchschauen gewesen, wie ein billiges Aftershave. Allerdings nur, weil er sie links liegen ließ. Aber um mich bemühte er sich. Er rief mich gleich am nächsten Tag an, um mit mir ins Kino zu gehen. Und seitdem haben wir nie einen Blick zurückgeworfen.

Na ja. So ganz stimmt das nicht. Für eine ziemlich lange Zeit zumindest. Das ist ehrlicher.

Wir gingen zusammen ins Kino, was trinken, in ein Konzert und fuhren übers Wochenende in ein Hotel im sonnigen Südosten. Und als er sagte, es würde mehr kosten, wenn wir zwei Zimmer nehmen, erwiderte ich: »Na gut, dann teilen wir uns eben ein Zimmer«, und es lief alles bestens.

Das war eine tolle Zeit damals, und Barry hätte netter nicht sein können. Süße kleine Dee, nannte er mich. Für alle anderen war ich Deirdre, aber für Barry war ich Dee. Er schenkte mir ein Medaillon, da stand eingraviert: »Barry liebt Dee«. Ich habe ein Foto von ihm hineingesteckt, so wie er damals aussah. Sieht er nicht gut aus? Er hat sich nicht viel verändert ... ein bisschen kompakter ist er vielleicht geworden, aber ich natürlich auch, und weniger Haare hat er. Aber darüber sollte man am besten keine Witze machen. Männer sind sehr empfindlich, was solche Dinge betrifft. Helen hat mir mal in einem Geschäft ein Kissen gezeigt, auf dem stand: »Männer mit Glatzen sind die besseren Liebhaber.« Ich habe es ihr nicht geglaubt.

»Du hast nur Angst vor ihm, Deirdre, du hast Angst vor seiner schlechten Laune«, sagte sie zu mir. Ganz laut, mitten im Laden! Ich hätte mich gern in ein Mauseloch verkrochen. Helen kann sehr grausam sein. Natürlich sollte ich nachsichtig mit ihr sein. Schließlich ist sie mit diesem armen, alten Langweiler Pat verheiratet. Pat, der außer seinem Baumarkt kein anderes Thema kennt. Helen tut so, als sei sie außer sich vor Freude über ihn und seinen lächerlichen Werkzeugschuppen im Garten. Ihr solltet mal Barry zu diesem Thema hören. Du meine Güte, er kann zum Schreien komisch über den armen Pat und seinen Mörtel und andere Füllmaterialien herziehen!

Und Mam und Dad halten die Fiktion aufrecht, dass Pat der zuverlässigste Schwiegersohn auf der Welt ist. Wahrscheinlich tun sie das nur, um Helen aufzumuntern. Sie weiß genau, welche Kompromisse sie einging, als sie ihn heiratete. Sie war eine wirklich heiße Braut: Sie hätte jeden haben können.

Meinen Barry natürlich nicht. Er hat mir selbst gesagt, dass sie ihm an diesem ersten Tag, als er in unser Haus kam, überhaupt nicht aufgefallen ist. Und er hat mir anvertraut, dass ein paar seiner Freunde Helen für ein leichtes Mädchen hielten, die es mit jedem trieb. Ich verstand zwar nicht, wie das sein konnte, aber warum hätte er es gesagt, wenn er es nicht gehört hätte?

Eddie lernte dann dieses Mädchen in der Bank kennen, wo er arbeitete. Den ganzen lieben, langen Tag hieß es nur noch – Moya dieses, Moya jenes. Aber sie wohnte noch bei ihren Eltern und Eddie zu Hause, denn für eine eigene Wohnung hatten sie kein Geld. Deswegen hat sich auf dem Gebiet natürlich auch nichts getan.

Mam und Dad gehörten nicht zu den Leuten, die ein Paar zusammen unter ihrem Dach schlafen ließen, wenn es nicht den Segen der Kirche hatte.

Barry konnte selbstverständlich auch nicht bei mir übernachten, sodass ich immer zu ihm ging, in sein kleines Apartment. Das war am Anfang ziemlich öde und traurig – der arme Junge hatte ja von nichts eine Ahnung. Aber ich habe dann hübsche neue Vorhänge, neue Kissenbezüge und eine wunderschöne rote Tischdecke aus Samt mit Troddeln dran genäht.

Meine Mutter verdrehte jedes Mal die Augen, wenn ich sagte, dass ich über Nacht bei Barry bleiben würde. Aber ich war siebenundzwanzig Jahre alt. Ich war erwachsen, sie hüteten sich davor, mich vor eine Entscheidung zu stellen. Sie wussten alle, wie sie ausgefallen wäre.

Helen war also mit Pat verheiratet und wohnte in einem Heimwerkerparadies nur ein paar Straßen weiter. Eddie und Moya hielten Händchen und wünschten sich eine Fee, die ihnen ein Häuschen herbeizauberte, als mir eines Abends eine Idee kam.

Einmal angenommen, ich würde zu Barry ziehen? Und weiterhin angenommen, unser Meisterhandwerker Pat hätte eine Idee, wie man mein Zimmer zu einer Art Wohnzimmer für Eddie und Moya umbauen könnte, zu einer kleinen Wohnung? Und die beiden könnten heiraten und Mam und Dad eine kleine Miete zahlen.

Jeder hielt das für eine großartige Idee, und Pat kam mit seinem Metallmaßband vorbei. Und ehe jemand es sichs versah, war bereits alles ausgemacht, der Termin in der Kirche bestellt, ein kleiner Empfang gebucht. Jetzt musste ich es nur noch Barry sagen.

Das war unser erster Streit. Das sei typisch für mich, erklärte er. Ich würde ihm nie sagen, was ich vorhatte, erst, wenn es so weit war. Wie damals, als ich zwei Abende in der Woche Überstunden im Supermarkt machte, ohne ihn vorher zu fragen. Ich versuchte, ihm zu erklären, dass ich das Geld brauchte – der neue Fernseher und die Mikrowelle hatten ziemlich was gekostet.

»Ich habe dich nie darum gebeten, du hast das aus eigenem Antrieb gekauft«, knurrte er.

»Ich dachte, es würde dich freuen«, erwiderte ich.

Und er ließ sich erweichen. »Was bist du doch für ein verrücktes kleines Ding«, sagte er.

In dem Apartment gab es kaum Platz für meine Kleider und meinen Krempel, und natürlich konnten Eddie und Moya es nicht erwarten, ihre Sachen ins Haus zu schaffen und sich dort häuslich einzurichten. Und natürlich wollte ich nicht, dass jemand wusste, dass bei Barry kein Platz für meine Sachen war, sodass ich mir im Supermarkt drei freie Spinde suchte, die keiner benutzte, und alles dort unterbrachte.

Ich hätte in Barrys Apartment ein bisschen Hilfe von Pat, unserem Heimwerker, brauchen können. Er hätte mir zum Beispiel ein paar hübsche Schränke mit glänzenden Oberflächen anfertigen können, wie er es für Eddie getan hatte, aber Pat hatte nie Zeit, war nie frei.

Irgendwann begriff ich es.

»Will Helen nicht, dass du für Barry und mich arbeitest?«, fragte ich mit kalter Stimme.

»Ach, jetzt komm, Deirdre, du bist doch ein echter Kumpel. Also, mal keinen Ärger an die Wand, wo es keinen gibt.« Er war rot im Gesicht und sah mich ängstlich an, und plötzlich überkam mich großes Mitleid mit Helen, dass sie diesen traurigen Mann geheiratet hatte, diese Niete, nur weil sie so große Angst davor hatte, als alte Jungfer zu enden.

Vielleicht hatte Barry recht, vielleicht hatte sie tatsächlich mit zu vielen Männern etwas gehabt, die alle nicht als Ehemänner taugten. Vielleicht war sie irgendwann dieses aufregenden Lebens überdrüssig geworden und begnügte sich nun mit einem langweiligen, mittelmäßigen Dasein mit Pat.

»Du hast recht, Pat«, sagte ich mit veränderter Stimme. »Das Leben ist zu kurz. Es hat keinen Sinn, grundlos Ärger zu machen. Lassen wir das.« Er sah so erleichtert aus, dass ich schon dachte, jetzt fängt er gleich zu weinen an.

»Doch eine Sache noch, Pat, ja? Warum, glaubst du, kann Helen Barry nicht ausstehen?«

»Ich weiß nicht recht«, murmelte er und schaute betreten zu Boden. Er wusste etwas, das sah ich ihm an. Also schubste ich ihn ein wenig an, vorsichtig, versteht sich, aber auch sehr nachdrücklich. Und dann redete er. Er, der große, linkische Baumarktverkäufer.

»Ich bin mir nicht ganz sicher, Deirdre. Ich glaube, er hat mal versucht, Helen anzumachen, du weißt schon. Hat sie angebaggert, als er eigentlich bei dir sein sollte. Helen ist so loyal dir gegenüber, sie hat es einfach nicht ertragen, dass er versucht, dich zu betrügen. Das war lange, bevor ich auf der Bildfläche erschien. Aber was vergangen ist, ist vergangen, sage ich immer.«

»Oder es kann sich durchaus auch nur in der Einbildung abgespielt haben, Pat«, erwiderte ich.

Doch irgendwie hatte ich das Gefühl, dass es sich vielleicht nicht nur in der Vergangenheit abgespielt hatte. Er machte ein ängstliches Gesicht.

Der arme, dumme Pat. Die arme, unglückliche Helen, die durch diese Ehe an ihn gekettet war. Als ob Barry Helen je Avancen machen würde! Die Vorstellung allein war schon lächerlich.

Mit freundlicher Stimme redete ich weiter. Das müsse er irgendwie falsch verstanden haben, erklärte ich ihm, überhaupt nicht herablassend, und er war glücklich und zufrieden, als er ging. Doch ein Problem gab es.

Jetzt konnte ich Helen nicht mehr fragen, ob sich mein gutes Aussehen verflüchtigt hatte, und irgendwie hatte ich Angst, dass es so war. Ich bin jetzt siebenunddreißig Jahre alt und liebe Barry seit zwölf Jahren.

Heutzutage ist alles so viel teurer, oder vielleicht gebe ich einfach nur mehr aus.

Barry lässt seine Sachen zum Beispiel grundsätzlich reinigen. Das geht nicht anders, sein Boss ist schwierig und besteht darauf, dass alle immer rumlaufen wie aus dem Ei gepellt.

Und auch wenn er natürlich nicht jeden Abend zu Hause ist – der Boss schreibt ihnen vor, dass sie oft ausgehen und ihre Kunden einladen und ihnen etwas bieten müssen –, legt er doch großen Wert auf etwas Gutes zu essen wie ein Steak oder Garnelen und eine Flasche Wein, und das kostet viel Geld. Und obwohl ich ununterbrochen Überstunden mache, vor allem frühmorgens, wenn ich Regale einräume – weil das einfacher für mich ist, als ihn zu verärgern, falls ich abends mal nicht da sein sollte, wenn er zu

Hause ist –, ist es immer noch schwierig, über die Runden zu kommen.

Um mir selbst etwas zum Anziehen zu kaufen, habe ich kein Geld übrig. Oder um mal zum Friseur zu gehen.

Erst neulich abends hat er zu mir gesagt:»Was bist du doch für ein verrücktes kleines Ding? Wirst allmählich grau wie ein Dachs!«, und ich musste ganz fürchterlich lachen, denn hätte ich zu ihm gesagt, ich kann mir keine fünfzig Euro für Strähnchen leisten, hätte er nur gedacht, ich jammere ihm die Ohren voll. Und das würde ich nicht wollen.

Aber heute habe ich mich in einem Schaufenster gesehen und gedacht, dass ich wirklich alt aussehe. Alt und traurig. Ich *fühle* mich aber nicht alt und traurig. Ich fühle mich großartig.

Allerdings sehe ich sehr wohl, dass mein Mantel abgewetzt ist und meine Haare an eine Klobürste erinnern. Und ich bin sehr müde und kann mich nicht erinnern, wann wir das letzte Mal miteinander geschlafen haben.

Und dafür ist niemand verantwortlich, nur hätte ich gern eine Freundin, mit der ich darüber reden kann so wie früher, als wir noch jung waren.

Jeder hat seine Probleme. Ich *weiß* das.

Helen und Pat sind *bestimmt* nicht glücklich miteinander.

Und Eddie und Moya möchten sicher eine größere Wohnung haben als nur eine halbe Etage im Haus von Mam und Dad.

Ich meine, da kann ich ja noch von *Glück* reden. Ich lebe mit dem Mann zusammen, den ich liebe, der Mann, der mich liebt.

Ich verstehe nur einfach nicht, warum ich keine Freunde mehr habe, um mit ihnen darüber zu reden.

Die Abmachung

Als Cara Jim auf einer Party kennenlernte, versank die übrige Welt um sie herum. Sie standen sich gegenüber, betrachteten sich entzückt und lauschten einander fasziniert, als wären sie alte Freunde.

Als der Abend zu Ende ging, wussten sie, dass sie sich wiedersehen würden, und die anderen wussten es auch.

Sie trafen sich am folgenden Tag zum Mittagessen, daraus wurde ein Spaziergang am Kanal entlang, und schließlich saßen sie so lange bei einer Tasse Kaffee zusammen, dass die Kellnerin sie auffordern musste, noch etwas zu bestellen oder zu gehen.

Sie waren beide achtundzwanzig Jahre alt, liebten Reisen und Jazz, Kochen und Hunde.

Seine Mutter war drei Jahre zuvor gestorben, ihr Vater ungefähr um dieselbe Zeit.

Jim kannte den Gastgeber der Party, da sie damals, als sie noch Kinder waren, im selben Hurling-Team gespielt hatten.

Cara kannte ihn, weil er ihr Fahrlehrer war und ihr geholfen hatte, die Prüfung zu bestehen.

Cara schrieb Kurzgeschichten und war zu der Party gegangen, um zu feiern, dass sie ihren letzten Band mit Erzählungen beendet hatte.

Jim verkaufte landwirtschaftliche Maschinen und war nach Dublin gekommen, um ein lukratives Geschäft und die Tatsache zu feiern, dass sein Vater ihn als Partner in den elterlichen Betrieb aufgenommen hatte.

Im Grunde hatten sie nur ein Problem.

Cara lebte in Dublin, Jim zweihundert Meilen weit entfernt irgendwo auf dem Land.

Am nächsten Morgen wollte er nach Hause zurückfahren. Und

so beratschlagten sie fast die ganze Nacht, was sie tun würden, und trafen schließlich erschöpft die Entscheidung, dass Cara am darauffolgenden Wochenende die Reise in Jims Ecke der Welt antreten würde.

Sie trafen eine Abmachung.

Sollte Cara es dort nicht gefallen, musste sie das sagen. Sollte sie jedoch der Ansicht sein, dass sie ihre Geschichten auch dort schreiben konnte und ihr Leben in Dublin nicht allzu sehr vermissen würde, dann sollte sie auch das sagen, und sie würden so rasch wie möglich heiraten.

So sicher waren die beiden sich ihrer Sache in weniger als achtundvierzig Stunden.

Nervös sahen Jim und auch Cara ihrem Besuch entgegen.

Erst fuhr sie mit dem Zug, dann musste sie noch den Bus nehmen. Jim stand an der Bushaltestelle und wartete bereits auf sie. Caras Herz machte einen kleinen Sprung, als sie ihn ängstlich in den Bus spähen sah, falls sie womöglich doch nicht mitgekommen war. Ein Lächeln erhellte sein Gesicht. Er war ein so liebenswerter, warmherziger Mensch.

Bitte, betete sie im Stillen, lass diesen Ort nicht hässlich und fürchterlich sein.

Jim konnte seinen Vater und das Geschäft, das sie zusammen aufgebaut hatten, nicht verlassen. Das wusste sie. Und dass sie diejenige war, die umziehen musste. Sie wohnte noch zu Hause bei ihrer Mutter und einer großen Geschwisterschar. Sie würde nicht so vermisst werden wie Jim.

Ihre jüngere Schwester könnte in Caras Zimmer wechseln. Das Leben würde auch ohne sie weitergehen. Doch Jim konnte unmöglich sein Zuhause verlassen. Sein Vater und seine vier Schwestern waren darauf angewiesen, dass er das Geschäft weiterführte.

Ein Ort, der einen Menschen wie Jim hervorgebracht hatte, konnte schließlich so schlecht auch wieder nicht sein. Oder? Doch die Landschaft, durch die der Bus gebraust war, wirkte sehr rau und urwüchsig auf sie. Monströse Ziegen rechts und links. Oder waren es Schafe? Wahrscheinlich Ziegen mit aberwitzig gedrehten Hörnern. Kleine, karge Felder, von niedrigen Steinmauern durchzogen … Dieser Ort lag sehr weit weg von jeglicher Zivilisation, jeglicher Normalität. Aber sie zauberte ein Lächeln auf ihr Gesicht, und Jim schloss sie in seine Armen und wollte sie gar nicht mehr loslassen.

»Ich hatte schon Angst, du würdest nicht kommen«, sagte er.

Gemeinsam fuhren sie eine der vier Straßen hinunter in die kleine Ortschaft und hinaus aufs flache Land.

Alte Rosenstöcke und Duftwicken standen im Garten des Hauses, in dem Jim wohnte, das Gras war frisch gemäht.

»Das habe ich heute Morgen gemacht«, sagte Jim. »Ich war so aufgeregt und zu nichts anderem zu gebrauchen. Sie wollten mich nicht in die Nähe der Arbeit lassen, denn wahrscheinlich hätte ich alle Maschinen verschenkt.«

Sein Vater stand an der Tür, auf einen Stock gestützt, um sie zu begrüßen.

»Er hat nicht übertrieben, als er mir erzählte, du seist eine schöne Frau, Cara«, sagte er mit demselben breiten Lächeln wie sein Sohn.

Jims Schwestern waren in der Küche und versuchten, es sich nicht anmerken zu lassen, wie neugierig sie auf sie waren. Die älteste von ihnen war Rose. Sie hatte hier das Heft in der Hand, wie Jim erklärt hatte. Sie war mit einem reichen Mann verheiratet, der ungefähr zwanzig Meilen weiter weg wohnte. Ein Geizkragen nach Jims Aussage, der es nicht mochte, wenn Rose sein Geld zum Friseur trug oder sich Kleider davon kaufte. Seine Schwester sei immer geradeheraus, sagte er, manchmal zu sehr. Rose begutachtete Cara von Kopf bis Fuß.

»Wir haben hier nicht oft Besuch«, begann sie, »aber wir haben ein Zimmer für dich vorbereitet. Ihr werdet in getrennten Zimmern schlafen müssen, fürchte ich. Das ist das Haus meines Vaters, und wir haben hier unsere Regeln.«

»Es freut mich, das zu hören«, erwiderte Cara beherzt. »Etwas anderes hätte mich auch sehr in Verlegenheit gebracht. Jim und ich kennen uns noch nicht so gut, und ganz gewiss nicht gut genug, um ein Zimmer zu teilen.«

Die anderen Mädchen kicherten. Und sogar Rose zollte ihr so etwas wie Respekt.

Die erste Runde war an Cara gegangen.

Jim plante, ein Haus zu bauen, das ein wenig näher an der kleinen Stadt lag. Das Grundstück besaß er bereits, und Cara würde ihm dabei helfen, sich zu entscheiden, wie das Haus aussehen sollte. Auf jeden Fall würde es ein großes Atelier geben, wo Cara schreiben konnte, ein kleineres Büro, wo Jim seine Buchführung erledigen konnte, und viele Zimmer für die Kinder, sie noch kommen sollten.

Sie würden Kräuter und Gemüse und Blumen anpflanzen.

Als sie sich für ein spätes Mittagessen zusammensetzten, sah Cara sich am Tisch um. Ein Mittagessen ihr zu Ehren, an dem die ganze Familie teilnahm, um sie zu begutachten und willkommen zu heißen. Wären dies hier die Menschen, mit denen sie in Zukunft ihr Leben verbringen würde, falls sie den großen Schritt wagen und sich für diesen Ort hier entscheiden sollte?

Wäre es ihr möglich, Rose weiterhin ihren Platz als unangefochtene Nummer eins zu überlassen? Könnte sie die verlegenen, schüchternen, von Zweifeln geplagten jüngeren Schwestern ermutigen, mehr aus sich herauszugehen, damit sie ihnen nicht jedes Wort aus der Nase ziehen musste?

Würde sie in den Betrieb einsteigen und wie Jim und sein Vater mit landwirtschaftlichen Maschinen handeln?

Würde sie überhaupt etwas finden, worüber sie schreiben konnte in dieser kargen Landschaft und in der kleinen Stadt, die gerade mal aus vier Straßen, einer Kirche, siebzehn Läden und fünf Pubs bestand?

Es wäre lächerlich, nach nur einem Wochenende bereits eine Entscheidung zu treffen.

Und außerdem würde Jim auch nach Dublin kommen und *ihre* Familie kennenlernen müssen. Es war wirklich nicht nötig, so überstürzt zu handeln, oder?

Sie blickte ihn über den Tisch hinweg an, sein Gesicht, das leuchtete vor Stolz über ihre Anwesenheit, und sie wusste, dass es keinen Sinn hatte, lange zu zögern. Er war der Mann, von dem sie immer geträumt und den sie nie zuvor getroffen hatte. Was spielte es da schon für eine Rolle, wo sie lebten?

Die anderen wollten nichts davon wissen, dass Cara ihnen beim Abwaschen half. Ihr fiel auf, dass Rose die Essensreste in einen Behälter füllte. »Wer nichts verschwendet, wird nie darben«, sagte Rose, als sie sah, dass Cara sie beobachtete.

»Oh, du hast ja so recht. Sehr vernünftig«, beeilte Cara sich zu sagen.

Die jüngeren Schwestern nahmen Cara mit auf eine Tour durch Haus und Garten und zeigten ihr die Hühner und die Gänse, den alten Esel, den Obstgarten und die Kuh draußen auf dem Feld.

Sie liebten diesen Ort, an dem sie aufgewachsen waren.

Und sie liebten ihren großen Bruder.

»Er hat noch nie zuvor jemanden mit nach Hause gebracht«, sagte eine von ihnen.

»Daher wussten wir sofort, dass du was Besonderes bist«, sagte eine andere.

»Er hat die ganze Woche nur von dir gesprochen«, sagte die Dritte.

Dann holte Jim sie ab und fuhr mit ihr in den kleinen Ort. Sie schlenderten herum, und er grüßte fast jeden, der ihnen über den Weg lief.

»Wir gehen was trinken«, schlug er vor.

»Welches ist dein Lieblingslokal?«, wollte Cara wissen.

»An einem Ort wie dem hier und bei einem Job wie dem meinen sind sie *alle* meine Lieblingslokale«, erwiderte Jim und führte sie ins Ryan's.

Offenbar hatte er jedem im Pub von ihr erzählt, denn Cara musste feststellen, dass alle es kaum erwarten konnten, sie endlich kennenzulernen. Sie schüttelte mindestens ein Dutzend Hände, und alle lobten Jim dafür, dass er sich so wacker in Dublin geschlagen habe. Wirklich erstaunlich, dass er es bei all dem Lärm und Verkehr geschafft hatte, ein so entzückendes Mädchen wie sie zu finden.

Abschließend gingen sie zu Walsh's und in die anderen drei Pubs. In allen Lokalen hatte es sich herumgesprochen, dass sie kam, und allmählich wurde Cara nervös und fühlte sich wie ein Ausstellungsstück und weniger wie jemand, der über das Wochenende aus Dublin zu Besuch gekommen war.

Jim bestellte sich in jedem Pub eine Limonade, und Cara tat es ihm nach. Nach dem fünften Getränk hatte sie den Eindruck, aufgebläht und voller Luftblasen zu sein. Jetzt waren nur noch das Café und die Autowerkstatt übrig, und dann konnten sie wieder nach Hause fahren.

»Sie finden dich alle wundervoll«, meinte Jim, »und ich sowieso.«

Cara hatte das Gefühl, in einer Falle zu sitzen, als Gefangene dieses wunderbaren Mannes. Irgendwie ging ihr das alles viel zu schnell.

Gleich würde er sie dem Pfarrer vorstellen, und sie würden einen Tag für die Hochzeit festlegen, und dann würde sie vermutlich den Rest ihres Lebens in diesem kleinen, abgelegenen Ort verbringen.

»Das kommt zu früh, Jim«, sagte sie, den Tränen nahe. »Du bist lieb, und *alles* ist wunderbar hier. Aber die Sache nimmt so schnell Fahrt auf, als würde eine Lawine den Berg hinunterrollen.«

»Wir hatten eine Abmachung«, erwiderte er traurig. »Wenn es dir hier nicht gefällt, solltest du das sagen.«

»Ich kann aber nicht innerhalb von zwanzig Minuten Ja oder Nein sagen«, flehte Cara ihn an.

»Dann heißt das also – Nein …« Enttäuschung zeichnete sich auf seinem Gesicht ab.

Schweigend fuhren sie zurück zu Jims Haus. Sein Vater und die Schwestern warteten bereits auf sie. Rose war nach Hause zu ihrem geizigen Ehemann gefahren, das Abendessen in einer Plastikbox. Mit einem Mal wurde Cara bewusst, dass sie noch vor einer Woche keinen einzigen dieser Menschen gekannt hatte und dass jetzt von ihr erwartet wurde, hierherzuziehen und ihr Leben mit ihnen zu teilen.

Das war nicht fair. Sie benötigte einfach mehr Zeit, um sich daran zu gewöhnen.

Das Abendessen verlief weitaus weniger fröhlich als das Mittagessen. Jim sprach kein Wort, und einer nach dem anderen verstummten die anderen ebenfalls.

»Du bist sicher müde, Cara«, sagte Jims Vater. »Es wird dir guttun, früh ins Bett zu gehen.«

Dankbar sah sie ihn an.

»Ja, es war ein langer Tag, ein wunderbarer Tag. Aber mit vielen fremden Menschen«, erwiderte sie, und alle wünschten ihr eine gute Nacht.

Jim sah aus wie ein Kind, dem man die Schokolade weggenommen hatte.

In ihrem Zimmer ließ sich Cara wie ein Häuflein Elend auf ihrem Bett nieder. Es war ein großer Fehler gewesen, nach so kurzer Zeit bereits quer durch das ganze Land zu fahren und Erwartungen zu wecken, die sie nicht erfüllen konnte. Als sie vorhin die Treppe hinaufgehen wollte, hatte ihr Jims Vater noch eine dicke Mappe in die Hand gedrückt.

»Vielleicht möchtest du das lesen, meine Liebe«, sagte er. »Das ist das Tagebuch meiner verstorbenen Frau. Sie hat jeden Tag darin geschrieben.«

»Aber das geht doch nicht. Das ist zu privat. Zu persönlich«, protestierte Cara.

»Nein, es würde ihr gefallen, wenn du das liest«, erwiderte er.

Und so begann sie an dem Tag, als Maria das erste Mal an diesen Ort gekommen war. Es war ihr ein Rätsel gewesen, dass man so weit weg von der hektischen Stadt, in der sie geboren und aufgewachsen war, leben konnte. Sie vermochte es nicht zu glauben, das eine Existenz weit weg von Theatern und Kunstgalerien überhaupt möglich war. Wie konnte man nur, ohne daran zu verzweifeln, für immer auf diese steinigen Felder blicken und diese schmalen Straßen entlanggehen?

Doch je mehr Seiten sie füllte, desto mehr begann Maria diesen Ort zu lieben. Sie lernte die Jahreszeiten kennen, ging Pilze sammeln und half Schafen wieder auf die Beine, die, schwer von der Wolle, auf dem Rücken lagen und nicht mehr allein aufstehen konnten. Maria beschrieb, wie sie angefangen hatte, eine mobile Leihbücherei aufzubauen. Sie hatte fahren gelernt und brachte Romane und Bücher über Kunst in weit abgelegene Höfe und Dörfer. Dabei lernte sie jeden kennen, der im Umkreis von vielen Meilen lebte, und fragte sich irgendwann, wie sie es nur ausgehalten hatte in einer Stadt voller Fremder, deren Gesichter und Lebensgeschichten sie nicht kannte. Und wie ein roter Faden zog sich durch die ganze Geschichte ihre Liebe zu Mikey, Jims Vater. Bis zu ihren letzten Wochen.

Wie nervös sie seine Sicherheit am Anfang gemacht hatte. Wie überzeugt er gewesen war, dass sie die Richtige für ihn war. Welche Angst sie gehabt hatte, die Entscheidung zu schnell getroffen zu haben.

Sie schrieb über Jims Geburt, und wie stolz sie auf ihn war, und über ihre Hoffnung, dass er seinem Vater ähneln und die Richtige finden würde, bevor sie starb.

Cara wusste nicht, wie spät es war, als sie aus dem Fenster schaute. Der Mond stand hoch am dunklen Himmel.

Vor ihr breitete sich wunderschön der Obstgarten mit den alten Bäumen aus, die krause Schatten warfen.

Der alte Esel schlief und hatte den Kopf an das Gatter gelehnt. Cara hatte darüber gelesen, wie Maria ihn vor Leuten gerettet hatte, die ihn schlecht behandelten, als er noch ein Fohlen war. Oder wie immer man einen jungen Esel nannte. Er hatte nie schwere Arbeit geleistet, sondern die ganzen Jahre über nur Kinder auf seinem Rücken getragen.

Unten im Hof hockten die Hühner und Gänse hinter den Maschendrahtzäunen, die den prächtigen roten Fuchs von ihnen fernhielten.

Cara konnte nicht mehr verstehen, weshalb sie sich vor diesem Ort gefürchtet hatte. Es fühlte sich schon fast wie ein Zuhause an …

Im Stillen dankte sie ihrem zukünftigen Schwiegervater, dass er ihr das Tagebuch gegeben hatte. Sie wünschte sich, sie hätte Jim früher getroffen und ihre verstorbene Schwiegermutter noch kennengelernt.

Selbstverständlich würde sie Jim heiraten.

Ihr fiel wieder ein, dass sie die Stunden gezählt hatte, nachdem sie sich letzten Sonntag in Dublin nach ihrem Wiedersehen von ihm verabschiedet hatte.

Jetzt zählte sie die Stunden bis zum Morgen, wenn sie ihm sagen konnte, dass sie baldmöglichst den Pfarrer aufsuchen sollten. Sie würde hier leben – also konnte sie ebenso gut hier heiraten.

Schließlich hatte das auch Maria vor all diesen Jahren getan, und sie hatte es nicht einen Tag bereut.

Jetzt erst recht

Als ich erfuhr, dass er meine Freundin Kate verlassen hatte, brach ich in Panik aus. Sie liebte ihn abgöttisch, vertraute ihm, glaubte ihm jedes Wort, das er sagte.

Man konnte Kate nicht klarmachen, dass Eddie ein Mann war, der sich nicht festlegen ließ. Sicher, das sei in der Vergangenheit so gewesen, würde sie sagen, aber doch jetzt nicht mehr. Jetzt habe er gefunden, was er immer gesucht habe – und Gott sei Dank hatte er so lange gesucht, bis er sie gefunden hatte.

Vor vier Jahren war er dann in ihre Wohnung eingezogen. Mit Sack und Pack. Das Gästezimmer verwandelten sie in einen Ankleideraum – kein Mann hatte so viele Sachen zum Anziehen wie Eddie. Kate beauftragte einen Schreiner, einen großen Schrank einzubauen, mit einer rundum verlaufenden Kleiderstange und einem kleinen Eckregal für seine Schuhe. Dann stellte sie noch ein Bügelbrett samt Bügeleisen in dieses Zimmer und dazu einen bodenlangen Spiegel, damit er sich darin bewundern konnte.

Auch im Badezimmer hängte sie ein neues Regal für seine diversen Düfte und Aftershave-Produkte auf. Im Wohnzimmer stellte sie die Möbel um, damit sein Trimm-dich-Rad Platz fand; Eddie trainierte gern während des Fernsehens. Um Platz für seine Plakate zu schaffen, nahm sie einige ihrer wunderbaren Bilder von den Wänden, und ihre eigenen CDs und Kassetten räumte sie beiseite, um Eddies Sammlung zu präsentieren.

Wir, Kates Freundinnen, besuchten sie kaum noch in ihrer Wohnung. Sogar ich, der man nachsagt, immer genau zu wissen, was zu tun ist – oder wie meine Feinde es formulieren würden: die anderen immer sagt, wo es langgeht –, sogar ich fühlte mich nicht mehr wohl in Kates Gesellschaft. Sie war übernervös. Schaute ständig zur Tür, für den Fall, er könnte nach Hause kommen; kam er dann, wuselte sie um ihn herum. Und dann mussten wir leise sein, falls Eddie arbeiten wollte.

Von Eddies Arbeit war im ganzen Haus aber nur wenig zu sehen. Er war immer dabei, gerade ein Geschäft abzuschließen, ein Projekt in die Gänge zu bringen, eine Gelegenheit auszuloten. Während Kate jeden Morgen regelmäßig in das Redaktionsbüro bei einer Frauenzeitschrift ging, hatte er nur sporadisch zu tun. Wollten wir Kate also treffen, mussten wir uns entweder bei einer von uns oder in einem Restaurant treffen. Aus Loyalität fiel ihr Name nur noch selten, dafür stießen wir öfter den einen oder anderen Seufzer aus oder verdrehten die Augen.

Es überraschte mich, dass er doch vier Jahre blieb. Ich hätte gedacht, er würde früher das Weite suchen.

Deshalb machte ich mir an dem Vormittag, als Julie mir simste, der schreckliche Eddie sei mitsamt Sack und Pack auf und davon, echte Sorgen, wie Kate reagieren würde. Wenn ihr jemand helfen konnte, die Dinge klar zu sehen, dann war ich das. Und zwar nur ich, sodass ich bei der Arbeit verkündete, ich würde mich nicht wohlfühlen, und schnurstracks zu Kate in die Wohnung fuhr.

Bleich wie der Tod saß sie am Küchentisch und streckte mir die Nachricht entgegen, die er ihr hinterlassen hatte.

Liebe Kate – und du wirst mir immer lieb und teuer sein –, es ist nötig, diese Geschichte zu beenden. Unsere gemeinsame Zeit ist vorüber. Lass uns nicht streiten und zanken, wer recht hatte und wer nicht. Erinnern wir uns an das Gute und vergessen das Unerfreuliche und Schlechte.
Alles Gute für dich.
Eddie

Ich machte Kaffee. Während ich die Bohnen mahlte, wünschte ich mir, sein böser, grässlicher Kopf stecke in der Mühle, und als ich das Sieb nach unten drückte, stellte ich mir vor, ich würde ihm einen Pfahl in sein treuloses Herz rammen. Kates Gesicht war leer und ausdruckslos, als hätte jemand ein inneres Licht ausgeknipst.

212

»Ich wusste nicht, dass es was Schlimmes oder Unerfreuliches gegeben hatte, Gina«, sagte sie mit tonloser Stimme. »Ich dachte, es wäre immer alles gut gewesen.«

Ich gab sinnfreie Laute von mir. Es hörte sich nicht an wie Sprache, sondern eher wie ein Gurgeln oder so, mit dem ich versuchte, tröstend und mitfühlend auf sie einzuwirken wie auf ein Baby. Es spielte aber auch keine Rolle. Ich hätte ebenso gut das Alphabet aufsagen können, einen Psalm rezitieren, eine Einkaufsliste vorlesen. Kate hörte überhaupt nicht zu, weil sie so damit beschäftigt war, sich den Kopf zu zermartern, zu bereuen und zu wünschen, sie hätte sich anders benommen.

Ich sah mich in der Wohnung um, nur um nicht weiter auf diese leere Hülle von Gesicht zu starren.

Er hatte alle gerahmten Poster aus der Küche mitgenommen, und auch der Wok, den er so mochte, war weg. Durch die Tür im Wohnzimmer konnte ich sehen, dass sein Trimm-dich-Rad fehlte. Vermutlich war auch jeder Faden in seinem ehemaligen Ankleidezimmer liebevollst verpackt und mitgenommen worden. Wir hatten eineinhalb Tage gebraucht, um seine Sachen in Kates Wohnung zu schaffen, und dabei hatten wir alle mitgeholfen.

Wie hatte er das alles allein wieder hinausgeschafft?

Kate war inzwischen in Tränen ausgebrochen. »Es ist am Sonntag passiert. Ich war den ganzen Tag bei einer dieser Autorenlesungen. Als ich heimkam, habe ich das hier vorgefunden.« Mit traurigen Augen sah sie sich in der fast leeren Wohnung um, bis ihr Blick erneut auf die Nachricht fiel.

»Hat er von dir auch Sachen mitgenommen?«, fragte ich mit seltsam zischender Stimme.

»Nein, selbstverständlich nicht.« Sie war schockiert. Er doch nicht.

»Wo ist dann die Mikrowelle?«, blaffte ich.

»Das war *seine*, Gina, die habe ich ihm zum Geburtstag geschenkt.«

»Was willst du, Kate? Sollen wir ihn umbringen?«, fragte ich. Ich wäre ohne Weiteres dazu fähig gewesen. Nicht unbedingt ein Mord mit viel Blut, aber ein Akt, der langsam genug war, um ihm klarzumachen, warum es mit ihm zu Ende ging.

»Ich will ihn finden und bitten, zu mir zurückzukommen«, erklärte sie kläglich. »Wenn er mir nur sagen würde, was ich falsch gemacht habe, würde ich es sofort ändern.«

Vor vielen Jahren gab meine Mutter mir den Rat, dass ein gutes Leben – nach dem Motto: jetzt erst recht – die beste Rache sei. Eine wunderbare Philosophie sei das, sagte sie. Man verschwendete keine Zeit mit dem Verschicken anonymer Briefe und mit unnötigen Telefonaten mitten in der Nacht. Man musste sich nicht erniedrigen, indem man in aller Öffentlichkeit eine Szene machte, und verzichtete darauf, den Freunden als Objekt des Mitleids Anlass zur Sorge zu geben. Man ließ es sich einfach gut gehen.

Das war die süßeste Rache.

Sie hatte absolut recht, ich hatte mich selbst ein paarmal dieser Taktik bedient, doch was sollten wir mit Kate machen? Das Problem war nicht, ihr irgendeine billige Rache auszureden. Sie wollte sich nicht rächen: Sie wollte den Dreckskerl zurückhaben.

Positiv an der Sache war, dass sie nicht mal zu ahnen schien, wohin er verschwunden war. Sie wusste von keiner Rivalin. Aber diesen Umzug aus ihrer Wohnung habe er unmöglich ohne fremde Hilfe hinbekommen, erklärte ich ihr.

Bestimmt hatten ihm seine Freunde geholfen, meinte Kate.

Aber hatte er überhaupt welche? Er hatte sie nie erwähnt, wandte ich streng ein.

Dann seine Kollegen.

Aber er hatte keine Kollegen, stellte ich klar, sein Handy war Büro und Arbeitsstätte zugleich. Apropos … große Überraschung. Es funktionierte nicht mehr. Außer Betrieb.

Hatte er Familie?

Zumindest keine, über die er jemals gesprochen hätte. Er habe schwierige Zeiten hinter sich, erklärte Kate.

Ich musste es schlau anstellen. Wenn ich meine Freundin Kate dazu bringen wollte, es sich gut gehen zu lassen und ihn schließlich zu vergessen, musste ich das alles als Versuch tarnen, ihn zurückzubekommen.

»Na dann«, sagte ich, erstaunt über meine eigene Unehrlichkeit.

»Dann holen wir ihn dir wieder zurück.« Ich hasste diese Täuschung, aber es war die einzige Möglichkeit.

Als Erstes schlug ich eine Typveränderung vor. Sie konnte es im Auftrag ihrer Zeitschrift machen und jeden einzelnen Schritt journalistisch begleiten. So würde es sie nichts kosten. Gemeinsam buchten wir die diversen Bausteine: die Diätberatung, das Sonnenstudio, den Friseurtermin, die Maniküre, die Pediküre. »Nicht dass du nicht schon hübsch genug wärst«, sagte ich. »Du musst nur noch schöner aussehen, wenn Eddie zurückkommt.« Sie lächelte mich vertrauensvoll an, und ich wusste, dass sie im Grunde ihres Herzens befürchtete, ich könnte sie dazu drängen, ihn zu vergessen.

Dann setzten wir uns mit der beruflichen Seite der Angelegenheit auseinander. Sie sollte sich um eine Beförderung bemühen. Als Leiterin des Ressorts für Sonderberichterstattung.

Selbstverständlich würde sie das hinbekommen.

Ich würde ihr helfen und ihr über meine Reiseagentur eine Urlaubsreise als Gewinnspielpreis spendieren, Julie würde eine Digitalkamera und Fotografie-Unterricht beisteuern, Laura, die Geschichte unterrichtete, würde eine Leser-Exkursion zu einem Ort von historischem Interesse organisieren.

Am nächsten Wochenende würden wir alle zu ihr kommen und die Wohnung neu streichen. In hellen, eleganten Farben.

Und dann begann der Sommer, in dem Kate aufblühte.

Sie bekam die Stelle als Ressortleiterin. Wir lösten unsere Versprechen mit den Preisen ein *und* strichen ihre Wohnung, die großartig aussah bis auf das Ankleidezimmer des Drecksels, das wir vollkommen unpassend in allen möglichen Pastelltönen von Blau und Rosa strichen.

Kate wurde schlanker und schöner und kleidete sich zum ersten Mal seit Urzeiten wieder schicker, weil sie weder Eddies Lebensstil finanzieren noch seine Telefonrechnungen begleichen musste. Und wir schauten wieder öfter in ihrer Wohnung vorbei.

Natürlich mussten wir uns einen Haufen Unsinn von ihr anhören, wie wunderbar es wäre, wenn Eddie wieder zurückkäme, was er zweifelsohne tun würde, und was für großartige Freundinnen wir doch seien. Wann immer sie Überlegungen anstellte, wo Eddie im Moment sein und was er machen könnte, taten wir alles, um sie davon abzulenken.

Eines Tages würde sie erkennen, dass er niemals mehr zurückkäme, und bis dahin hätte sie so viel zu tun und wäre so souverän und glücklich, dass sie auch das verkraften könnte. Sie hatte kaum mehr etwas gemeinsam mit dem Mädchen, das an dem Tag nach Eddies spurlosem Verschwinden an dem Tisch in ihrer Wohnung gesessen hatte.

Wir fragten uns, wer wohl als Erste von ihm hören würde. Und wie es der Zufall wollte, war ich es, die ihm über den Weg lief. Es war sechs Monate, nachdem er gegangen war, bei einer Reisemesse. Eddie war da, fädelte Deals ein, ging Hinweisen nach, trieb Projekte voran – irgendetwas mit Snowboards.

»Gina!«, rief er, als wäre ich genau die Person, die er unbedingt hier sehen wollte. Wir unterhielten uns, das heißt, wenn man so etwas eine Unterhaltung nennen konnte. Von meiner Seite steuerte ich lediglich eine Reihe gezischter Kommentare bei, bis er sich nach Kate erkundigte. Er fragte doch tatsächlich, wie es ihr momentan gehe.

Das war der Punkt, an dem ich mich nicht mehr bremsen konnte: Kate gehe es *hervorragend*, brach es aus mir heraus, sie sehe blendend aus, sei befördert worden, sei viel gereist und habe ihre Wohnung in wunderbar warmen, angenehmen Farben neu gestrichen. Er nickte zufrieden.

»Ja, es sah ein wenig trostlos aus, stimmt«, pflichtete er mir bei.

Und ich plapperte weiter. Neun Kilo habe sie abgenommen, ihre Blumenkästen üppig bepflanzt. Jeden Freitagabend gebe sie eine Party, in einem Fitnesscenter habe sie sich angemeldet, und tags darauf würde sie im Fernsehen auftreten und über das Thema Frauen und Selbstachtung reden. Und bei jedem Wort verspürte ich eine so große Freude, dass ich mir ein Grinsen nicht verkneifen konnte.

Eddie nickte und schien sich zu freuen für Kate.

Und schließlich wurde ich müde, Kates Lob zu singen und ihre

Erfolge aufzulisten, und fragte ihn, wie die Snowboard-Geschäfte liefen.

»Du kennst mich doch, Gina, ich lass mir ungern in die Karten schauen«, sagte er.

Ich überlegte hin und her, ob ich es Kate erzählen oder passenderweise vergessen sollte, dass ich ihn getroffen hatte. Aber ich musste mich nicht mehr entscheiden.

Aufgeregt rief sie mich an. Eddie war wieder da.

Am Abend zuvor war er wieder eingezogen, er hatte sich in dem Moment dazu entschlossen, als er sie im Fernsehen sah. Unglaublich, er hatte sie gesehen und gedacht, wie phänomenal gut diese Frau aussieht, woraufhin er umgehend zurückgekommen war, um ihr zu versichern, dass er die schlechten und unerfreulichen Zeiten vergessen habe und sich nur noch an die guten erinnern könne.

Ich war kaum fähig, ein Wort herauszubringen, so wütend war ich. Von wegen – jetzt erst recht. Das war nicht die Art von Rache, die wir im Sinn gehabt hatten. Das war die grausamste Strafe überhaupt.

»Und was sagt er zu seinem Ankleidezimmer?«, krächzte ich.

»Er findet es super! Er meint, wir sollten es als zukünftiges Kinderzimmer ansehen. Oh, und, Gina, vielen, *vielen* Dank für alles. Anfangs habe ich mich öfter gefragt, ob ihr euch nicht vielleicht zu sehr in mein Leben einmischt, du und Julie und Laura. Aber ihr hattet recht. Es hat perfekt funktioniert, und es wird mir nie möglich sein, mich bei euch dafür in irgendeiner Weise zu revanchieren. In meinem ganzen Leben nicht …«

Die Silvesterparty

Früher feierten sie jedes Jahr an Silvester eine große Party – manchmal kamen bis zu vierzig Leute zusammen. Es war schon Tradition:»Geht ihr an Silvester wieder zu den Whites?«, hieß es. Bestimmt, aber auf jeden Fall würde man versuchen, auf einen Sprung vorbeizuschauen oder sich mal blicken zu lassen. Irgendwo war im Hinterkopf zwar stets der Gedanke präsent, es könnte noch etwas Besseres, Spektakuläreres auftauchen, doch das passierte selten. Und so standen Mr und Mrs White wie jedes Jahr im Flur, der mit Stechpalmen und Weihnachtskarten geschmückt war, und begrüßten die Gäste.

Deshalb würde es für Mrs White in diesem Jahr an Silvester besonders schlimm werden, raunte man sich zu. Unvorstellbar, wie schnell er gegangen war, immer kerngesund gewesen, nie einen Tag krank. Der Schock allein hätte schon genügt, sie in tiefste Depression zu stürzen, ganz zu schweigen von der Einsamkeit und der Anstrengung, sich an ein Leben ohne ihn gewöhnen zu müssen.

Mrs White hingegen war sehr gefasst, sehr ruhig. Sie sei froh, sagte sie, dass er nicht lange krank gewesen sei, keine großen Schmerzen gehabt habe. Selbstverständlich sei es traurig, dass er seinen Ruhestand nicht mehr erleben würde, aber denjenigen, die ihr Beileid kundtaten, versicherte sie, dass er kein Mensch gewesen sei, der Leiden tapfer ertragen hätte. Vielleicht war es weise gewesen von Gott, dem Herrn, ihn zu sich zu rufen, bevor die Schmerzen und Qualen in seinen Gelenken zu schlimm wurden, bevor er realisierte, dass sein Körper ihn im Stich ließ.

Wohin mit ihr an Silvester?, überlegten die Freunde. Für eine fröhliche, lärmende Party war es noch zu früh. Nein, nein, sie mussten sich etwas Angemessenes einfallen lassen. Ein festliches Abendessen bei irgendjemandem am Kamin. Doch als der Tag näher rückte, hatte niemand etwas geplant. Schließlich hatten sie jahrelang nie überlegen müssen, was sie an Silvester tun sollten. Da waren immer die Whites gewesen. Die Whites hatten die Luftschlangen besorgt und die Flaschen mit Rotwein auf dem einen und die mit Weißwein auf dem anderen Tisch; bei den Whites gab es ein großes Büfett und um Mitternacht den Klassiker *Auld Lang Syne*. Bis jetzt war keinem etwas eingefallen, um diese Lücke zu füllen.

Die Whites hatten keine Kinder, und folglich stand auch passenderweise keine nette Familie parat, zu der sie hätte gehen können. Sie hatte Cousins auf dem Land, die sie an Weihnachten besuchte, doch ein oder zwei Tage später war sie bereits wieder zurück. Solange niemand aktiv wurde, wäre sie ganz allein in diesem Haus.

Freda überlegte, ob sie nicht alle zusammen in ein Hotel fahren sollten, aber Fredas Mann hielt das für unangebracht. Abgesehen davon, dass es ein Vermögen kosten würde, wirke es künstlich und aufgesetzt, und Mrs White hätte trotzdem keinen Tischherrn. Dies würde nur die Tatsache unterstreichen, dass sie allein war.

Vielleicht sollten sie stattdessen selbst eine Silvesterparty organisieren, schlug Grace vor, aber Grace' Mann wandte ein, dass sie keine guten Gastgeber seien; sie hätten nicht genügend Übung darin, um entspannt genug aufzutreten. Und wen sollten sie dazu einladen, auch Leute aus dem Büro und aus der Nachbarschaft? Woraufhin Grace beleidigt erwiderte, es täte ihr leid, die Sache überhaupt angesprochen zu haben.

Michael, ein Freund und Arbeitskollege von Mr White, war Junggeselle und überlegte, ob er die Witwe seines Freundes an Silvester ausführen sollte – oder wäre das geschmacklos? Sie könnte vielleicht auf den Gedanken kommen, er versuche, in die Fußstapfen ihres Gatten zu treten. Es war nicht einfach, zu entscheiden, was richtig und was falsch war. Am besten sagte man nichts.

Doch als der Tag kurz bevorstand, kam in den Leuten das Gefühl auf, dass endlich etwas getan werden müsse. Jahr für Jahr waren sie aufgekratzter Stimmung in diesem Haus eingetroffen. Jahr für Jahr hatten sie sich an einem Ende des Tisches einen Teller genommen und unter anerkennenden Ahs und Ohs die Scheiben kalten Truthahns, die Salate und die vier verschiedenen Desserts bewundert.

Es war nicht fair, dass Mrs White nach all diesen Jahren, in denen sie sie gastfreundlich empfangen hatte, nun allein dasitzen sollte. Und auf die Sorge, was Mrs White an Silvester tun würde, folgte sofort ihr eigenes Problem. Was würden *sie* tun?

Als die ersten Anfragen kamen, als die Leute sich mit gedämpften Stimmen erkundigten, was sie nun an diesem Abend vorhabe, da wusste Mrs White, sie wollten nur eine Antwort hören. Sie wollten hören, dass sie ausgehen und diese emotional am stärksten aufgeladene Nacht des Jahres in Gesellschaft eines befreundeten Menschen verbringen würde. Aber nein. Sie würde ganz allein einen ruhigen Abend verbringen, erklärte sie schlicht. Nein, sie schob ihre Proteste beiseite, das sei nicht morbid, es würde nicht traurig werden, sondern sehr friedlich. Im Ernst, vielen Dank. Vielen lieben Dank, aber genau das war es, was sie an diesem Abend tun wollte. Keinem gefiel ihre Antwort, doch sie beharrte auf ihrem Standpunkt, war höflich, aber bestimmt.

Freda ließ sich Strähnchen in die Haare machen, damit sie in dem eleganten Hotel, in das sie fahren wollten, gut aussah, aber irgendetwas ging schief mit der Bleiche, und sie sah aus, als wäre sie vorzeitig ergraut, nachdem sie Zeugin eines übernatürlichen Ereignisses geworden war. Sie heulte eine Zeit lang und hatte sich fast schon wieder von dem Schock erholt, als ihr Sohn sagte, sie sähe ein wenig aus wie der Weihnachtsmann. Und da fing sie wieder zu weinen an. Lediglich bei dem Gedanken an die arme Mrs White, die ganz allein in diesem Haus saß, riss sie sich zusammen und begriff, wie glücklich sie sich schätzen konnte. »Immerhin ist das nicht annähernd so schlimm«, sagte sie sich und versteckte ihr weißes, strohiges Haar unter einem bunten Schal.

Mrs White entfachte ein prasselndes Feuer, stellte ihr Abendessen auf ein Tablett und zog einen kleinen Beistelltisch zu sich heran.

Grace war zutiefst getroffen gewesen über die abfälligen Bemerkungen, die über sie als Gastgeberin in Umlauf gebracht worden waren. Sie hatte drei Paare zum Abendessen eingeladen und die ganze Woche vorgekocht. Bei dem Gedanken daran konnte sie nicht einmal an Heiligabend richtig entspannen. Eine Stunde bevor die Gäste erwartet wurden, hatte sie eine Flasche Bordeaux über den wunderschön gedeckten Esstisch gekippt. O Gott, warum konnte es nicht sein wie all die anderen Jahre, als sie alle hinüber zu den Whites gegangen waren? Ein schmerzhafter Anflug von schlechtem Gewissen überkam sie. Hektisch streute sie Salz auf die Rotweinflecken und hoffte, dass sich die arme Frau nicht allzu einsam fühlen würde.

Mrs White holte die Bücher, vierzehn an der Zahl, mit ihren verblichenen blauen Einbänden, und ordnete sie in der richtigen Reihenfolge. Sie wollte sie langsam lesen, eines nach dem anderen.

Michael, der Freund und Arbeitskollege von Mr White, fuhr zu seiner Schwester. Im Haus war es behaglich warm, der Fernseher lief, und der Mann seiner Schwester hatte Getränke für mindestens zwanzig Leute besorgt. Michael starrte ins Kaminfeuer, während seine Schwester bügelte, der Fernseher brüllte und sein Schwager mit einem neuen Superkorkenzieher, den er zu Weihnachten geschenkt bekommen hatte, die Flaschen öffnete. Sehr fröhlich war das, vermutete er; zumindest sehr familiär. Der Gedanke an die einsame Witwe jedoch …

Sie las nur die Abschnitte über Silvester. In seiner sauberen, klaren, leicht geneigten Handschrift hatte er über jeden Tag seines Lebens Tagebuch geführt. »Worüber schreibst du nur?«, hatte sie ihn in den Anfangsjahren verwundert gefragt. Bei ihnen passierte doch nie viel; ihre Tage glichen einander wie ein Ei dem anderen.

Seine Gedanken und Gefühle würde er niederschreiben, sagte er. Wenn er einmal nicht mehr da sei, würde sie sich köstlich dabei amüsieren, sie zu lesen, und sie würde entdecken, was für ein komplizierter alter Knabe er gewesen sei.

Sie hatte gelesen, wie glücklich er gewesen war. Fast die ganze Zeit über. Das hatte ihr viel Kraft gegeben. Er war gern von der Arbeit nach Hause gekommen. Er hatte beschrieben, wie sich das anfühlte, an einem Sommerabend ins Haus zu kommen und erst einmal eine Tasse Tee in der Küche zu trinken, bevor er hinaus in den Garten ging.

Er hatte über ihr friedliches Zuhause geschrieben, wie gut sie ausgesehen hatte in dem grünen Kleid, wie komisch sie gewesen war, als der Yorkshire-Pudding anbrannte und sie ihn aus dem Fenster geworfen und den Postboten getroffen hatte, der gerade die Stufen heraufkam. Kleinigkeiten, die sie vergessen hatte, die ihr nie aufgefallen waren, die sie nie bemerkt hatte. Es war, als sähe sie einen Film über ihr Leben, gedreht von einem liebevollen Regisseur.

Nie erwähnte er irgendwelche Streitereien oder Unstimmigkeiten. Ein »albernes Missverständnis« war das Schlimmste, was er zu Papier brachte, und fand es seltsam, dass zwei Menschen, die sich so mochten, in sich Worte finden sollten, um einander wehzutun. Er gab sich selbst die Schuld an diesem albernen Missverständnis, aber Mrs White wusste, dass alles ihr Fehler gewesen war.

Heute Abend jedoch wollte sie die Einträge über die Silvesterpartys lesen. Vierzehn Jahre lang hatten sie diese Treffen bei sich veranstaltet. Sie hatte immer gedacht, es würde ihn freuen, alle seine Freunde an diesem Tag vereint zu sehen – sozusagen als Wiedergutmachung dafür, dass sie das ganze Jahr über nicht viel aus dem Haus kamen. Nach ihrem ruhigen Weihnachtsfest zu zweit brächte das ein wenig Leben in die Bude.

Sie hatte sich gründlich getäuscht; er hasste diese Partys. Er hatte nur deshalb mitgemacht, weil er glaubte, sie würden ihr Freude machen. Sie las eine Notiz nach der anderen, zurückhaltende Beschreibungen, wie sie sich 1968 für den Abend umgezogen hatten, las Berichte über das schlechte Wetter, über das Jahr, in dem die Straßen vollkommen vereist gewesen waren, über die Zeit, als sie Punsch gemacht hatten, der viel zu süß geraten war.

Sie erfuhr von dem Streit, den Grace in dem Jahr gehabt hatte, als sie in Tränen aufgelöst nach Hause gegangen war, von dem Zwischenfall, als Michael sich die Hand an einem zerbrochenen Glas aufgeschnitten hatte. Es las sich wie eine Auflistung von Mühe, Pflicht und Sorge.

Jede Eintragung am Neujahrstag begann mit der Hoffnung, sie möge die Party genossen haben, mit der Überzeugung, sie würde noch entspannter als im Jahr zuvor aussehen, und mit dem Entschluss, ihr noch mehr Freude zu bereiten und noch mehr Gäste einzuladen. Und mit der großen Erleichterung, dass jetzt wieder ein Jahr Ruhe herrschte; was für eine Freude, sich dem Garten zuwenden zu können.

Jahr um Jahr hatte er Neujahr im Garten verbracht, hatte die Griffe der Harken und Hacken mit Leinsamenöl behandelt, den letzten kleinen Moosbewuchs an den Blumentöpfen entfernt, die Ränder des Rasens geschnitten. Es war nur ein sehr kleiner Garten, aber wie er immer sagte:»Genau richtig ... einer allein hat damit genug zu tun.«

Der Garten hatte sie nie interessiert. Natürlich gefielen ihr die Blumen, mochte sie die Tomaten und bewunderte seine Arbeit, aber sie kannte nicht einen Pflanzennamen. Sie las weiter über die vielen Male an Neujahr, als er ihr die Pflanzenkataloge gezeigt und sie gefragt hatte, was sie auswählen sollten. Sie hatte immer nur einen kurzen Blick darauf geworfen und gemeint, das wisse er allein besser.

Aus den Tagebüchern sprach kein Vorwurf, keine Traurigkeit. Er hatte es akzeptiert, dass sie dieses Interesse nie mit ihm teilen würde. Deswegen hatte er sie nicht weniger geliebt. Mrs White hob den Kopf und sah sich um in dem Wohnzimmer, das zum ersten Mal seit vierzehn Jahren an Silvester so ruhig war. Sie hatte nichts zu bereuen: Seine Tagebücher erzählten die Geschichte eines glücklichen Mannes. Doch sie traf eine Entscheidung; sie würde die Arbeit in seinem Garten fortführen. Dafür hielt sie eine Anleitung in Händen, die besser war als jedes Gartenlehrbuch. Sie musste nichts weiter tun, als seine eigenen Aufzeichnungen lesen, die er Jahr für Jahr geduldig und klaglos verfasst hatte. Sie würde das tun, was er getan hatte, und aus seinen Fehlern lernen.

Denn er hatte Fehler gemacht. In einem der ganz frühen Tagebucheinträge hatte er an einem Tag, an dem noch Schnee lag, die Erde umgegraben. Später erfuhr er, dass dies ein Fehler gewesen war; damit trieb er den Frost nur weiter hinunter ins Wurzelwerk. Mrs White griff nach dem Tagebuch des laufenden Jahres, das so abrupt Mitte Oktober endete. Sie schlug den einunddreißigsten Dezember auf und begann mit ihren eigenen Aufzeichnungen. Ihre Handschrift war größer. Vielleicht sollte sie sich ein Tagebuch in einem größeren Format kaufen, wenn die Geschäfte wieder offen hatten?